与"诗魔"洛夫的合影

洛夫简介

洛夫，原名莫运端、莫洛夫。1928 年出生于湖南省衡阳县相公堡燕子山（现衡南县相市乡艳山村上燕子组），先后在相市小学、衡阳市八中、岳云中学就读小学、初中、高中。1949 年"首度流放"赴台湾。1954 年与张默、痖弦共同创办《创世纪》诗刊。1967 年，入台湾淡江大学文理学院英文系读书。1973 年以海军中校军衔退役后，任教东吴大学外文系。1997 年"二度迁徙"奔赴

北美，定居于加拿大温哥华。2017 年返回台北。2018 年 3 月 19 日病殁于台北荣民总医院，享年 90 岁。洛夫先后被聘任为北京师范大学、中国华侨大学、广西民族大学、山西中北大学、南京大学等校客座教授，江汉大学特聘荣誉驻校诗人。

洛夫写诗、译诗、编诗六十余年，著作等身，获奖众多。出版有诗集《时间之伤》等 40 多部、散文集《一朵午荷》等 9 部、评论集《诗人之镜》等 7 部、译著《雨果传》等 8 部。洛夫作品被译成英、法、日、韩、荷兰、瑞典等文，并收入各种大型诗选。诗集《石室之死亡》为洛夫早期代表作，也是中国现代诗的经典之作。1982 年长诗《血的再版》获台湾《中国时报》叙事诗推荐奖；同年诗集《时间之伤》获中山文艺创作奖。1986 年复获吴三连文艺奖。1991 年诗集《月光房子》获台湾文艺奖。1999 年诗集《魔歌》被评选为"台湾文学经典"之一。2001 年完成的 3000 余行长诗《漂木》为洛夫后期代表作；同年获台湾年度诗奖。2003 年获台湾中国文艺协会"终身成就荣誉奖"。2004 年获北京首届"新诗界国际诗歌奖——北斗星奖"。2005 年第三次当选"台湾现代十大诗人"并名列首位。2009 年，诗集《雨想说的》获华侨文学奖诗歌组最佳作品奖。2011 年获中国当代诗歌奖（2000—2010）创作奖。2015 年《洛夫诗全集》获中国诗歌学会首届

李白诗歌奖。2016 年获两岸诗会桂冠诗人奖。2017 年获中国新诗百年"全球华语诗人诗作终身成就奖",同年获加拿大温哥华政府"杰出文学艺术贡献奖"。2009 年《洛夫诗歌全集》(Ⅰ-Ⅳ)由台北普音文化出版公司出版发行。2013 年《洛夫诗全集》(上、下)由江苏文艺出版社出版发行。

洛夫早年为超现实主义诗人,表现手法近乎魔幻,因此人称"诗魔"。2002 年,洛夫在答记者问时,把自己近六十年的创作划分为五个时期:(1)抒情时期(1947—1952);(2)现代诗探索时期(1954—1970);(3)反思传统,融合现代与古典时期(1971—1985);(4)乡愁诗时期(1985—1995);(5)天涯美学时期(1996—现在)。台湾出版的《中国当代十大诗人选集》评价:"从明朗到艰涩,又从艰涩返回明朗,洛夫在自我否定与肯定的追求中,表现出惊人的韧性,他对语言的锤炼,意象的营造,以及从现实中发掘超现实的诗情,乃得以奠定其独特的风格,其世界之广阔、思想之深致、表现手法之繁复多变,可能无出其右者。"由 22 位海内外著名诗评家、翻译家和汉学家组成的"新诗界国际诗歌奖——北斗星奖"评委会给予洛夫的授奖辞为:"在地理之'隔'、空间之'孤'、时间之'伤'中,洛夫毕生致力于诗意的发现和回归,用创造性的形象、意象、感觉和语言,重塑生命的意义。他的现代汉诗创构,既保持了前卫的姿态,又对接并融合了伟大的中国诗歌传统;诗质重思维,诗形谋变奏,以形似与神似、视象与心象、感性与灵思之间的张力,凸现了知性与抒情相融的追求向度。他对现代汉诗本土性与现代性融合的成功探索,体现了凤凰涅槃后自在的飞翔。"著名诗歌评论家、北京大学中文系教授谢冕指出:"洛夫是中国诗歌史绕不过去的一个名字,中国诗歌史因为有了洛夫的加入而感到骄傲和充满光彩。"

研究洛夫作品之著作颇多,已出版有:《洛夫〈石室之死亡〉及相关重要评论》《诗魔的蜕变:洛夫诗作评论集》《大河的雄辩——洛夫诗作评论集(第二部)》《大河的对话——洛夫访谈录》《洛夫与中国现代诗》《洛夫评传》《一代诗魔洛夫》《洛夫传奇:诗魔的诗与生活》《漂泊的奥义——洛夫论》《洛夫:诗、魔、禅》《洛夫长诗〈漂木〉十论》《诗魔的天空——我与洛夫的交往》《走进诗魔的意象世界:洛夫诗歌深度解读》等。

雪峰丛论

董正宇／著

谭伟平／主编

走近『诗魔』洛夫

湖南师范大学出版社

图书在版编目（CIP）数据

走近"诗魔"洛夫／董正宇著. —长沙：湖南师范大学出版社，2019.9
ISBN 978-7-5648-3557-6

Ⅰ.①走… Ⅱ.①董… Ⅲ.①洛夫（1928—2018）—诗歌研究 Ⅳ.
①I207.22

中国版本图书馆 CIP 数据核字（2019）第 104411 号

走近"诗魔"洛夫
Zoujin "Shimo" Luo Fu

董正宇 著

◇责任编辑：谭南冬
◇责任校对：张晓芳
◇出版发行：湖南师范大学出版社
　　　　　　地址：长沙岳麓山　邮编：410081
　　　　　　电话：0731-88873070　88873071　传真：0731-88872636
　　　　　　网址：http://press.hunnu.edu.cn
◇经销：湖南省新华书店
◇印刷：三河市华晨印务有限公司
◇开本：710 mm×1000 mm　1/16
◇印张：14.75
◇字数：270 千字
◇版次：2019 年 9 月第 1 版
◇印次：2019 年 9 月第 1 次印刷　2025年3月第2次印刷
◇书号：ISBN 978-7-5648-3557-6
◇定价：59.00元

如有印装质量问题，请与承印厂调换

红了樱桃，绿了芭蕉
（代丛书总序）

　　"雪峰论丛"第三辑又要与大家见面了。本论丛的几本学术专著，从研究的文体而言，涵盖了诗歌、散文、小说等；从研究视角而言，包括了民族文学、民间文学、中外比较文学等；从研究对象而言，有单个作家的专论，也有多个作家的比较，还有从传播和接受角度对一种文学现象的综合论述，林林总总，不一而足。可以说，这一辑专著，充分体现了学术研究的不拘一格、研究主题与视角的五彩缤纷，同时也充分体现了我们这个团队的守望与希望——守望薪火相传的学科传统，希望学术追求的创新突破。绿肥红瘦，都是迎春的色彩。

　　有时候，文学创作的美丽与永久生命力，就散发和糅合在这些绿肥红瘦之中。在中国现当代文学百花园中，花红叶绿，点点滴滴都是人间春景。研究者们随手撷取几片绿叶、几朵红花，看似漫不经心，却都有着自己的匠心独运。当然，每个人的学术视野不同，研究的侧重点不一样，关注的学术生长点也是不一样的，所以就形成了这次专辑的绿肥红瘦。但归根到底，大家都围绕着中国现当代文学中的特定作家和特定现象，研究他们文学创作呈现的成因，探讨他们创作的魅力所在，分析他们创作的作用与价值，肯定他们的成绩与影响，这是这次专辑的共同努力，期待方家批评指正。

　　我在最近创作的歌曲《倾听花开》中，写有这么一段歌词：

　　　　一样的山
　　　　一样的水
　　　　一样的土地

不一样的美

在我眼前纷飞

花开的声音

还没走远

就已回归

遇见的都是美

看到的都是醉

我在幽长的古巷

倾听花开的秋韵

我在雨雾的深处

倾听花开的春蕾

我觉得用这些话来形容这次出版的"雪峰论丛"研究专辑，也是吻合的。

知否？知否？应是绿肥红瘦。

谭伟平

2019 年 9 月 22 日

我与"诗魔"洛夫的四次见面（代前言）

"……滴答/午夜水龙头的滴漏/从不可知的高度/掉进一口比死亡更深的黑井/有人捞起一滴：说这就是永恒。"这是洛夫长诗《漂木·瓶中书札之三：致时间》里的诗句。

"诗魔"洛夫是湖南衡阳人，为笔者乡党。先生虽然多年寄居台湾、温哥华等地，但"乡愁"浓郁，先后八次回乡探亲，笔者当时在南华大学文法学院执教，从事的又是现当代文学的教学与科研工作，从而与先生前后有四次见面与交往。时间的魔力，让人遗忘了许多往事，但生命中那些亮点往往能冲破时间成为永恒。当然，记忆也需要时时打捞，才能把若干碎片沥干，组成较为完整的记忆链条。对笔者而言，与"诗魔"洛夫先生难忘的面缘就属于此种情形。

首次见面是 2007 年 10 月 30 日中午，地点为衡阳市区回雁峰旁边"旺鸣轩"酒楼。席开两桌，衡阳市作协做东，为先生夫妇接风洗尘，出席者有衡阳本地诗人、作家十多人。衡阳市作家协会主席胡丘陵致辞欢迎先生和夫人回乡访问，洛夫接着讲话，互致谢意，敬酒，为诗人和诗歌！席间，有洛夫先生资助的两位常宁初中女生即兴朗读先生诗歌，情真意切，声音脆亮，甚是感人！先生虽年近八旬，但一身玄装，腰板笔挺，谈吐儒雅，精气神十足；尤其是摘下帽子后，一头银发，白雪飘飘，给人深刻印象。先生夫人陈琼芳女士也是首度得见，举止得体，言辞亲切，一看就是大家闺秀出身。夫妻两人感情深厚，洛夫先生有多首诗作专为夫人所作。

再度相遇是两年后的 10 月 25 日，先生家乡衡南县举办盛大的"中国·衡阳洛夫国际诗歌节"，中国海峡两岸暨香港、澳门，韩国，日本等地近百名现代诗歌界专家、教授齐聚衡阳，举行高规格的洛夫诗歌学术研讨会。在海内外千万双眼睛见证下，洛夫先生与衡南县人民政府签订协议，将个人诗歌文学手稿、出版物、书艺作品及照片图片资料，全部无偿捐给对方，用于修建洛夫文学馆，同时为洛夫文化广场奠基培土。

诗歌节期间，还有一项重要的活动——电视专题访谈。当时，我的一个学生（孔邯郸）毕业后在衡阳电视台工作，负责此期电视访谈节目策划，力邀我出任访谈嘉宾。为了访谈顺利进行，我拟了一份详细的访谈提纲，所列问题从先生生平、诗歌创作经历、诗歌创作观乃至代表作的创作情境均有涉及。那天下午，访谈在衡南县电视台演播厅举行，采取问答方式，前后近一个小时，台下观众百余人。可能是回到家乡的缘故，先生十分兴奋，表达欲望强烈，凡问必答，滔滔不绝。结束前还邀请夫人上台，即席朗诵昔年写给夫人的得意诗作《因为风的缘故》。印象最为深刻的是，先生乡音未改，以一口杂有衡阳口音的国语朗诵，的确别有一番风味。

此次访谈大获成功，也使我对洛夫先生博大精深的诗歌世界，有了一个全新认识，奠定了今后数年开始全方位系统研究洛夫诗歌的基础。

三天后的下午，我第三次得见洛夫先生。衡阳市作协假衡阳老火车站旁边的创富宾馆8楼多功能会议室举办"诗魔洛夫接风茶话会"，本土诗人胡丘陵、陈群洲、吕宗林等三十余人，还有我和几名南华大学女生"粉丝"与会。茶话会在一种浓浓的诗情、诗意，活泼、轻松的氛围里进行。会场上有一位不满10岁的小女孩，朗诵了自己写的一首献给洛夫爷爷的诗，把气氛推向了高潮。也许是刚刚经历诗歌节连场活动的奔波，洛夫先生略显疲倦，但发言时仍然十分认真，按照事先准备的手写发言稿作了答谢，言语不多，但心情一直很好，对合影者几乎来者不拒。

第四次相见是2011年秋天，洛夫先生偕夫人回到衡阳，专程为南华大学成立的"洛夫与湘南作家研究中心"而来。

我和罗玉成教授为该研究中心的首倡者。之前的6月15日，由我执笔，两人就中心成立相关事宜联名致信先生，提出三项请求：一是邀请他出席研究中心的揭牌仪式，并作一场学术讲座；二是请他挥毫题赠"洛夫与湘南作家研究中心"的牌匾；三是希望获得先生支持，赠予洛夫诗歌有关研究资料。据先生7月16日回信说，由于加拿大邮局员工罢工，信件一个月后才送达。他对三项请求都做出了肯定答复，积极支持成立研究中心，并郑重用横、竖两种方式书写了中心牌匾。

10月22日，揭牌仪式在南华大学图书馆学术报告厅如期举行，文法学院师生代表、衡阳市本土作家诗人共两百余人出席活动，南华大学党委书记邹树梁与洛夫先生共同为中心揭牌。洛夫先生现场向中心赠送了自己的诗集和相关访谈、评论集，文法学院数名大学生朗诵了先生的《边界望乡》《寄鞋》等多首名篇。随后洛夫先生作了题为"感受诗歌之美"的专题学术报告，现场气氛十分热烈，先生在报告会上与众多大学生有良好互动。

此后经年，先生虽然还有回乡之旅，但由于我的工作岗位异动，未能再次与先生相见。转眼到了去冬今春，不断有消息传来，余光中、李敖等台湾文化名人，如同道旁樟树落叶缤纷随风而去。3月19日，更有噩耗传来，先生在台北荣民总医院病逝，享年90岁。接下来三四月交接的数天内，我的岳母和母亲两位长者也相继驾鹤西归。这个春天注定是一个忧伤的告别季。

先生有名诗《烟之外》，其中两句最为经典："在涛声中呼唤你的名字/而你的名字/已在千帆之外。"岁月匆匆，与先生有如上四度短暂交往经历，已弥足珍贵。

值得补记的是，虽有断续，但经过多年累积，笔者研究先生及其诗歌世界的专著《走近"诗魔"洛夫》，到今日终有所成，不枉9年前对先生进行访谈时做出的庄严承诺，更可以视为对先生和亲人们远逝的最好怀念。

2018年夏初于湖南省委党校德政楼
（该文刊发于2018年8月10日《湖南日报》）

目　录

第一章
洛夫研究综述

作为当代华语诗坛最杰出的诗人之一，洛夫与余光中比肩台湾诗坛，余光中称洛夫为"五十年代屹立迄今的寥寥几座活火山之一"①。然而在大陆诗界以及普通大众中，两人的声誉却有较大差距。其中原因较为复杂，政治因素的干预、诗歌风格的迥异、诗歌批评的导向、大众传媒的推介等均有影响。因此，梳理、总结已有洛夫及其诗歌研究成果，展望、开启研究新途，呈现洛夫诗歌的真美于世人之前，是诗评界的责任。

对洛夫及其诗歌的评论与研究，20 世纪 50 年代开始至今已逾半个世纪。回溯、审视五十多年以来的洛夫研究成果，大体可划分为三个时期。

一、早期：20 世纪 50—70 年代

据笔者所收集、掌握的资料，20 世纪 50—70 年代的 20 余年间，台湾地区以洛夫及其诗歌为题的报刊文章约有 60 余篇；文章类型有人物访谈、文本细读、诗集评介、语体诗风的评论等。最早出现的有关洛夫诗歌创作的评论，是 1957 年 6 月刊载于《创世纪》诗刊第 9 期的《洛夫的气质与诗风》，作者为洛夫的好友张默。同年底，洛夫第一部诗集《灵河》由创世纪诗社出版发行，洛夫由此步入台湾知名诗人的行列，其人其诗的研究随即逐步展开。

对诗集《石室之死亡》的评论及争议是早期洛夫研究最为集中的话题之一。1965 年 1 月，长诗《石室之死亡》结集出版，至今诗评界仍评论不

① 余光中．用伤口唱歌的诗人［M］∥诗魔的蜕变．台北：诗之华出版社，1991：99.

断，由此奠定洛夫在台湾诗坛的地位①。1969 年，叶维廉将《石室之死亡》中的 1、2、5、12、13、18、19、22、35、36、40、41、42、51、52、53 等首译成英文，收入他的《中国现代诗选》，1970 年由美国爱荷华大学出版；其中多首又为美国汉学家白芝（Cyril Birch）编选入《中国文学选集》（卷二）②。李英豪在《论洛夫〈石室之死亡〉》（《批评的视觉》，台北文星书店 1966 年）一文预言："《石》诗的真正价值当在十年、二十年、三十年或数十年后始被估认，而从《石》诗中，我们可见出中国现代诗，必然愈趋于纯粹而又繁复相克，必然更趋于精神上之深沉秘奥；理念的诗底时代必然过去，而只有个别平行深入的发展。"他对于现代诗未来的断语固然显得大胆和偏颇，但却道出了《石室之死亡》在中国现代诗歌史上的独特意义及重要地位。洛夫对《石室之死亡》自视也甚高。2009 年，洛夫在他的诗歌全集出版"自序"中豪言："恕不谦虚地说，我的诗歌王朝早在创作《石室之死亡》之时就已建成，日后的若干重要作品可说都是《石室之死亡》诗的诠释、辨证、转化和延伸。"③ 因为众多研究者均视《石室之死亡》为洛夫早期诗歌的扛鼎之作，所以涉及该诗的评论在早期洛夫研究中占据了很大的比重。④ 随着诗歌《石室之死亡》的传播，洛夫在诗坛的影响也逐渐扩大。

李英豪《论洛夫〈石室之死亡〉》第一次从学术角度将洛夫定位为"不是一个传统的诗人"，也"不是一个浪漫的诗人"。他认为"洛夫诗的最大特色之一是侧重'原始之存在'（prime being），这内向的原始存在，战栗于黑色的诞生、死亡与沟通中；充满郁雷般彻空的音响和劲度十足的动作"，并因此以飞跃的意象作流荡的闪露和放射。李英豪认为从洛夫的诗

---

① 张汉良在《论洛夫后期风格的演变》（《中外文学》，1973 年 5 期）一文中指出："在《石室之死亡》以前，洛夫虽已是现代诗坛活跃的作家，但并未受到与同辈诗人相等的重视。《石》诗的出现，才使洛夫一跃而为新星健将。"

② 《石室之死亡》的全英译本则为美国汉学家陶忘机（John Balcom）完成，1994 年由美国旧金山道朗出版社出版。

③ 洛夫. 洛夫诗歌全集 [M]. 台北：普音文化事业股份有限公司，2009：16.

④ 后来，龙彼德据有关数据及材料，在《洛夫评论》（南京大学出版社，1995 年）中归结《石室之死亡》有五个"最"，即激发的兴趣最浓，引起的争论最大，争论、批评持续的时间最长，为这个作品发的评论文章最多（33 年累计，将近 30 万字）。1988 年 6 月，侯吉谅、沙笛编辑出版了《洛夫〈石室之死亡〉及相关重要评论》（台北：汉光文化事业股份有限公司），这是有关洛夫及其诗歌的首部评论集，收入了《石室之死亡》全诗完整版以及有关《石》诗的重要精彩评论。

中，可以看出台湾现代诗正朝向精神双重的冲突状态中，也就是诗人更深入其本身精神的经验中去。林亨泰在《大写的乘法——论〈石室之死亡〉》中进一步认为，《石室之死亡》全篇两个主要意象是"战争——死亡"，该诗是"诗人自己的精神之歌"，是"对付这残酷命运的一种报复手段"。①崔焰坤在《论洛夫〈石室之死亡〉诗的思想》中则认为洛夫在其诗的思维灵觉中，寻找的是"一个不偏不激、宁静自然的人生态度和境界"，寻求的是"生命的超升与永恒"。崔认为："读洛夫的诗，给人一种'跳跃和窒息'的感觉，跳跃在其诗的生命里，窒息也在其诗的生命里，跳跃不是佻浮而是欣狂，窒息不是死亡而是升华。在石诗中，闻到的是无限生命的氧气，其诗境界的浓度和纯度，其诗意义的可塑性，触之坚实，呼之欲出，有着诱人醉人动人的清新喜悦感慨。"②颜元叔在《细读洛夫的两首诗》中也肯定了《石室之死亡》的精彩和奇特："它意味着一种行文的语势之沛畅，一种措辞命意之恰切，一种意象语间关联之密接。"③相比之下，作为对洛夫个人及其作品最有深刻了解的学者之一，叶维廉认为《石室之死亡》"确曾向西方的现代主义借用了一些语言的策略"，即"死"和"石"的意象。这些语言策略的应用，"不是虚幻现实的描摹，而是把中国现阶段历史由文化放逐，文化虚位和政治社会情结所造成独特的'孤绝'的复杂性反映出来"。因而叶得出结论，认为《石室之死亡》是洛夫早期诗作中对"禁锢"意识深层的探索："从诗的艺术来看，则是一种抗衡'禁锢'的精神的腾升，一种死而后生通向文化再造的隧道。"④叶维廉的结论无疑更为清醒而恰当。

由于《石室之死亡》诗质密度过大，诗意晦涩难解，也颇遭人非议。李英豪在充分肯定该诗语汇的"丰富奇魄"和"意象的浓密跳跃"的同时，亦指出此刻洛夫诗风的晦涩难懂。颜元叔以他一贯的辛辣尖锐的个性，直指《石室之死亡》语句的矛盾和怪异之处："读者的意识被驱赶着，急速奔驰于字里行间，而无法稍停以审视其内在的连贯性。"个中原因，李英豪认为主要是由于诗质的稠密和意象的浓度，"造成诗的联想不断地跳跃，表面上

---

① 林亨泰. 现代诗的基本精神：论真挚性 [M]. 台中：笠诗社，1968.

② 崔焰坤. 论洛夫《石室之死亡》诗的思想 [J]. 新文艺，1967.

③ 颜元叔. 细读洛夫的两首诗 [J]. 中外文学，1972（1）.

④ 叶维廉. 洛夫论 [M] //洛夫诗歌全集（Ⅰ）. 台北：普音文化事业股份有限公司，2009：429.

好像含有巨大的戏剧性之混乱，但内里却弥漫诗人强烈的对自己的苛求；苛求表现之经济、意象之丰奇；苛求诗素价值的压缩、想象活动之无止流动……"洛夫的同道——痖弦也持相似的观点："晦涩并非作者在处理现象时之萎缩、疏懒与忸怩之故而产生，也非在感觉之混沌或半睡眠时表现上的生吞活剥，也非在某种勉强情况下急就成章。晦涩乃是一种不得已。或者说，晦涩乃是发于作者为求达到某种强烈艺术效果时之表现上之必要。"①

洛夫独特而渐趋成熟的诗歌风格也成为重要的评论点。早在 1961 年，痖弦就曾以"一种可惊的存在"对洛夫诗风作出评价："洛夫是一个反传统者，他常常忙于打破'自我'的因牢，摆脱灵魂小心的监视。但他并非要摆脱尘世和宇宙，正相反，他需要空间和时间，过去和未来，爱欲和青春，天界的广大、荒凉和空虚，以及追踪在'愤怒后面'那些光芒炫目的奇遇和震耳欲聋的寂静。由于他的这种对世界和生存的超现实的诗情，洛夫找到了他创作的原动力，并因此而获得了一种可惊的存在。很少有像洛夫那样更是属于我们这个时代的。的确，他的诗是不折不扣的现代产，而且是悲哀和愤怒的儿子。"②张汉良是最早关注洛夫诗风变化的评论家，他在《论洛夫后期风格的演变》（《中外文学》，1973 年 5 月）中，认为洛夫自《外外集》（1965—1967）开始，一改《石室之死亡》中意象拥挤与诗质稠密的诗风，开始进入一个新的风格，特别是在《沙包刑场中》（1969）："意象之单纯，包构之散文化，与用字之口语化，是洛夫创作过程的一个转折点。"到《长恨歌》（1972）之后，"洛夫跳出了《石》诗的生死玄想，抛开了《外外集》以后日常生活的琐事，甚至摆脱了个人经验与乡愁，而回过头来正视浩瀚的中国历史与丰富的中国文学传统"。回归传统成为洛夫诗风转变的重要契机。诗人余光中在《用伤口唱歌的诗人——从〈午夜削梨〉看洛夫诗风之变》中也注意到洛夫诗风的转变。文章评述洛夫名作《午夜削梨》，理解深入而独到，尤其是文末结论相当有趣，余指出："洛夫意象手法惯用的

---

① 痖弦. 诗人札记［M］//洛夫《石室之死亡》及相关重要评论. 台北：汉光文化事业股份有限公司，1988.

② 痖弦. 一种可惊的存在——洛夫小评［M］//《六十年代诗选》. 高雄：大业书店，1961. 此文 41 年后于 2002 年 9 月《创世纪》诗刊再次发表，痖弦的预言依然历历如新。

一着'苦肉计'。这说法是我发明的，自命对他的诗风颇为贴切。"① "苦肉计"说法为后来诗评家多次据以为典。

同期，洛夫诗歌的表现手法、语言风格同样成为关注对象。比如林南的《洛夫诗的语言试谈——广阔、繁复与细致》（台湾《中华文艺》，1976）是首篇总结洛夫诗歌语言风格的文章②。另如张春荣《洛夫诗中的色调：黑与白》（台湾《中华文艺》，1977）也是一篇有特点的评论。此外，对洛夫诗歌文本的解读也是评论文章最为集中的领域。比如《清明》《长恨歌》《烟之外》《裸奔》等由于众多的解读和诠释而成为洛夫名作。学院派学者、诗人萧萧先后发表《商略黄昏雨——初论〈无岸之河〉》《箭径、酸风、射眼——再论〈无岸之河〉》《雪甚却无声——三论〈无岸之河〉》集束式评论推介诗集《无岸之河》，在洛夫早期研究中为首例③。当然，洛夫早期创作的不成熟在一些诗评家看来也十分明显，比如王灏在《变貌——洛夫诗情初探》中认为，在《灵河》时期的洛夫，犹未寻找到最能表现自我生命精彩的风格，直到开始创作《外外集》中的一些作品及《石室之死亡》这一首长诗时，洛夫才真正找到最能表现他生命本质的诗风诗格。④

需要指出的是，洛夫早期研究大多限在台湾一隅零散地展开。这些林林总总的批评与研究，涉及诗的语言、技巧、思想和美学，从早期的带有鉴赏解释性质的分析和诘问，到着眼于诗人的风格演变及诗学特征，其中虽不乏讨论洛夫诗与古典诗歌及英美诗的联姻及对超现实主义诗歌的借鉴与扬弃之篇章，但综观上述论争与探讨，绝大多数都是在作品与诗人的内在世界之中进行一些展扇点评式的"诠释"，真正称得上"论"的文字并不多，而称得上"史论"的文字更是少而又少。

二、中期：20世纪80年代至20世纪末

20世纪80年代以来，政治冰河解冻，两岸诗歌界的交流渐趋频繁，洛夫及其诗歌研究进入一个新的阶段。最早论及洛夫的大陆学者是四川诗人流

---

① 余光中. 用伤口唱歌的诗人——从《午夜削梨》看洛夫诗风之变［N］.（台湾）中华日报，1978-10-18（11）.

② 林南. 洛夫诗的语言试谈——广阔、繁复与细致［J］.（台湾）中华文艺，1976（2）.

③ 三文分见《花之声》（1970年5月10日）、《文艺》（1970年）、《青溪》（1970年）。

④ 王灏. 变貌——洛夫诗情初探. 诗脉，1976（2）.

沙河，他撰写的《举螯的蟹——洛夫》发表于 1982 年 9 月 29 日海外的《世界日报》上，成为大陆学界洛夫研究的先声。湖南诗人李元洛的《一阕动人的乡愁变奏曲——读洛夫〈边界望乡〉》发表在 1986 年第 5 期的《名作欣赏》上，则是大陆学术刊物上第一篇正式谈论洛夫及其作品的文章。1991 年，台北诗之华出版社出版首部全面的洛夫诗作评论集《诗魔的蜕变》，两岸学者研究洛夫的成果首次汇聚书中，计有叶维廉《洛夫论》、简政珍《洛夫作品的意象世界》、余光中《用伤口唱歌的诗人》、张汉良《论洛夫后期风格的演变》、李元洛《中西诗美的联姻》、任洪渊《洛夫的诗与现代创世纪的悲剧》、龙彼德《大风起于深泽——论洛夫的诗歌艺术》、刘登翰《洛夫诗歌艺术初探》、杨光治《奇异、鲜活、准确——浅论洛夫的诗歌语言》等 20 世纪 90 年代以前研究洛夫的代表性文章。简政珍的《洛夫作品的意象世界》是其中一篇有深度、有见地的论文，文中指出："以意象的经营来说，洛夫是中国白话文学史上最有成就的诗人。洛夫不论语言从早期的繁复到近期的明朗，其以意象重整客体形象的能力应是白话文学史上最值得谈论的课题。"他认为洛夫诗歌意象雄浑庞杂，读者在这种五彩缤纷的文字世界中，可以感受到"奇花异葩的错落"和"奇岩怪石的峥嵘"，能使"读者腾空自我以容纳繁复目光所及的客观，意识和文字融为一体的片刻最能感受阅读的情趣"①。该评论专辑，对洛夫的形上思维、美学信念、生命情态、意象铸造、语言风格的蜕变，以及西洋与中国的融会、现代与传统的辩证等，都有深刻而多层面的剖析和评述。不仅刻画出洛夫作为一位大师级诗人的心路历程，同时也映衬出整个中国现代诗成长的历史背景。

同期，研究洛夫的学术专著开始出现，表明洛夫研究的不断深入。广西学者卢斯飞《洛夫余光中诗歌欣赏》一书对两位诗人的风格变化和艺术成就作了论述，并对他们写于不同时期、运用不同手法、表现不同题材的作品进行了分析②。广东学者费勇的《洛夫与现代诗》出版发行于台湾，是首部专论洛夫的著作。该著以五四以来汉语诗歌发展为背景，以西洋现代诗为参照，从语言、意象、悲剧意识、庄与禅、历史题材等方面阐述洛夫诗歌的美学意义及历史价值，既有感悟式的具体解析，更有纵横式的整体把握，较为

---

① 简政珍．洛夫作品的意象世界［M］//诗魔的蜕变．台北：诗之华出版社，1991：61．
② 卢斯飞．洛夫余光中诗歌欣赏［M］．南宁：广西教育出版社，1993．

全面地展现了诗人洛夫的心路历程及其精湛诗艺。比如该书从洛夫诗歌的语言切入研究，发现洛夫在创作中"喜欢选取那些能够引起人们联想到生命的存在与消失的名词"，而且"所有的组合都是为了突出一种'反逻辑'的矛盾的语意联想，以及使所有无生命的都具有极强的生命动感"。这种生死存亡的悲剧意识，是因为"洛夫个人经历的苦难与时代的苦难相契合"，从而"造就了他诗歌中那种深沉的，震慑人心的悲剧气氛"①。浙江学者龙彼德的《洛夫评传》为首部大陆出版的洛夫评传。著作共十一章，前七章对洛夫的生平及诗歌创作以时间为序进行了系统而深入的讨论，第八章叙述了洛夫的诗歌获奖情况、诗歌活动、诗集出版情况，第九章评述了洛夫的诗歌论争活动及其诗歌主张，第十章描述了洛夫的性格、散文写作及书法创作情况，第十一章讨论洛夫诗歌的张力系统，学术价值最重。② 龙彼德另在台湾出版的《一代诗魔洛夫》（小报文化公司，1998）则较为完整地论述了洛夫一生中的各个层面与文学成就，不仅对其新诗或诗学理论有较深入的评析，也关注到他的生活经历。③

作为洛夫研究深入的另一表现，则是洛夫诗歌成为不少硕士生、博士生学位论文的选题，新生代学者的目光开始关注和接受洛夫诗歌。计有：台北东吴大学陈瑞芳《台湾现代诗的文学社会学考察：洛夫、罗门作品中的美学意识形态初探（1954—1972）》（1986）、广州中山大学陈晓明硕士论文《洛夫论》（1991）、美国圣鲁易士华盛顿大学陶忘机（John Balcom）博士论文《洛夫与台湾现代诗》（1993）、荷兰莱顿大学 Jesba zhang 硕士论文《台湾超现实主义诗人洛夫》、台湾师大潘文祥的硕士论文《洛夫诗的研究》（1997）等。陈晓明是第一个以洛夫研究作硕士论文的大陆学生，他认为洛夫作品体现着台湾现代诗的一种面貌和一个侧面："以影响而论，从早期亲近中国三十年代诗人到引介西方超现实主义入台湾，以至于'回归传统，拥抱现代'立场之确认，与台湾诗坛的整体走向一致；以主题而论，从早期对爱的歌吟与对禁锢的直觉感觉到对透肌沦髓的孤绝之正视，以至于生活意趣的提炼及历史文化乡愁的倾诉，又与台湾社会心理发展相契合。"而这

---

① 费勇. 洛夫与现代诗 [M]. 台北：东大图书公司，1994.
② 龙彼德. 洛夫评传 [M]. 南京：南京大学出版社，1995.
③ 龙彼德. 一代诗魔洛夫 [M]. 台北：小报文化公司，1998.

种"从禁锢到孤觉"和"从生活意趣到文化乡愁"的过程正是洛夫生命意识的变奏。

洛夫多变的诗风使其诗歌风格的讨论成为此一阶段研究焦点。作为洛夫的乡党和诗友①，李元洛撰写了一系列洛夫诗歌评论：《想得也妙，写得也妙——读台湾诗人洛夫〈与李贺共饮〉》《隔海的心祭——读洛夫的〈水祭〉》《江涛海浪楚人诗——论洛夫的诗歌创作》《短兵寸铁的锋芒——谈诗人洛夫的抒情小诗》。② 李元洛把洛夫的超现实主义的诗风归结为"中西诗美的联姻"，他认为尽管洛夫有多方面的原因使其作品丰厚，"例如丰富的生活经历，以及对生活敏锐的内心审美体验，出色的诗人素质和鲜明而独立的艺术个性，深厚的文化修养与艺术积累等"，但不能忽视西方现代派诗歌对洛夫创作的影响。李元洛认为对洛夫影响最大的是"法国超现实主义这一诗派及其作品"。正因为如此，他认为具有西方超现实主义诗风的"诡奇博丽"是洛夫诗歌的主导风格，"也是其意象与语言的主要美学特征"。③北京大学学者任洪渊对洛夫诗歌有独特评述，他的《洛夫的现代诗与现代创世纪的悲剧》一文视域宏阔，观点独特。文中认为把洛夫简单地归同于西方超现实主义，是片面而不实际的："因为艾略特的背后是庞德，庞德的背后是叶芝，叶芝的背后是一座奥林匹亚神山、一个又一个巨人的肩膀、一个诗的传统，而洛夫的背后没有中国新诗的巨人，只有断裂的传统。"他认为洛夫的诗充满了对生命和时间的追索，它不同于超验的"上帝的时间"、博格森的"哲学家的时间"、普里戈金的"内部的时间"，也不同于胡塞尔的"还原"、海德格尔的"超越"、维特根思坦的"沉默"。洛夫的诗就是洛夫自己的诗，"是具有东方智慧'生命时间'的神秘和自由的汉语，使寻找生命永恒的时空坐标成为可能，使被破坏的语言文化的重建成为可能"。④福建学者刘登翰也是洛夫诗歌的激赏者。他认为正是这种与传统的隔离，使得洛夫在"失却前人美学荫护的同时也意味着少去一重规范的束缚，又使

---

① 1988 年，洛夫撰写了长诗《湖南大雪——赠长沙李元洛》，其时，两人只有书信往来，尚未正式谋面，一时被传为诗坛佳话。

② 分见《文艺天地》1987/3、《湖南文学》1987/9、《芙蓉》1987/5、《湖南文学》1988/7.

③ 李元洛. 中西诗美的联姻［M］//诗魔的蜕变. 台北：诗之华出版社，1991：151.

④ 任洪渊. 洛夫的现代诗与现代创世纪的悲剧［M］//诗魔的蜕变. 台北：诗之华出版社，1991：192.

洛夫面对广阔的东西方空间的同时，有着更多的实验自由"①。他赞赏洛夫那种对"自己艺术实践从不满足的省思"和"永远求新、求变的现代艺术精神"。他认为洛夫由于"怀着一个漂泊者的文化情怀和历史情怀"，以及"对现代主义'超时空'艺术把握方式的体认，与中国人文传统中的'天地与我为一，我与天地同生'的观念融通起来，从而使超现实主义泛化为一种广义的东方化的审美把握方式。"② 这一观点暗合了洛夫的心声："我们在批判与吸收了中西文学传统之后，将努力于一种新的民族风格之塑造，唱出真正属于我们这一时代的声音。"③ 也有学者认为洛夫和他创世纪的同伴们，他们的"边缘处境"决定了他们作品的史册蕴涵。章亚昕认为是沧海桑田之感，造就了洛夫们的时空意识："离桑田而赴沧海，是台湾许多现代诗人的共同经历，一种近似文化移民的心路历程，导致沧桑巨变构成创作心态的象征。起先这也许只是空间上的漂泊感受，后来也就随着台湾社会的转型，而成为具有时间意味的时代艺术精神。"他认为洛夫的《石室之死亡》是寓美感于痛感之中，让等同于抒情主人公的"你""囚于内室"，然后再"从一块巨石中醒来"，"蓦然回首/远处站着一个望坟而笑的婴儿"。"诗人面对人生，也面对自己的内心世界，通过表现情感的方式来高扬意志力，通过创造意象的方式来发挥想象力，而冲动的生命力，也就寄托在诗意之中了。"④李润霞把洛夫描述为既是现代派诗歌创世纪的"超现实"悍将，又是诗艺追求中少小离"家"老大归"乡"的诗歌游子。她认为洛夫走了一条"从面向现代到面向传统，从取法现代到'悖离—回归—植根'的艺术探险之路，其诗歌的内在意蕴、人文精神、文化背景亦呈现了'离—归—合'的变迁模式"⑤。她指出在文化吸纳与承传中，洛夫的独特性又在于其诗歌中的现代诗质是提取东方的古典美学和智慧，具有中国风的东方味的"反常合道"的现代，而传统诗质又是融现代观念、富有现代意识又再造的传统，此两者又构成一种既离心又向心的审美合力。

① 刘登翰. 文学薪火的传承与变异 [M]. 福州：海峡文艺出版社，1994：270.
② 刘登翰. 文学薪火的传承与变异 [M]. 福州：海峡文艺出版社，1994：240.
③ 洛夫. 一颗不死的麦子 [M] // 创世纪诗选. 台北：尔雅出版社，1993：611.
④ 章亚昕. 论台湾创世纪社的大中国诗观 [J]. 山东社会科学，1999（1）：84-89.
⑤ 李润霞. 从超越的飞翔到回归的停泊——透视洛夫诗歌的思想内涵 [J]. 台港与海外文学评论与研究，1997（3）：59-62.

相应地，对洛夫诗歌写作生涯的总结及其阶段划分，也成为同期争议的焦点。萧萧在 1991 年出版的《现代诗纵横观》中，将洛夫自 1950 年至 1986 年分为八个时期：（1）情（1950—1957），代表作：《灵河》。（2）兽（1958—1959），代表作：《投影》《我的兽》。（3）石（1959—1964），代表作：《石室之死亡》。（4）烟（1964—1967），代表作：《外外集》。（5）河（1967—1969），代表作：《无岸之河》。（6）魔（1970—1974），代表作：《魔歌》。（7）伤（1974—1981），代表作：《时间之伤》。（8）酿（1981—1983），代表作：《酿酒的石头》。龙彼德在《一代诗魔洛夫》中把洛夫的创作划分为四个时期：（1）抒情时期（1954—1958），诗人正在寻求自己的路向，调整自己的啼声与频率。（2）探索时期（1959—1973），以《石室之死亡》《外外集》《西贡诗抄》为代表，总的趋势是："搁置阴柔，突出阳刚；收敛感性，张扬知性；摒弃浪温，着眼现实乃至超现实；不停留在浅显，向心灵世界掘进。"（3）回归时期（1974—1990），"回归"体现在三个层面：一是对中国文化的关怀与深度的探索，回到中国人文精神的本位上来。二是运用古典题材，融会前人的特殊技巧，表达自己的现代感受与生命体验。三是抒发乡愁，关怀大中国，落实真实的人生。（4）整合时期（1991—现在）。洛夫的整合，深入地思考和理解了主体与客体、混沌与秩序、负面与正面、现代与古典这四组关系，是对西方与东方两种美学的比较与求索，从而实现两者的相互融通。龙彼德对洛夫作品的分期相当客观，配合洛夫作品的解析也相当详尽，不过，诗人的创作历程是相互渗透、彼此关联的，任何分期都不免有切断斩截的挂漏。任洪渊则把洛夫的诗歌创作划分为"黑色时期"（《石室之死亡》）、"血色时期"（《魔歌》）、"白色时期"（从《时间之伤》开始）三个时期："黑色"是"无色无形无我无物的原始混沌"；"白色"是"无色无形无我无物的终极的虚无"；而"中间，瞬息即逝的，是有色、有形、有我、有物"的"血色"的生命。并认为"黑色/血色/白色"这三原色"构成了洛夫所有诗篇色的节奏和旋律"，分别表现"生命的苦闷—燃烧—升华"①。值得注意的是，关于作品的分期，洛夫也有自己的看法："我一向认为，一个诗人毕其一生不可能只写一种风格的诗而不变，他如果要追求自我突破，就必须不断占领，又不断放弃。"2002 年，他在答

---

① 任洪渊. 洛夫诗选 [M]. 北京：中国友谊出版公司，1993：5-7.

记者问时，把自己近六十年的创作划分为五个时期：（1）抒情时期（1947—1952）；（2）现代诗探索时期（1954—1970）；（3）反思传统、融合现代与古典时期（1971—1985）；（4）乡愁诗时期（1985—1995）；（5）天涯美学时期（1996—现在）。

三、近期：新世纪以来

进入新世纪，以洛夫长诗新作《漂木》的发表及其相关评论为标志，洛夫研究持续升温。

2001年，洛夫3000余行的长诗《漂木》最早在台湾《自由时报》以连载形式首度面世，震惊了新世纪华语诗坛，引来众多评论。向阳认为："洛夫的《漂木》，与希腊历史诗一样，具有强烈的历史感和哲理。他一改过去重抽象意念的作风，取而代之的是以意象的思维观照世界，诗质相对丰满，读来令人具有深思的余地。……《漂木》其实已走出晦涩的阴影，走出意象叠加令人沉重得透不过气来的《石室的死亡》模式，而就得自由地滑行于创造性的活动中。"[1] 他说《漂木》是中文现代长诗所树立的一根标杆。洛夫的《漂木》为人们描写长卷的人世间风景线，是诗人对眼下大千世界的解读。也有评论家认为《漂木》是"洛夫一生的总结，是他集古今中外之大成精品，也是当代诗坛的重要收获"[2]。2006年，《漂木》单行本由国际文化出版公司发行，大陆读者终于一睹长诗全貌。扬州诗评家叶橹作《漂木》十论，对长诗的结构与意象、诗性自觉与奇诡思维、叙述策略与抒情姿态、母爱主题、时间之旅等方面进行了深入的讨论，他认为"《漂木》在本质上是一部关于人的生存以及作为存在者在人生旅途中的庞杂思绪和思考的长诗"[3]，并预言《漂木》"不仅是他个人创作上的一个奇迹，也必将是中国新诗史上一个重大的事件"[4]。《漂木》在两岸青年学者中反响强烈。台湾彰化师范大学的2002届硕士生曾贵芬在《漂木》发表不到一年的时间内，写出了《悲剧的主体价值体验——〈漂木〉诠释》的学位论文。广西

[1] 向明. 漂木的启示 [N]. 台北：自由时报. 副刊，2001-07-09.
[2] 龙彼德. 飙升在新高度上的辉煌——喜读洛夫的长诗《漂木》[N]. 台北：自由时报. 副刊，2001-04-03.
[3] 叶橹.《漂木》的结构与意象 [J]. 名作欣赏，2005（7）：38-44.
[4] 叶橹. 解读《漂木》[J]. 名作欣赏，2003（11）：55-71.

师范大学向忆秋在其硕士论文中，通过对《漂木》和《石室之死亡》的纵向比较，认为洛夫的诗歌流露了至为深重的生命焦虑，因为"焦虑对洛夫生命的啃噬，和洛夫对这种焦虑的持之以恒的反抗，构成了洛夫诗歌一个无比深沉的主题和情绪"。所以她认为洛夫诗歌焦虑的历史实际上反映了历史的焦虑，并提出"在中国现当代文学史上，像洛夫这样身负劫难深重的焦虑情绪，这样持之以恒的焦虑表达的诗人，实属少见……洛夫的诗歌史是一部焦虑史"的论点，因为"焦虑及其对焦虑的反抗，持之以恒贯彻了洛夫诗歌创作的全过程"。

短短 10 年间，涉及洛夫及其诗歌评论的著作不断出版，表明洛夫研究的进一步深化。除前面提到的叶橹《洛夫长诗〈漂木〉十论》（中国国际文化出版公司，2007）外，还有钱建军（少君）与向忆秋合著《洛夫：诗、魔、禅》（中国文化出版公司，2004），该著多角度对洛夫文本进行阐述，深化了对洛夫的研究与解读。2008 年，张默主编《大河的雄辩——洛夫诗作评论集（第二部）》出版，该评论集选录海内外 29 位重要诗家对洛夫各时期诗作所展开的多方面不同论述，见解犀利，举证清晰，各篇均满溢知感交汇的精到论析。尤其对长诗《漂木》的关注与评述更为集中，不少评论赞誉《漂木》是一首观照生命、穿越时空的悲剧性史诗，而令喜爱"诗魔"洛夫的读者，从生命仪式的瞻仰中，从回归与出离的时空意涵中，获得自我的救赎与启示。此外，山东学者章亚昕新世纪的两本著作均涉及洛夫及其诗歌研究。其一是《情系伊甸园——创世纪诗人论》（文史哲出版社，2004），该著除"综论"部分论述创世纪群体的创作心态、文化精神、意象语言、史册蕴涵等外，"个评"方面设有专节"感悟与创作：洛夫的诗歌艺术"；其二为《台湾二十世纪诗歌史》，设"创世纪诗社与洛夫"专章评述洛夫诗歌，他认为"诗人离桑田而赴沧海，走上一条身不由己的漂泊历程，诗便成为背井离乡后的家园。他面对人生中的悲剧情境，创造生命的本真境界，其意象语言也就表现出超越困境的艺术精神。于是天涯游子的身世之感造就了文化移民心态，这使诗人洛夫带有重建精神秩序的文化创造者风范"[①]。

洛夫诗歌在两岸新生代学者中进一步引起广泛关注。以洛夫为研究对象的博士生、硕士生论文大量出现，计有：台湾清华大学林孟萱硕士论文

---

① 章亚昕. 台湾二十世纪诗歌史 [M]. 北京：人民文学出版社，2010：144.

《洛夫诗的用字及句式特色研究》（2000）；台湾清华大学郑恒雄硕士论文《诗人的自我与外在世界——论洛夫、余光中、简政珍的诗语言》（2001）；台湾大学刘正忠博士论文《军旅诗人的异端性格——以五六十年代的洛夫、商禽、痖弦为主》（2001）；广西师大向忆秋硕士论文《焦虑及反抗——洛夫诗新解》（2002）；台湾彰化师大曾桂芬硕士论文《悲剧的主体价值体验——洛夫〈漂木〉的诠释》（2002）；福建师大少君博士论文《漂泊的奥义——洛夫论》（2003），同年由中国戏剧出版社出版；台湾东海大学余欣娟硕士论文《一九六〇年代台湾超现实诗——以洛夫、痖弦、商禽为主》（2003）；高雄师大王嘉玲硕士论文《洛夫诗艺研究》（2004）；山东大学施洪玲硕士论文《生命谛视、宇宙境界与诗学理想》（2006）；中兴大学张期达硕士论文《不相称的美学——以洛夫、简政珍、陈克华诗语言为例》（2007）；台湾花莲教育大学彭巧华硕士论文《洛夫诗中身体书写之探讨》，中国语文学系硕士论文（2007）等。此外四川大学杨明博士、田华硕士，台湾政治大学陈全得博士以及从台湾大学毕业后就读于美国佐治亚大学的左乙萱等均在学位论文中以较大篇幅评论洛夫诗歌。

特别值得指出的是，进入新世纪以来，学界举办了多场洛夫诗歌研讨会：2006 年 10 月由山西当代中国新诗研究所和《人民文学》杂志社驻外工作部联合主办的著名诗人洛夫诗歌研讨会在河北省文学馆举办，会议就洛夫先生多年诗歌创作历程及其特征，联系大陆诗歌创作现状和发展趋势广泛发言并进行了深入研讨。2007 年 4 月"洛夫与二十世纪华文文学研讨会"在苏州举行，香港大学、苏州大学、武汉大学及徐州师范大学等高校的数十位专家学者，探讨洛夫与华文文学关系、洛夫在中国新诗史上不可忽视的历史地位。在此次会议上不少研讨论文新意频出，如《论洛夫诗歌的精神硬度》《洛夫诗中新陈代谢的象征意涵》《洛夫诗中的哭与笑》《洛夫诗的眼睛》《洛夫诗歌的排泄研究》《论洛夫诗的疾病意象与疾病隐喻》……研究视域开阔，开辟了不少新的研究角度。2007 年 10 月，洛夫长诗《漂木》国际学术研讨会在湘西凤凰成功召开，会议一致肯定了《漂木》在中国新诗史上的里程碑式的地位，认为与《离骚》《红楼梦》等伟大的作品一样，《漂木》将是一个说不尽的话题，会上还首发了叶橹教授十余万字的专著《漂木论》。2008 年 10 月在洛夫先生八十寿辰暨诗歌创作六十周年之际，由首都师范大学中国诗歌研究中心主办的"洛夫诗歌创作研讨会"在首都师范大学召开，与会学者们对洛夫几十年来在诗歌创作、诗歌理论及书画艺术上的成就予以了充分肯定，对其诗歌创作为中国现代诗的发展做出的尝试也给予了高度评价，会议结集《洛夫诗歌创作研讨会论文集》。2009 年 10 月，"洛夫国际诗歌节"在洛夫故乡湖南衡阳隆重举行，洛夫和来自北京大学、首都师范大学、复旦大学、西安财经学院、香港大学、韩国大学等数十所海内外高校的专家学者及诸多诗人、作家共聚一堂。在此次会议中，洛夫将自己的 60 余年诗歌写作手稿、诗集、获奖证书、书法作品等资料捐献给家乡筹建中的"洛夫文学馆"。毋庸置疑，学术研讨会的召开为新世纪洛夫诗歌研究走向深入起了不可忽视的推动作用。

综观半个多世纪以来的洛夫研究，国内外研究者如李元洛、龙彼德、少君、向忆秋、叶橹、陈祖君、沈奇、余光中、叶维廉、李英豪、简政珍、萧萧、张汉良……在洛夫生平、诗学理论、创作阶段、整体风格、审美意象、张力系统、语言特征以及代表性诗歌文本的研究等诸多方面有深入的探讨并产出了一批丰饶的研究成果。然而，由于视域或研究角度的局限以及洛夫依然活跃在当代诗歌创作活动中，现有研究依然在洛夫诗歌宏大体系的整体把握、洛夫诗歌发展阶段及当下走向、洛夫的诗学理论体系以及《漂木》等代表性文本的研究等方面有继续掘进的可能，而在洛夫晚近诗作的评论、洛夫诗歌与 20 世纪以来新诗发展的关系、洛夫与《创世纪》诗人群、洛夫与余光中等现代诗人的比较、洛夫诗歌手稿及版本、洛夫与海外华文诗歌写作、洛夫的翻译作品等方面均存在不少空白。这些需要后起学者的努力。

第二章
湖湘文化：洛夫诗歌的地域文化基因

"惟楚有材，于斯为盛。"人是文化的最大成果和最终成果。自古以来，以楚文化为主要源头的湖湘文化，源远流长，积淀深厚，催生和孕育了一代代、一批批湖湘英才。同时，作为文化的产出成果，这些人才又在各个方面"反哺"湖湘文化母体，推动湖湘文化更加繁荣和发达。在文学领域，20 世纪以来，以沈从文、丁玲、周立波、洛夫、韩少功、残雪等为代表的湖湘作家群体的崛起博得了"文学湘军"的响亮名头。其中，世界华语诗坛泰斗、"诗魔"洛夫虽然长期游学、定居于台湾和海外，但其个性气质、诗歌风格打下了深深的湖湘文化印迹，成为文化与人相辅相成、紧密关联的又一范例。我们拟从湖湘文化的角度探寻洛夫及其诗歌的文化"基因"。

一、文化根底：诗人洛夫是湖湘"土特产"

在 20 世纪以来的中国文坛，文学湘军的地位不容小觑。除了据守于湖湘大地的大批作家之外，不少在外"游历"的湘籍作家在中国现当代文学史中同样有一席之地。最早的当然要数"中国新文学第一位女作家"[①]——陈衡哲（1890—1976）。陈的祖籍是衡山（现衡东县），她在《自传》里说："我的祖先是中国五岳之一的湖南衡山地区的农夫。"作为中国新文学的拓荒者，陈衡哲创作的第一篇白话小说《一日》，发表于 1917 年的《欧美学生季刊》第一期，比现代文学史公认的新文学短篇小说开山之作——鲁迅的《狂人日记》还早一年，因此她被胡适视为新文学"最早的同志"。此

---

① 李智鹏. 被疏离的高度——论中国新文学第一位女作家陈衡哲［J］. 齐齐哈尔大学学报（哲学社会科学版），2001：（4）：63-66.

外,在宝岛台湾,还有蜚声海内外、被视为"言情小说第一人"的琼瑶和以《中国人,你为什么不生气》一文声名鹊起的杂文家龙应台,她们俩祖籍都是湖南衡阳。虽然这三位优秀作家文化根底与湖湘大地血脉相通,她们文学创作上的探索精神也无不彰显着"敢为天下先"的湖湘文化精髓,但是,不得不承认的是,她们成长成才的人生轨迹与湖南并没有更多直接的关联。比如陈衡哲的出生地在江苏常州的武进,自陈的高祖父远离祖籍"宦游于长江上下",所谓的"衡山陈家"保留更多的只是一个关于祖籍的记忆的符号而已,没有材料说明陈衡哲终其一生踏上过湖南这块土地。琼瑶生于成都,虽在小时候两度随父母回衡避难,在成名后也曾雁回衡阳探亲祭祖,但更长的人生轨迹与家乡衡阳没有更多的交叉。龙应台则出生、成长均在台湾,湖南—衡阳—衡山只能算是其"永远的梦乡"。

20世纪以来的现代文坛,真正从湖湘这块文化沃土上产出而且具有世界声誉的大诗人、大文学家,只有洛夫。

第一,洛夫是"土生土长"的湖南人。他本名莫运端,1928年出生于衡阳东乡相公堡(现衡南县相市乡燕子山),在1949年赴台湾前,其间有21年之久。在家乡,洛夫度过了梦幻的童年阶段和白马般的少年时期,接受了正规的学校教育(初中、高中),他的世界观和人生观逐步定型,开始具有独立人格,实现了一个自然人到社会人的转变。而这一切,须臾不能离开脚下——湖湘这片文化沃土。诚然,在湖湘大地成长起来的洛夫也终生烙上"湖湘"文化印痕。比如洛夫虽然离乡60余年,但始终"乡音未改",与人交谈甚至朗诵诗歌均是一口地道的衡南话①。"乡音无改鬓毛衰"就是一个显在的语言标志。

第二,作为世界性的大诗人,洛夫的文学初步始于家乡的土地。洛夫回忆:"我出生于湖南衡阳一个农村,从小便生长在那山明水秀的湘南风光中,无形中培养了我爱好诗歌的兴趣和追求纯粹艺术的观念与热望。"②"这三年小学生活,对我日后的文学竟然有着关键性的影响。……老师出了一道作文题'龙舟竞渡',我写了一百多字,第一个交卷。三天后作文簿子发下

① 洛夫. 因为风的缘故 [M](参听该书所附洛夫自诵诗歌光盘). 台北:联经出版事业有限公司,2005.

② 北京《诗探索》编辑部. 洛夫访谈录 [M] // 方明. 大河的对话——洛夫访谈录. 台北:兰台出版社,2010:12.

来，只见满纸红笔双圈，后面还批有'孺子可教'四个字，同学们都围过来争看这篇大作，这时我满脸飞金，好像那些红圈圈是画在我的额上。那年，我刚满十岁。"① 1943 年 10 月，洛夫第一篇散文《秋日的庭院》发表于湖南省衡阳市《力报》副刊《文艺新地》，笔名野叟，洛夫时年 15 岁，正在中学念初三。《力报》是湖南当时影响最大的三大报刊之一，在长沙、邵阳、衡阳均有发行，衡阳版的副刊《文艺新地》是其文学气息最为浓厚、文学价值最大的副刊，当时的主编是端木蕻良。洛夫当时还写过不少散文，如《回忆外婆》（刊于《力报》1948 年 4 月 16 日）、《我们的歌声》（刊于《力报》1948 年 4 月 30 日）、《忆》（刊于《力报》1948 年 8 月 29 日）、《沉默》（刊于《力报》1948 年 10 月 9 日）、《散文三章》（刊于《力报》1949 年 1 月 8 日）等。洛夫的诗歌写作则是从高一（就读于衡山岳云中学）时开始。他的第一首诗同样发表在衡阳市的《力报》副刊，题目为《秋风》。后来又陆续在衡阳的《中华时报》《市民日报》和《力报》上发了二十几首诗。洛夫在湖湘大地播下了文学最初的一批种子并萌发新芽。值得在此特别提出的是，洛夫成名之后，不仅成为海外湘籍作家的代表，也是湖南诗歌界的领头雁。洛夫先后 20 余次回大陆访问、开会、讲学、办展览、旅游，他广泛接触大陆老、中、青三代诗人，为两岸诗坛的沟通和交流不遗余力，做了大量的工作。正是由于洛夫诗歌的影响以及受洛夫成功的鼓励，近二十年来，更多的湖南青年加入了诗歌创作的行列，而今，湖南一地盛产诗歌和诗人，在国内已有一定的声誉。洛夫对于当下湖南诗歌甚至是国内诗歌的影响与推动是显而易见的。

　　第三，洛夫秉性受到湖湘文化的熏陶，为典型的湖南人。文化文化，化以成人。一个地域范围内的风俗时尚、价值取向、伦理道德等文化因素如同空气一般被生活在这片土地上的人们呼吸吐纳，影响、制约着个体的思维模式和行为方式。对作家而言，文化的影响表现在它对创作主体——作家内在的精神气质、审美情趣以至整个思想人格的熏陶熔冶上。湖湘文化的浪漫情致与经世致用传统，深深地影响着诗人洛夫独特人格与心理的形成。知夫莫若妻，洛夫的夫人陈琼芳写过一篇《诗人洛夫的侧影》的妙文，文章对洛夫倔强的个性有生动的描述："湖南人都有骡子脾气，洛夫也不例外，早年

---

① 洛夫. 杨泗庙的幻影［M］//落叶在火中沉思. 台北：尔雅出版社有限公司，1998：129.

个性倔强刚烈,疾恶如仇,看不惯的人连招呼也懒得打,所以经常得罪人。他曾说:'我一不经商,二不做官,干嘛要迎合别人,委屈自己。'……刚才我说他不再固执己见,其实也不尽然。譬如抽烟,我累次劝他戒掉,他似乎从来没有认真考虑过,绝不是他缺乏意志力,而是他根本就没有这个动机。为了助他戒烟,我曾悬赏十万台币,不惜威胁利诱,他都不为所动。"①也有记者评述洛夫:"平时他的'诗人意识'并不凸现,也没有一般诗人的怪癖,有时甚至很保守,他曾说他自己头脑现代而心性传统,他会开车,却没有手机,更是电脑盲,除了偶尔与二三好友喝点小酒,别无其他不良嗜好。他特别具有一种中国文人气质,却不酸,谈话中不时会流露出反讽的语气,还有一点疾恶如仇,不与世俗随波逐流的臭脾气。……洛夫的意志力非比寻常,决心想做的事,一定要办到,抽了数十年的烟,说戒就戒。他每天游泳,已坚持了 8 年之久,故健康情况一直良好。"② 倔强、坚持、果敢,还有一些保守,如同沈从文当年自我认同的"乡下人",正是湖南人士特有的秉性和品格。

二、湖湘意象:洛夫诗歌的文化标志

湖湘文化孕育了洛夫,同时也在洛夫生命中深深地镌刻下湖湘文化的痕迹。其具体表现就是洛夫身上浓郁的湖湘文化情结。1949 年,洛夫离开家乡,奔赴宝岛台湾,家乡就成为诗人无时无刻不在思念、怀想的对象。洛夫回忆:"初抵屏东左营那数年的生活,岂止是'流放'二字所能概括,举目皆异乡,孑然一身,最初羁身军旅,无非是求得三餐之饱,但心灵极度空虚,一点也不实在,所谓人生目标与理想,更是无从谈起。只是浮萍一片,全身都浸泡在一种孤独无依、乡愁漫漫的水泽里。"③ 1996 年,洛夫由台湾迁居加拿大温哥华,洛夫称"这次半被迫、半自我选择之下移居海外"的行动为"第二度流放"④。六十余年漂泊他乡海外,洛夫发现"乡愁竟是一种治不好的绝症"⑤。两岸互通后,洛夫频繁返乡探亲访友。诗人龙彼德回

① 龙彼德.洛夫评传 [M].南京:南京大学出版社,1995:111.
② 程方.评说洛夫:"诗魔"之侧影 [N].金羊网,2006-10-06.
③ 洛夫.异乡的月光 [M]//雪楼小品.台北:三民书局,2006:145.
④ 洛夫.异乡的月光 [M]//雪楼小品.台北:三民书局,2006:144.
⑤ 洛夫.杨泗庙的幻影 [M]//落叶在火中沉思.台北:尔雅出版社有限公司,1998:131.

忆："在第一次回乡探亲后，洛夫便开始了他的故国神州之旅。从 1988 年 9 月，到 1995 年 11 月，洛夫先后 11 次回大陆访问、开会、学术交流并旅游；1996 年 4 月，移民加拿大、定居温哥华后，有过一段对新环境的适应过程；从 1999 年 10 月，到 2009 年 11 月，洛夫又先后 13 次回大陆访问、开会、讲学、办展览、旅游，其次数之多、频率之高、所到范围之广、影响之巨，在港、澳、台及华裔诗人作家中，均是仅见的。"① 2009 年 10 月，洛夫第五度返乡出席家乡衡阳举办的洛夫国际诗歌文化节，其间洛夫将自己的 60 余年诗歌写作手稿、诗集、获奖证书、书法作品等资料捐献给筹建中的"洛夫文学馆"。他说："我不是洛夫，我是衡阳人。衡南是我的出生地，我在这里度过了美好的童年和白马般的少年，对一个海外游子来说，衡南是我永远的梦土，是连着我和祖国的一根脐带，也是一块永远不能磨灭的胎记。虽然我的人和肉体一直在海外漂泊，但精神、作品却在家乡找到了一个最好的安栖之处。"② 洛夫真挚的乡情使数百名与会者无不动容。

洛夫是诗人。诗的语言透过意象表现，意象则常以形象化来具体表现抽象的情思。唐司空徒云："意象欲出，造化已奇。"意象出自诗人心灵之创造。意象不是客观存在，也不是对客观存在的物象的模仿，而是审美主体的心灵的创造，是主体与客体、心与物、意与象的统一。在湖湘文化情结作用下，洛夫的诗歌用了大量的意象来诉诸对童年的追忆、对家乡的怀想、对亲友的牵念或对湖湘母体文化的认可。对于洛夫诗中这一部分具有特定的湖湘文化指向或者直接体现作者浓厚的故土情结的丰富多彩的意象，我们姑且称之为湖湘意象。

从外显层面观察，洛夫诗中有不少鲜明湖湘文化指向的诗题。题是诗的眼睛。洛夫说："诗人创造之前，心中业已存有一个未知的东西，它可能是一种印象，一种感觉，一个梦幻，或一个面貌不清的观念，他必须找到一个最妥切的形体来取代它。"③ 在洛夫的诗歌作品中，最直接抒怀的"形体"

---

① 龙彼德. 洛夫的意义 [J]. 诗探索，2010（5）：62-72.

② 何青青. 因为风的缘故：衡南电视台专访"诗魔"洛夫 [EB/OL]. 中国衡阳新闻网，2009-10-26.

③ 洛夫. 诗人之镜——石室之死亡（自序）[M] // 诗魔之歌. 广东：花城出版社，1990：129.

便是这些具有鲜明湖湘文化指向的诗歌标题。衡阳是洛夫的家乡，留存着洛夫最为宝贵的童年和少年记忆，在洛夫的诗作中，不少篇什直接以"衡阳"为题。《与衡阳宾馆的蟋蟀对话》这首诗是 1988 年秋洛夫回乡探亲下榻衡阳宾馆的感怀之作，这首诗所抒发的乡恋和乡愁甚为沉重：已是半夜时分，诗人身为游子，躺在故土的旅舍，辗转反侧，不能入眠，窗外传来的一阵蟋蟀声便触发了他的乡愁。蟋蟀叫得格外"惊心"，使得诗人一阵阵地"呼痛"。2004 年 10 月，洛夫再次回到故乡衡阳。"梦里依稀身是客"，洛夫急急搜寻记忆中衡阳火车站中的"衡阳"二字，其诗作《衡阳车站》记录了这一次回乡："青藤的日子/已在天涯萎成一束苍发/灯火暗了/雕刀锈了/而你额际仍残留着/四个繁体字：衡阳车站/一笔一画/仍坚持/刃的锋芒/……"表现出久别故乡的游子割舍不掉、挥之不去的乡土情结。另外，"湖南"也曾被洛夫直接用于诗歌标题中。写作《湖南大雪——赠李元洛先生》时虽然两人只是神交而未谋面，但诗意的想象改写了空间，两人在诗中实现了雪夜对酌言欢的宿愿。

从内在层面看，洛夫诗中更存在大量湖湘意象。余光中认为："所谓意象，即诗人内在之意诉之于外在之象，读者再根据这外在之象试图还原诗人当初的内在之意。"① 洛夫也认为："'真我'，或许就是一个诗人终生孜孜矻矻，在意象的经营中，在跟语言的搏斗中唯一追求的目标。"②

首先，洛夫诗歌中的湖湘意象表现在对湖湘山川地貌、地理风情的描写上。主要有稻田、雪、衡阳宾馆、大雁、狗尾草、水塘、湘江、湘音、楚国等。就诗人洛夫的自然生命来说，他的前半生是躺在故乡，后半生是客居异乡，尽管长期漂泊在外，但是那些刻在他骨子里的故乡的记忆依旧十分清晰。衡阳又称雁城，古来就有"塞下秋来风景异，衡阳雁去无留意"的传说，在回答家乡记者的提问中，洛夫就曾妙答曰："为何雁回衡阳，因为风的缘故！"因此大雁自然成了洛夫笔下的常见意象，如"竟不管头顶横过一行雁字/说些什么"（《回响》）、"乡音未改，两鬓已衰/母亲/三十年寒暑

---

① 余光中. 掌中雨［M］. 台北：文星出版社，1964：9.
② 洛夫. 我的诗观与诗法——《魔歌》自序［M］//诗而有序——我的诗观与诗法. 深圳：海天出版社，2014：4.

匆匆的催逼/我仍只是一只/追逐天涯的孤雁"（《血的再版——悼亡母诗》）。故乡的气候对洛夫来说也是记忆犹新，深居湘南内陆的衡阳几乎每年冬天都会下雪，于是雪便随风飘入了他的心里："载我渡我的雨啊/奔腾了两千年才凝成这场大雪/落在洞庭湖上/落在岳麓山上。""带有浓厚湘音的嗷/只惊得/窗外扑来的寒雪/倒飞而去。"（《湖南大雪》）故乡的一草一塘也都给诗人留下了十分深刻的印象，如"我跪着/偷觑一株狗尾草绕过坟地""水塘中喧哗的童年"（《河畔墓园》）。诗人身体在漂泊，但是内心却无时无刻不在自我呼唤："归来吧，楚国的诗魂！"

　　其次，洛夫诗歌中的湖湘意象较多体现出对亲友的牵挂与怀恋。主要有信、鞋、炉火、酒、泥土、乡音、望远镜、杜鹃、鹧鸪、冷雾等。诗人长期背井离乡，与亲友相隔千里，若问何时最思亲，想必是"子夜读信"之时："你的信像一尾鱼游来/读水的温暖/读你江河如读一面镜/读你镜中的笑/如读泡沫。"（《子夜读信》）信中亲友的音容笑貌总是若隐若现，如漂浮在脑海中的泡沫。一双布鞋便能勾起诗人对故友的深切思念："阳关千里/寄给你一双布鞋/一封/无字的信/积了四十多年的话/想说无从说/只好一句句/密密缝在鞋底。""请千万别弃之/若敝屣/四十年的思念/四十年的孤寂/全都缝在鞋底。"（《寄鞋》）诗里行间情真意切，与其说《寄鞋》是写沈莲子对好友张拓四十多年的思念之情，不如说是洛夫对其妻子的怀念："此时却见妻的笑意温如炉火，窗外正在下雪。"（《却看妻子愁何在》）八年离乱，使多少人妻离子散，洛夫亦难于幸免。洛夫追忆夫妻那最后一次灯下愁对，却浮现妻子温暖的笑意，心更凄切，可见诗人多么珍视夫妻之情，把自己对妻子的思念寄托于诗中。"酒是黄昏时归乡的小路"，酒能醉人，但只是使人换得暂时苟且的解脱，而当酒醉醒后，愁绪却有增无减，此乃所谓借酒消愁愁更愁，这于洛夫也不例外："酒，是载我回家唯一的路。"（《白日放歌须纵酒》）洛夫的诗歌意象典型、惬意，意境深沉、悠远，情感直白、浓烈。他的名篇《边界望乡》很能集中体现这些特征。在《边界望乡》中，诗人透过氤氲的轻雾，隐约看到故国山河，手心开始出汗，然后"乡愁"和"望远镜""杜鹃""鹧鸪""冷雾"融在一起，在动态化的呈现中，河山之恋、河山之恨、河山之痛、河山之伤的意蕴一层层凸显出来。台湾诗评家简政珍认为："文字的进行受制于时间，形象展现空间，诗的意象正是以时间性的文字呈现空间性的形象。"① 洛夫不少诗中并没有提到具有湖湘地域文化特色的山川风物，但实际上却满含着对故土、故乡的深切怀念。

第三，洛夫诗歌中的湖湘意象更表现在独特意境的营构上。意境的创构，从根本上说，是使客观景物成为主观情诗的寄托。朱光潜先生说："情景相生而契合无间，情恰能生景，景也能传情，这便是诗的境界。"② 洛夫把诗作为生命的精神支柱，诗是他心灵的独白和心灵历程的真实写照。他用诗表达了对祖国的一片深情，把深情寄托于对故国山河的怀恋之中。③ 洛夫在诗歌作品中，除了使用大量具有湖湘指向的诗歌意象来表达他对湖湘母体文化的认同感外，还通过诗歌所营造的独特意境来寄情。洛夫 1983 年创作的《清明四句》，仅用短短四句诗，就将清明这个特殊时节的愁思意境体现了出来："清明时节雨落无心/烟从碑后升起而名字都似曾相识/一只白鸟淡淡掠过空山/母亲的脸在雾中一闪而过。"清明节是中国人祭奠祖先的传统节日，离乡的游子通常都会在这一天回归故乡，而此时身在海外的洛夫却只能在清明时节无心的纷纷细雨中，化作一只能自由飞跃空山、海峡的白鸟，悄悄地飞到母亲的墓碑旁，来看一看母亲的脸。洛夫强调："诗人首先必须把自己割成碎片，而后糅入一切事物之中，使个人生命与天地的生命融为一体。"④ 他还说："当我想写一首《河》诗，首先在意念上我必须使自己变成一条河，我的身心都要随它而滔滔，而汹涌，而静静地流走；扔一颗石子在河心，我的身心也随着一圈圈的波浪而向外扩散，荡漾。"⑤ "由我眼中/升起的那一枚月亮/突然降落在你的/掌心/你就把它折成一只小船/任其漂向/水声的尽头。"（《水声》）这是一首追忆童年的诗作，诗人用落在掌心的月亮折成一只通往故乡、童年的小船，水声的尽头，感怀的意境在慢慢流淌。

---

① 简政珍. 洛夫作品中的意象世界［M］//洛夫. 洛夫诗歌全集 Ⅱ. 台北：普音文化事业股份有限公司，2009：426.

② 朱光潜. 诗论［M］. 台北：三联书店，1984：50.

③ 任洪渊. 洛夫的诗与现代创世纪的悲剧［M］//诗魔之歌. 广州：花城出版社，1990：175.

④ 洛夫. 我的诗观与诗法——魔歌（自序）［M］//魔歌. 台北：台北探索文化公司出版，1999：151.

⑤ 洛夫. 我的诗观与诗法——魔歌（自序）［M］//魔歌. 台北：台北探索文化公司出版，1999：151.

《湖南大雪》是洛夫广为人知的长篇力作，诗写洛夫与故乡友人李元洛的雪夜会见。诗中对湖南大雪的描写，对竟夕长夜谈的再现，虽然均出自诗人大胆的想象（其时，故国之行尚未开始，与李也仅为书信神交）："君问归期/归期早已写在晚唐的雨中/巴山的雨中/而载我渡我的雨啊/奔腾了两千年才凝成这场大雪/落在洞庭湖上/落在岳麓山上/落在未眠的窗前。"但意象鲜明，情感真挚动人，诗人对家乡故国的深情更上升到一种对历史文化的深刻体悟："你我在此雪夜相聚/天涯千里骤然缩成促膝的一寸/荼蘼早凋/花事已残/今夜我们拥有的/只是一支待剪的烛光/蜡烛虽短/而灰烬中的话足可堆成一部历史。"诗人将时间寓于空间，将现实输入历史，极大地增强了作品的力度，拓展了诗作的空间。

三、乡愁抒写：洛夫"湖湘情结"的集中呈现

虽然从字面上看，"故乡"只是在时间与空间距离中的一种指称，即人在远离故土之后，对那个曾生于斯长于斯的地方的一种称谓。然而，从情感上看，"故乡"却是一个巨大的磁场，冥冥之中遥控着人类的精神世界，处于这个场中的人们，永远也无法摆脱对它的眷顾。洛夫当年在故土的生存感受、生活经验、审美情思始终潜藏在他的意识之中，这种由故乡的初次人生体味所形成的潜藏在意识之中的文化心理定势，必然会引发一种文化上的心理回归——乡愁。表现在文学写作上，就是洛夫创作了大量的乡愁诗作。"乡愁诗"作为洛夫诗歌中一个特别的类别，延续时间长，有不少精品力作，在广大读者中广为传诵，从而在洛夫诗歌写作中占据重要的位置。

人与特定地域之间的某种神秘的联系，自原始人类时期便已存在，据人类学家的观察："每个图腾都与一个明确规定的地区或空间的一部分神秘地联系着，在这个地区之中永远栖满了图腾祖先的精灵，这被叫做'地方亲属关系'……"① 这种萌生于人类祖先的乡土情怀，以集体无意识的方式遗传下来，成为人类难以割舍的精神宿命之一。早在 20 世纪 60 年代赴台之初，在《汤姆之歌》中，洛夫就写道："没有酒的时候/到河边捧饮自己的

---

① ［法］列维·布留尔. 原始思维. ［M］. 北京：商务印书馆，1985：84.

影子/没有嘴的时候/用伤口呼吸。"远离故土故乡,洛夫深深感受到身体、情感的无所归依,他以"无岸之河"期许,发出个人孤绝的呐喊。在70年代出版的诗集《魔歌》中,他不仅注意到"高空的雁行",更在《床前明月光中》一诗第一次直接发出了"乡愁"之音:"不是霜啊/而乡愁竟在我们的血肉中旋成年轮/在千百次的/月落处。"在诗中,诗人以"李白"自许:"只要一壶金门高粱/一小碟豆子/李白便把自己横在水上/让心事从此渡去。"在他1971年写作的《独饮十五行》中,乡愁的境界更为阔大:"令人醺醺然的/莫非就是那/壶中一滴一滴的长江黄河/近些日子/我总是背对着镜子/独饮着/胸中的二三事件……"此诗后记说明是写于台湾退出联合国次日有感而发,但全诗包含对神州大地、故国河山的怀念,内涵丰盈,已远超诗人狭隘的创作初衷,因此被不少诗评家认定为洛夫初期乡愁抒写的佳作。

20世纪70年代中期,诗人应邀访问韩国。韩国旅社门窗、地板均有不少中国文化印迹,洛夫"几有置身唐朝之感",《汉城诗抄之三——云堂旅社初夜》:"除了雪/一切都是唐朝的/门的款式,窗的高度/……/帘铃自风中传来/王维的吟唱。"诗情的想象改变了空间,异国的旅社幻成了故国的图景。然而,乡愁"那口好深好深的井"(《汉城诗抄之七——午夜削梨》)却依然无法探寻见底,"越嚼越暧昧的乡愁"依然"既咸且辣"(《汉城诗抄之十——小店》),令人无法释怀。几十年累积的乡愁至70年代末写作《边界望乡》一诗达到临界点。此诗比肩余光中的《乡愁》,被称为乡愁诗"双璧"。且看其中片段:"望远镜中扩大数十倍的乡愁/乱如风中的散发/当距离调整到令人心跳的程度/一座远山迎面飞来/把我撞成了/严重的内伤。"古典的"断肠"为现代的"内伤"所取代。一贯主体化的乡愁,摇身一变而为客体,而且在膨胀("扩大数十倍")、飞动("迎面飞来"),把诗人撞成了"严重的内伤"。情感意义上乡愁变身为躯干意义上的伤病,且演变为一次猝不及防的袭击、一种渴望已久又承受不了的心理负担,从而超越了"近乡情怯""斩不断理还乱"等流俗表达式。

20世纪80年代以来,两岸往来大幕开启,空间的阻隔虽然已经解除,但洛夫的怀乡情绪依旧,乡愁抒写再次呈现勃发状态。洛夫也把这一时期视为自己诗歌写作的乡愁诗抒写期。这一时期的乡愁抒写,尽管没有空间上的距离,但"近乡情怯",亲情上的乡愁依旧。洛夫认为,乡愁诗最初就是对故乡的怀念，对父母兄弟尤其是童年时代的怀念。为什么？"因为你的童年再也找不回来了。你的过去的家乡，物事全非，完全改变了，再也无法在你的心中恢复原貌了，这种乡愁啊，就是一种亲情的血脉乡愁。——而这种怀乡病是永远治不好的。"①《家书》《剁指》《寄鞋》《血的再版——悼亡母诗》《河畔墓园》《与衡阳宾馆的蟋蟀对话》《再别衡阳车站》等均是其中佳作。1988 年秋，在隔绝 40 年之后，洛夫首次回到魂牵梦萦的故乡，《与衡阳宾馆的蟋蟀对话》就是这次回乡探亲的感怀之作。已是半夜时分，"躺在这前半生是故土后半生是/异乡的/衡阳宾馆"，辗转反侧，不能入眠，于是有了与窗外蟋蟀的一番对话："唧唧/别来无恙乎？……唧唧？/你问我今后的行止？/终老何乡……这个问题问得我多么难堪啊/老乡/我……注定在风中摆荡一生。"蟋蟀"唧唧"不休的鸣叫与追问，带来的是诗人一阵阵的惊心与酸楚。相比亲情血脉上的感伤，洛夫认为文化的乡愁更广泛也更有力量。洛夫说："一个作家最重要的就是，要通过所有的作品，来寻找一个真正的新的精神家园。所以，文化的乡愁比一般情感的乡愁更重要。"②《杜甫草堂》《杭州纸扇》《绍兴访鲁迅故居》《出三峡记》《登黄鹤楼》《夜宿寒山寺》《登峨眉寻李白不遇》等虽未明写乡愁，却增加了知性的力度和人文的内涵，间接抒发另一种大乡愁——文化乡愁。这些说明洛夫乡愁抒写在境界上已再上台阶。

　　至 2001 年洛夫创作长诗《漂木》，这类乡愁抒写境界再次上升："海上，木头的梦/大浪中如镜面的碎裂/遂有千百双眼睛瞪视着/千帆过尽后只留下一只铁锚的/天涯。最终/被选择的天涯/欲让那高洁的月亮和语词/仍悬在/故乡失血的天空。"生命的无常，宿命的无奈，以有限暗示无限，以小我暗示大我。新世纪以来，洛夫在加拿大成立"漂木艺术家协会"，举办各种文化活动，并大力倡导"天涯美学"，这是一种更高层次的对心灵的原乡的追寻，悲情中的执着令人感动。

　　洛夫在接受采访时反复说："临老去国，远走天涯，割断了两岸的地缘和政治的过去，却割不断长久养我育我，塑造我的人格，淬炼我的智慧，培

①　昌政. 洛夫的乡愁诗旅 [N]. 三明日报，2006-05-21.
②　昌政. 洛夫的乡愁诗旅 [N]. 三明日报，2006-05-21.

养我的尊严的中国历史与文化。""我虽有去国的凄凉,却无失国的悲哀。我的中国诗心永远不移,我的中国语言永远不改,我血管里哗哗流淌的华夏血液永远不能改变我是台湾诗人,更是中国诗人的身份。我的文化身份,我的中华诗魂永远不变。"① 在笔者看来,洛夫及其诗歌之所以能走向世界,获得广泛的认同,在于其"笔墨诗心向中华",博大精深的中华文化(湖湘文化为其重要组成部分)是洛夫诗歌不变的文化根底和"基因"。

---

① 朱慧. 无声禅味——随雨入并读洛夫 [N]. 山西日报,2007-10-30.

第三章
超现实主义：洛夫诗歌的现代性质素

　　超现实主义（Surrealism）源于达达主义（Dadaism），是 20 世纪 20 年代产生于法国的一个重要的文艺流派。从 1919 年安德烈·布勒东和菲利普·苏波合著第一部"下意识"书写的作品《磁场》，到 1969 年让·许斯特正式宣布超现实主义团体的解散，在半个世纪的时间里，超现实主义从只有十几个成员的巴黎小组，发展成为影响欧、美、亚、非四大洲几十个国家的国际性运动。由于中国最初的译介者、传播者对超现实主义缺乏全面公正的评介，相比西方现代主义的其他一些流派，譬如象征主义、表现主义、意识流文学等广泛的影响，超现实主义对中国现当代文学的影响总体有限①。而在海峡的另一边，"处在 20 世纪五六十年代历史场域中的台湾现代诗人，因为政治因素的制约被动地疏离了中国新文学传统，在'别求新声于异邦'的探索中与'超现实主义'相遇……他们通过汲取世界文化中的优秀质素而使自己获得了世界性意识。"② 其中，"诗魔"洛夫"受超现实主义影响最深、对超现实主义艺术最热衷"③，被视为台湾超现实主义的掌门人，甚至"诗魔"名头的来历也源于超现实主义的影响④。

---

　　① 陈秋红. 超现实主义在中国 ［J］. 东方论坛，2006（4）.

　　② 白杨. 背离与回归："先锋"探索的一体两面——20 世纪 70 年代后《创世纪》的诗论建构及其思想意义 ［J］. 文艺争鸣，2014（9）.

　　③ 宋学智. 法国超现实主义在我国的影响举要 ［J］. 扬州大学学报（人文社会科学版），2007（4）.

　　④ 洛夫在《我的诗观与诗法——〈魔歌〉自序》中坦言："颜元叔教授尝谓我因受超现实主义影响而'走火入魔'……古有诗圣、诗仙、诗鬼，独缺诗魔，如果……弄笔如舞魔棒，达到呼风唤雨、点铁成金的效果，纵然身列魔榜，难修正果，也足以自豪了。"

一、超现实主义：梦幻与现实相连的中间地带

虽然超现实主义不仅仅作为一种文艺思潮在历史上存在，而且不少超现实主义者充满勇气和热情，在某些问题上还颇有远见，但他们在经济、社会和政治领域的影响却微乎其微。然而在第二条道路上，即在文学艺术领域，他们却获得了显见的成功。事实上，超现实主义在雕塑、建筑、电影、绘画等领域均有重大影响，在文学领域，小说、诗歌、戏剧等方面也有广泛影响，从而在现代文艺发展史上占据着不可忽视的特殊地位。这些无疑都与超现实主义的理论主张、诗学理论以及创作实践密不可分。洛夫曾把超现实主义的特质归纳为三点：1. 它是反抗传统中社会、道德、文学等旧有规范，透过潜意识的真诚，以表现现代人思想与经验的新艺术思想。2. 它是一种人类存在的形而上的态度，以文学艺术为手段，使我们的精神达到超越的境地，所以它也可说是一种新的哲学思想。3. 在表现方法上采用自动主义（automatism）。① 具体来看，超现实主义的理论与实践突出表现在如下三个方面：

（一）崇尚梦幻和无意识

超现实主义的兴起无疑与第一次世界大战给青年知识分子带来的幻灭感、对现状的不满、对传统价值体系的反叛，以及随之而来的非理性主义思潮等有关。1916—1923 年的达达主义运动是超现实主义的前身，其参与者大部分都参加过大战。达达主义者反对一切体系，号称要摧毁一切偶像，乃至艺术本身。他们以笛卡儿的名言"我甚至不想知道我在我之前是否有过人"为座右铭。许多超现实主义者都曾参与过这一运动，包括诗人布勒东、阿拉贡、艾吕雅和画家达利等。

超现实主义者认为现实的世界束缚了他们想象的空间，所以，他们转而寻求人的内心世界。他们在理论上信奉法国哲学家柏克森的生命哲学和奥地利精神分析学家弗洛伊德的潜意识理论，尤以弗洛伊德的潜意识理论为主。布勒东和阿拉贡等早年是学医的，接触过弗洛伊德的精神分析学，布勒东 1922 年还去维也纳访问过弗洛伊德本人。在 1924 年的宣言中，布勒东大力

---

① 洛夫 . 超现实主义与现代诗 ［M］∥《洛夫自选集》. 台北：黎明文化事业股份公司，1975（5）：269.

推崇弗洛伊德的释梦理论，后以《连接的容器》一书题赠弗洛伊德。正是因为奉承弗洛伊德的潜意识理论，因而超现实主义者们大力推崇梦幻，认为只有在梦境中，才能实现人的真正的"自由"，才能从根本上实现"本我"，才能"解决人生的主要问题"。超现实主义者强调描写梦幻世界、想象世界、内心活动的重要性，他们努力探索无意识，进行催眠术的试验和对梦幻的研究，提倡神奇性和偶然性。比如布勒东特别重视癫狂症，把癫狂看作一种纯粹的"精神锻炼"，认为其有助于把想象和实际综合起来，成为"超现实"。布勒东在《第一次超现实主义宣言》中讲，超现实主义完全是一种精神世界的活动，不应对其施加任何的理性因素。所以这也直接决定了它必然是无意识集合的果实。

当然，超现实主义之所以能比达达主义存留的更久、产生更大的社会影响，其中的关键原因就在于超现实主义并不像达达主义那样的脱离于实际，他们力图通过肯定唯物主义观点来肯定现实的存在，达到回到现实世界、解决人生问题的目的。布勒东作为其代表人物在其著作中曾写到，他不认为世界是由自我创造出来的，相反地，他一直认为世界存在于自我之外且一直对其抱有信心，因而他主张诗人在想象的世界徜徉过后，还是要回到实际中来，为更好地发展自己而努力。另一位代表人物阿拉贡也曾说过类似的话："我的创作生涯的开始就是表现在于我身外的事物，表现在我之前存在于这个世界之上以及当我离开人世之后依然存在于这个世界之上的事物。"甚至于他们还接受了部分马克思主义哲学的理论，将知识与操作合为一体。从这些我们可以看出超现实主义还是带有部分现实色彩因素的。

（二）主张"自动写作"

为了进行文学领域的革命，超现实主义者认为有必要采取新的特殊的表现手法，而"自动写作"则是他们极力提倡的法宝。"自动写作"又被称为"下意识写作"，超现实主义者认为，真正的诗就是表现真实的思想活动，就是表现"灵魂的抒情运动"，"像手术台上一把雨伞和一架缝纫机碰在一起那样的美"。因此，超现实主义者在写作中，主张将头脑中无意识闪现出来的东西，快速地、不假思索地记录下来，然后将这些意象随意地堆砌、组合到一起。它是一种自发的、完全不依赖人的理性的创作，它的目的不再是转达某种预先给定的意义，而是通过丰富的想象和联想，通过词语本身的强大的组合力，创造出无法预见、令人惊讶的意义。比如布勒东创作的一首诗：

一个将熄灭的火盆

在她的胸怀里有一件浪漫的外衣与匕首

他来了，他是缺着玻璃牙齿的狼

在小圆盒中吃着时间

在创作形式上，"自动写作"可以由一个人创作，当然也可以由几个人进行集体创作。其中一个最典型的例子就是由几个人集体进行创作，他们之间互不告诉对方，然后各自将头脑里闪现的词语写下来，拼凑成一个句子。最著名的一个句子就是由"尸体""精美""喝""新的"五个词构成，经过排列，写成"精美的—尸体—将喝—新酒"这一超现实的韵味十足的句子。

当然，布勒东很快便承认，"自动写作"方法仍是不够完美的，因为即使在最不受支配的情况下，总是还有最低限度的理性活动在引导写作。

尽管这种写作方法很快就销声匿迹，但它对超现实主义文学的艺术特征的形成还是起了重大作用。

（三）推崇语言革命

超现实主义者们发现，无论是追梦释梦，还是自动写作，都不能完全摆脱理性的控制，所以短暂的试验之后，以偶发性和非理性为主要原则的语言革命成为他们的新目标。

在法国，在象征主义之后第一次向语言发起大规模攻击的是达达主义者们。雨果·鲍尔认为："我们应当缩回词的内部来炼金，甚至放弃词，用这种方法为诗歌保存住它最神圣的领地。"作为"从达达运动的左耳朵里跳出来的"超现实主义，"布勒东们"感到实行语言革命的任务历史性地落到了他们的肩上。他们认为，语言革命，不仅会带来文学的复兴，而且经过阿拉贡所谓"语言的审判"后，对文字所代表的客体产生了新的理解，实现了韩波用语言来"改变生活"的理想，从而使他们思想革命的成果具体化了。

超现实主义的语言革命路径有两条：其一意象自由联想，其二文字自由联想。归纳起来就是要打破现有理性和逻辑的藩篱，要敢于突破常规，突破现实世界中对于语言文字的种种束缚和限制，力求"语不惊人死不休"。因此，发掘语词的多种意义和挖空心思使用多种手段遣词造句，就成为超现实主义者的日常功课。据布勒东说，他曾花六个月的时间来写《黑森林》一诗。他自称将诗歌中的三十个字煮软了，以确定它们之间到底有多大的空间。他们宣称，只有透彻地了解词的全部历史，发现语词之间的"高压电"（实际就是非逻辑的关系），才可能产生最伟大的诗歌。比如定义游戏法成为他们集体诗歌创作的一种方法：A 问"美是什么？"B 答"空中的叫喊"；A 问"女人是什么？"B 答"水里的星星"；A 问"什么是回忆？"B 答"安乐椅上面的一条薄裙"等。

应该说，超现实主义语言革命的努力，还是成效明显的，比如"歌中的复句像光赤的脚/在碧波似的寂静中搅拌"（阿拉贡《自由区》）、"这是瞎了眼睛的沉静/是黯淡无色/墙上乱碰的幻梦的沉静"（艾吕雅《杀》）、"太阳生气勃勃，把脚伸到地球上"（艾吕雅《寡妇们和母亲们的祷告》）。这些诗句中的意象组合令人耳目一新，充满魅力。这些构成了超现实主义广为诗人接受和效仿的基础。

二、横的移植：洛夫对超现实主义的接受

虽然洛夫多次强调自己对超现实主义只是有限度、有条件的接受，但超现实主义的印痕却深深地勒进他整个诗歌创作生涯中，无论早期还是后期。洛夫曾坦言："1959 年我写长诗《石室之死亡》时，曾采用过超现实主义的表现手法。"[①] 洛夫还说，"我后期诗中之所以能突破时空的局限，突破后设语言的藩篱，而'创造出虚实相生的诗境，直探生命和宇宙万物的本貌'，除了师法古典之外，无不拜超现实表现手法所赐。"[②]

洛夫并不是一开始就是超现实主义的拥趸。在《创世纪》的"试验期"，即《创世纪》第十一期至第二十九期，洛夫和张默、痖弦们最早提倡的是"新民族诗型"。洛夫后来回忆："那也是对那一段时期过于倾斜的'横的移植'的一种反应，是对绝对西方化的批评，主要强调中国传统美学

[①] 洛夫. 答《诗探索》编辑部问［M］//洛夫谈诗——有关诗美学暨人文哲思之访谈. 南京：江苏文艺出版社，2015：12.

[②] 洛夫.《石室之死亡》再探索——《石室之死亡及相关评论》跋［M］//诗而有序：我的诗观与诗法. 深圳：海天出版社，2014：36.

及东方美感的重要性。"① 1969 年,《创世纪》改版之后,该刊对超现实主义诗潮的倡导使之俨然成为台湾超现实主义诗潮的重镇。在存在主义等西方现代浪潮纷纷进入台湾的背景下,"洛夫们"的改变"好像是自然而然的",又是必然的。洛夫后来解释道:"文学与绘画不同,绘画可以超越国界,但写作不一样,你用中文写作,这本身就带有强烈的民族性,所以不必特别强调民族性。"但是,洛夫之所以偏爱西方现代主义流派众多支流之中的超现实主义,还是有其主客观原因的。

(一) 客观因素:台湾文坛的现代主义思潮

台湾文坛对于西方现代主义的接受是有一定的历史基础的。在 20 世纪 50—80 年代的台湾,曾出现过一场中国诗歌现代化运动,它与台湾现代主义浪潮的涌入相伴产生,并随之发展而发展。

早在 19 世纪 30 年代初期,对超现实主义理论文献的翻译和介绍,就由以杨炽昌为代表的"风车诗社"作家推行过。但是一方面由于当时台湾的政治情况混乱,尚且不备适应超现实主义发展的环境,另一方面由于当时的超现实主义本身还存在很多的漏洞,以至于以提倡"超现实主义"为主要任务的"风车诗社"早早地夭折了,使得超现实主义未能在台湾文坛上绽放华光。尽管如此,"风车诗社"的作家还是将超现实主义的种子带到了台湾文坛,并在战后的现代诗运动中再度萌芽。后来,"现代派"宣言中列举的"现代主义"诗歌流派便包括了"达达"与"超现实"。从那以后,阿拉贡、许拜维艾尔、米修等超现实主义诗人的诗作便被大量译介到台湾。此后,以纪弦为代表的"现代诗"社曾提出过"新诗再革命""新诗现代化"的口号;以覃子豪为代表的"蓝星"诗社具有"象征性""综合性"和"均衡性"的特征。从这里可以看到台湾文坛对于西方现代主义理论的广泛接受。

1969 年的元旦,"创世纪"诗社的诗人们做了大胆的改革,他们由试验期的倡导民族性诗歌,进而转变为倡导诗的"广泛性""纯正性",他们以时尚前卫的姿态站立在台湾文学之林上,全盘开始接受超现实主义,理论与创作均呈现较为鲜明的对感性、直觉、梦幻的追求和强调的倾向。"创世纪"诗社的诗人洛夫、痖弦、张默等人,既能在理论上对它进行翻译介绍,又能

---

① 洛夫. 关于中国现代诗的对话与潜对话 [M] //洛夫谈诗——有关诗美学暨人文哲思之访谈. 南京:江苏文艺出版社,2015:67.

在创作运用上最大限度地靠近超现实主义理论，于是超现实主义也便在这时在台湾文坛上得以广泛地传播和发展。洛夫作为"创世纪"诗社的主将，也正是在这一时代性浪潮中积极拥抱超现实主义并成为"掌旗官"的。①

（二）主观因素：流放、战争经历

就洛夫而言，接受超现实主义还有其主观原因。1949 年，解放战争结束后，洛夫跟随军队被"第一度流放"，背井离乡奔赴举目无亲的孤岛——台湾。远离亲人，远赴他乡，独自面对陌生的环境，他不可避免地在内心深处会产生被遗弃的"放逐感"。早年的洛夫经历过抗日战争，抵达台湾后，由于担任战地新闻联络官，洛夫更是来到了当时两岸激烈炮战第一线。亲历战争，目睹生死瞬息变幻的无常和虚无，亲身体会了战争所带来的毁灭和无尽的黑暗，洛夫"对生命有了深刻体悟，对人性、神性、兽性及生与死等重大问题做了广泛思考"②。这一时期的洛夫的诗歌创作都刻上了现代战争的深深的影子。洛夫回忆："我写《我的兽》时，金门正发生激烈炮战，《石室之死亡》也开始于炮战中，是在金门战地坑道中的一间石室里写下的第一首诗。"③ 比如《石室之死亡》其中一节：

> 偶然昂首向邻居的甬道，我便怔住
>
> 在清晨，那人以裸体去背叛死
>
> 任一条黑色支流咆哮横过他的脉管
>
> 我便怔住，我以目光扫过那座石壁
>
> 上面却凿成两道血槽
>
> 我的面容展开如一株树，树在火中成长
>
> 一切静止，唯眸在眼睑后面移动
>
> 移向许多人都怕谈及的方向
>
> 而我确是那株被锯断的苦梨
>
> 在年轮上，你仍可以听清楚风声、蝉声

---

① 洛夫. 关于中国现代诗的对话与潜对话 ［M］//洛夫谈诗——有关诗美学暨人文哲思之访谈. 南京：江苏文艺出版社，2015：67.

② 洛夫. 关于中国现代诗的对话与潜对话 ［M］//洛夫谈诗——有关诗美学暨人文哲思之访谈. 南京：江苏文艺出版社，2015：67.

③ 洛夫. 关于中国现代诗的对话与潜对话 ［M］//洛夫谈诗——有关诗美学暨人文哲思之访谈. 南京：江苏文艺出版社，2015：67.

诗人苦心经营的意象就是要表现在一片虚无的境地中内心生与死的挣扎、血与火的焦灼以及了无头绪的惊异、迷茫、苦涩与孤绝。诗人在寻找、探索，希望从最隐秘的一角感受丝丝生命的信息。我是被锯断了，但是你仍然可以听清那凝结在年轮上的是历史的风声与蝉声。这种情感体验不仅仅是现实的简单的投射，更应该被视为一种基于历史反思和生命体验的"孤绝"情绪的诗的传达。这首长诗在诗言和意象的营造上，可谓繁芜密集，晦涩难懂，在创作方法上明显带着超现实主义深刻的烙印。

在这种独特的历史背景和生命体验情形之下，向更深的精神层面掘进，从而对以主观性、扭曲性、神秘性为特征的西方现代主义产生狂热的兴趣成为洛夫这批"流放"文人的共同选择，只是，洛夫在其中更体现出鲜明的理论自觉。洛夫有意识地阅读、学习了许多尼采、萨特、贝克特、瓦莱里等人的诗学理论以及超现实主义诗人一些零星的诗作，从而建立了一定的现代主义诗学的理论基础。1969 年，洛夫在《创世纪》第 21 期上发表《诗人之镜》一文，首次对超现实主义与达达派的承继关系、超现实主义的文学观、超现实主义的发展现状和发展前景作了较为严整的论述。在洛夫的认知中，"超现实"是被当成一种宽泛的概念而得以认同和接受的。洛夫认为："实际上超现实主义之影响正方兴未艾，而且我们认为它的精神统摄了古典、浪漫、象征等现代诸流派。"① 这种超现实主义精神的界定显示了对西方现代主义文学观念的开放性的接受姿态。洛夫将超现实主义的概念泛化体现了一种具有自觉意识的开放性的诗学诉求。正是依据这一宽泛的超现实主义诗观，使超现实主义更具有包容性，能以超现实精神来界定超现实主义的特征，而不被主义所羁绊。于是，几乎其他现代主义流派的长处和优势，只要合乎超现实主义精神的价值取向或者能被泛超现实主义的价值形态所统纳，它们就都可以成为超现实主义兼并融通的对象。② 这种对超现实主义诗学进行创造性本土转化和再铸的接受态度，表现了洛夫文学观念现代化的自觉性。

所以，虽然洛夫多次强调自己对超现实主义并不是全然赞同，但洛夫显然还是受到超现实主义的深刻影响，他对超现实主义的接受成为必然。

---

① 洛夫. 诗人之镜 [J]. 创世纪，1969（21）.
② 赵小琪. 台湾现代诗与西方现代主义 [M]. 武汉：长江文艺出版社，2004：185.

（三）超现实主义与洛夫创作理念的共通

当然，就深层次而言，洛夫接受超现实主义，关键在于超现实主义的某些理论与洛夫此时的诗歌创作理念在某种程度上不谋而合。《洛夫评传》作者、著名诗评家龙彼德指出，超现实主义对洛夫《石室之死亡》最突出的影响有两个方面：一是"在技巧上肯定潜意识之富饶与真实"，二是"在语言上，尽量摆脱逻辑与理性的反抗"。可以看出，超现实主义从观念到方法对洛夫的诗歌创作都有较大影响。具体来说，有如下三个方面：

第一，开拓潜意识，张扬对现实的反抗。超现实主义从对梦与潜意识的探索来把握人的内在真实，以形而上的姿态追求精神的超越。超现实主义理论强调，现实的表面不足以反映现实本身，只有超于现实存在的"某种组织方式"才能达到事物的本质。这一"某种组合形式"其一就是潜意识。洛夫认为："超现实主义主张开拓的潜意识是一个丰富的宝藏，从那里多开了一扇通向'真我'的窗口，值得好好挖掘。""对诗而言，超现实使意象变得奇异浓缩，令暗喻、象征、余弦、歧义等表现技巧有了较大发挥空间。对探索人性的复杂与深度当然有一定作用。"① 在洛夫的诗中，过去一直被我国传统审美标准所不容的人的性意识，随着对弗洛伊德学说和超现实主义文学的接受，而成为"洛夫们"所捕捉的现代性的"痉挛性的美"而得到肯定。比如诗句："暴躁亦如十字架上那些铁钉／他顿脚，逼我招供我就是那玩蛇者／逼我把遗言刻在别人的脊梁骨上／主喔，难道你未曾听见／园子里一棵树的凄厉呼喊。"诗人通过"铁钉""逼供"等词将一位身陷囹圄的犯人形象刻画得淋漓尽致，最后通过一种近乎祈祷的呼喊，反映出了对于现实的不满和渴望得到救赎的心愿。而开掘潜意识，其目的是张扬对现实的反动与对抗。洛夫说："揽镜自照，我们所见到的不是现代人的影像，而是现代人残酷的命运，写诗即是对付残酷命运的一种报复手段。"② 这是洛夫对于自己早期代表作《石室之死亡》的诠释。再比如洛夫在《我的兽》中写道："我的兽／我美好的新郎。""兽"原是恶的代名词，神的反面，在这里却变成了作者所喜欢、所爱慕的对象，甚至于将其比作"美好的新郎"，进行了

---

① 洛夫. 关于中国现代诗的对话与潜对话［M］//洛夫谈诗——有关诗美学暨人文哲思之访谈. 南京：江苏文艺出版社，2015：67-68.

② 洛夫. 诗人之镜［J］. 创世纪，1969（21）.

由衷的赞叹，其目的就是为了破坏现实社会原有的道德观念，实现"生命的裸裎"。

第二，对生与死的全新思考。经历过战乱、漂泊和流徙，感受过死亡对生存的剧烈威胁，这种人生经历和体验使洛夫很容易对超现实主义文学中的死亡问题产生共鸣。洛夫的诗一直在扩充死亡的主题，将对死亡的觉醒重重染印在他的诗作中。在《石室之死亡》中，有许多类似超现实场景的刻画，体现了洛夫对生命、死亡等有重新的思考。比如可以听到"果壳爆裂时喊出的一声痛"，听到"成吨的钢铁使我们的骨肉咆哮"，还可以听到飞蛾"将我们血里的钟声撞响"，听到"一颗麦子在磐石中哭泣"；看到"蝙蝠将路灯吃了一层又一层"，看到"我的面容展开如一株树，树在火中成长"，甚至还可以看到一个"常试图从盲童的眼眶中/挣扎而出的太阳"，还有"美丽的死者，与你偕行正是应那一声的熟识的呼唤，蓦然回首，远处站着一个望坟而笑的婴儿"等。生死同构的生命主题在诗歌中借助超现实这一现代性质素实现了和谐的呈现。洛夫还接触到了超现实主义诗人里尔克的《时间之书》，在那本书里，洛夫感受到了其中所蕴含的玄思和宗教情怀，因而洛夫对其也进行了借鉴。如"暴躁亦如十字架上那些铁钉/他顿脚，逼我招供我就是那玩蛇者/逼我把遗言刻在别人的脊梁骨上/主喔，难道你未曾听见/园子里一棵树的凄厉呼喊"（《石室之死亡》第10首），诗人通过"十字架"这一意象将神蕴于其间，营造了一种严肃的宗教气氛，再通过"他"的近乎祈祷的呼喊，给人一种悲悯与圣洁的感觉。正如洛夫自陈："生命、死亡是诗人无法绕开的主题，战争、情欲与生命、死亡的冷酷交织逼迫人去叩问、去冥想，最后指向一种宗教性情怀。"①

第三，对诗歌语言创新的追求。洛夫诗歌力求新变，与超现实主义诗人力求语言创新不谋而合。洛夫曾说："我一向喜欢在句构和语言形式上做一些别人不愿、不敢，或不屑于做的实验……且认为诗的创作大多与语言上的破坏和重建有关。"② 并且他也有过不做语言的奴隶的言论，比如："筑一切坟墓于耳间，只想听清楚/你们出征以后的靴声/所有的玫瑰在一夜萎落。"

---

① 洛夫.关于中国现代诗的对话与潜对话［M］//洛夫谈诗——有关诗美学暨人文哲思之访谈.南京：江苏文艺出版社，2015：68.

② 洛夫.隐题诗形构的探索（自序）［M］//诗而有序——我的诗观与诗法.深圳：海天出版社，2014（12）.

（《石室之死亡》第49首）"坟墓"意味着死亡，它的色调是冷的、黑的，无形之中给人强烈的压迫感，而"玫瑰"象征着旺盛的生命力，它的色调是暖的、红的，给人热情而又充满活力之感，将这两者放在一起，使人有焕然一新之感，同时也给人一种强烈的视觉冲击。"坟墓筑在耳间"写出了生存的困境，生命时刻被死亡要挟，"玫瑰在一夜之间萎落"比喻为战争中逝去的生命，将人的生存困境真实地表达了出来，也表现了诗人对死亡的真切感受。又比如："余烬中便有千颗太阳弹出。"（《石室之死亡》第34首）"余烬"即死亡，"太阳"是生命之光，在灰烬也就是死亡之中，居然会有太阳从中弹出，这里将"太阳"与"灰烬"两种生死意象矛盾并存，形成了强大的诗歌张力。洛夫不少诗歌的意象看似不合常理，没有任何逻辑关系，但是细细想来，却又让人觉得在情理之中，可以看出洛夫对于语言力求创新观念的认同与实践。

三、纵的继承：洛夫对超现实主义的修正

洛夫"终其一生都在追求中国诗学与西方诗学的彼此参照与相互融合"，从而建立一种全新的中国现代诗。正是在这条艰难的现代诗探索路上，早期的洛夫坚信"现代诗是横的移植，而非纵的继承"。这虽然有些矫枉过正，但在当时的文化语境下，"反传统"就是真正的继承与发扬传统，要表现现代人复杂情感和多元的生活节奏，只能乞灵于西方的现代主义，洛夫《石室之死亡》等实验性作品就是"横的移植"的结晶。[①] 进入20世纪70年代，洛夫等台湾现代诗人"一头栽进西方现代主义的迷宫"，正面的意义是"为诗歌创作的想象与灵感开了一扇窗口"，负面的效果是"某些实验性很强的作品十分晦涩，日渐拉开了诗人与读者的距离"[②]。预期的反省和回归成为必然。

（一）对超现实主义"自动语言"的反思

事实上，洛夫在对超现实主义的接受之初就始终持谨慎态度，尤其是对

---

① 洛夫. 答《诗探索》编辑部问［M］//洛夫谈诗——有关诗美学暨人文哲思之访谈. 南京：江苏文艺出版社，2015：13.

② 洛夫. 答《诗探索》编辑部问［M］//洛夫谈诗——有关诗美学暨人文哲思之访谈. 南京：江苏文艺出版社，2015：13.

超现实主义诗人所倡导的"自动语言"创作方法充满疑虑。1924 年，布勒东在《第一次超现实主义宣言》中单独设了一节，介绍"超现实主义魔术的秘密"，也揭示所谓"自动写作"创作的过程：

> 超现实主义的书面文章，或曰初稿，亦即定稿。找一个尽可能有利于集中注意力的僻静处所，然后把写作所需要的东西弄来，尽你自己之所能，进入被动的或曰接受性的状态。忘掉你的天才、才干以及所有其他人的才干。牢记文学是最可悲的蹊径之一，它所通往的处所无奇不有。落笔要迅疾而不必有先入为主的题材；要迅疾到记不住前文的程度，并使你自己不致产生重读前文的念头。第一个句子会自动地到来，这是千真万确的，以至于每秒钟都会有一个迥然不同于我们有意识的思想的句子，它唯一的要求便是脱颖而出。很难预断下一个句子将会如何；它似乎既从属于我们有意识的活动，也从属于无意识的活动，如果我们承认写下第一句所产生的感受只达到了最低的限度。何况这也无甚紧要；超现实主义试验的意义，大抵也就在于此。还有一点，就是标点符号似乎有碍于这股热流酣畅地奔泻，尽管那是必要的，就像是要在一根颤动不已的绳子上打结一样。只要你愿意，就一直往下写。请相信：细声柔语是绵绵不断、不可穷竭的。你一不小心（可以说，这是由于疏忽造成的），就有可能产生沉默的间歇；如果如此，则应当机立断，中止那过于鲜明的句子。如果写出了一个你觉得来源不甚清楚的字，那么就随便加上一个字母，例如 l 就是 l 吧，即以它作为下一个字的头一个字母，这样你就恢复了随心所欲的状态。①

虽然每个人都有下意识（包括潜意识）的语言活动，但完全忠实于这一过程并记录下来，并成为诗歌创作的全部，无疑是荒谬而不可理解的。洛夫一方面肯定超现实主义发掘潜意识对于诗歌的发生的意义。"超现实主义能调动人的潜意识写诗，特别注重梦境与幻觉的探索，主张诗人要从理性的

---

① 柳九鸣. 未来主义　超现实主义　魔幻现实主义［M］. 北京：中国社会科学出版社，1987：262-263.

控制下解放出来。"① 他认为，个体的解放与自由是离不开潜意识的释放的，因为人的潜意识是一切行为的主宰。对潜意识的发掘的作用则在于使诗人能潜入一个隐秘世界去寻找另一附托，另一较物质世界更真实的依靠，以挽救人类无法超脱时的悲哀。另一方面，洛夫在肯定唯有于潜意识中方能发掘生命的最本真、最纯粹的品质的同时，也站在理性的高度辩证地指出，超现实主义者犯了一个严重的错误，即过于依赖潜意识，过于依赖（自我的绝对性）致形成有我无物的乖谬。

洛夫结合自己诗歌创作的实践，清醒意识到"语言最大的特性就是它本身就是一件非常理性的东西，所以它必须合乎文法，这样的东西才能够进入你的诗里去。如果完全是'自动语言'的话，那只是小孩的语言、无意义的语言"②。1975 年，洛夫撰文《超现实主义与中国现代诗》，更明确得出结论："对以语言为唯一表现媒介的诗而言，如采用'自动语言'而使语意完全不能传达，甚至无法感悟，是一件难以想象的事。我不认为诗人纯然是一个梦呓者，诗人在创作时可能具有做梦的心理状态，但接触的诗最终仍是在清醒的状态下完成的。"由此，洛夫借助对"自动语言"诗歌创作方法的清理和检讨，完成了对超现实主义的审慎反省。

（二）对中国传统诗歌美学的再认识

在现代中国诗人，洛夫不仅是"在现代诗探索方面走得最远的一个"，对中国传统诗歌美学的体认和再认识也是"做得最彻底、最具体的一个"③。进入 20 世纪 80 年代，洛夫在对超现实主义检讨的同时，开始"回眸"传统，重估中国传统文化、古典诗学的价值。从《唐诗三百首》、司空图的《二十四诗品》、严羽的《沧浪诗话》，还有杜甫、苏东坡等人的诗论以及诗歌创作中，洛夫找寻到一把开启诗歌迷宫的钥匙。这把钥匙，体现在对中国传统诗歌美学的再认识上，洛夫从此找到了中西诗学交融的契合点。对于这一点，洛夫有自觉的认识，并且在多次访谈中谈及。归结起来，有如下三个

---

① 洛夫. 答《诗探索》编辑部问［M］//洛夫谈诗——有关诗美学暨人文哲思之访谈. 南京：江苏文艺出版社，2015：12.

② 洛夫. 因为"雨"的缘故［M］//洛夫谈诗——有关诗美学暨人文哲思之访谈. 南京：江苏文艺出版社，2015：31.

③ 洛夫. 答《诗探索》编辑部问［M］//洛夫谈诗——有关诗美学暨人文哲思之访谈. 南京：江苏文艺出版社，2015：21.

方面：

第一，"以有限暗示无限，以小我暗示大我"。所谓"一花一世界，一木一浮生""一滴水中看世界，半瓣花上品人生"，这是中国诗学的一个根本精神。比如诗人写一个茶杯，并不仅仅是写茶杯的表象，还同时具有象征的涵义，反映了整个现实乃至整个社会。洛夫对这一诗观非常认同，还进行了进一步阐释。他接受访谈时说："诗人心灵中通常有两块板图，一块是表现独特性（particularity）的小我，一块是表现普遍性（universality）的大我，它包括社会、民族、全人类，但诗人使用的手法，通常是'以小见大'，以我的说法是'以有限暗示无限，以小我暗示大我'。"① 洛夫在他的长诗《血的再版——悼念亡母诗》的"后记"中说："三十多年来，亲人团聚；而我丧母的哀恸是千万中国人的哀恸，我为丧母流的泪也是千万斛泪水中的一小滴；以小喻大，我个人的悲剧实际上已成为一种象征。"②

第二，"无理而妙，反常合道"。严羽《沧浪诗话》："大抵禅道唯在妙悟，诗道亦在妙悟。"洛夫指出：妙悟即是一种诉诸直觉的心灵感应。诗和禅的妙悟主要在不涉理路，不落言筌。人们只有透过妙悟这种微妙的感应，才能掌握到诗的本质及其创作规律。中国古代不少诗句表面上看起来不合理，超越了知性的逻辑，但"无理而妙"，诗歌之美由此产生。比如柳宗元《渔翁》诗句："烟消日出不见人，欸乃一声山水绿。"这是一首山水小诗，寓有作者政治失意的孤愤。苏轼评此诗说："诗以奇趣为宗，反常合道为趣。"句中的"人"指渔翁。读者知道拂晓前他明明在打水生火，而烟消日出时反而不见了，使人感到"反常"。但"欸乃"一声，传来了橹桨之声，原来渔翁已游弋在山水中了，这又"合道"。上句的"反常"，使人产生一种人在却又突然不见的惊异感；下句的"合道"，又使人感到橹桨之声怡情悦耳，青山绿水更加可爱。这种"反常合道"的写法，产生了一种特别的趣味，也写出了一种带有几分神秘色彩的清静寥廓的境界。洛夫认为，诗歌的语言跟我们的日常生活、日常经验是相反的，往往违背事情的常理，对现实进行了扭曲，可是却产生一种奇趣，造成一种惊奇的审美效果。当然，反

---

① 洛夫. 仍在路上行走的诗人［M］//洛夫谈诗——有关诗美学暨人文哲思之访谈. 南京：江苏文艺出版社，2015：163-164.

② 洛夫. 葬我于雪［M］. 北京：中国友谊出版公司，1992：149.

常还必须要合道，合道就是要符合我们内心的感受，虽然出乎我们的意料之外，却在情理之中。很多好的诗都是这样的。

第三，"物我同一，天人合一"。中国哲学的最高境界是"天人合一"，表现在中国古典文学中，人与外物（自然）的高度融合成为文学家、诗人们的不懈追求。洛夫认为，要抵达这种境界，"诗人首先必须把自身割成碎片，而后糅入一切事物之中，使个人的生命与天地的生命融为一体"。"作为一个诗人，我必须意识到：太阳的温热也就是我血液的温热，冰雪的寒冷也就是我肌肤的寒冷，我随云絮而遨游八荒，海洋因我的激动而咆哮，我一挥手，群山奔走，我一歌唱，一株果树在风中受孕，叶落花坠，我的肢体也随之碎裂成片；我可以看到'山鸟通过一幅画而融入自然的本身'，我可以听到树中年轮旋转的声音。"① 在洛夫看来，诗不应完全源于自我的内在，而应产生于诗人的内心与外在现实的统摄、叠合，是物我交融的结果。洛夫用了较具体的实例来进一步阐述："当我想写一首《河》的诗，首先在意念上必须使自己变成一条河，我的整个身心都要随它而滔滔，而汹涌，而静静地流淌。抛一颗石子在河心，我的躯体就随一圈的波浪而向外逐渐地扩散、荡漾。这种'与物同一'的观念，在我近几年的作品中愈来愈明显，例如《不被承认的秩序》《死亡的修辞学》《大地之血》《诗人的墓志铭》，以及最近完成的《裸奔》《巨石之变》等，俱是如此。"②

洛夫发现，"以有限暗示无限，以小我暗示大我""无理而妙，反常合道""物我同一，天人合一"等中国传统文化精神与超现实主义诗学在诸多方面款曲相通，有许多不谋而合之处。比如，洛夫发现，中国传统诗歌和艺术在飞翔、飘逸、超脱的显性素质之外，还具有一种宁静、安详、沉默无言、羚羊挂角、无迹可求的隐性素质，后者就体现出禅的本质与诗的本质，也是超现实主义的本质。因此，洛夫认为"现代诗人应该重视对古典诗的学习与探索，古典诗在表现人与自然的和谐美学方面，在意象化以及超现实性方面都有许多值得借鉴之处，需要我们下许多工夫"③。而另一方面，洛夫又注意到："现代诗看似西方的舶来品，但它的许多观念都暗合中国诗歌

---

① 洛夫. 我的诗观与诗法——《魔歌》自序［M］//诗而有序——我的诗观与诗法. 深圳：海天出版社，2014：4.

② 洛夫. 诗魔之歌［M］. 广州：花城出版社，1990：155.

③ 洛夫. 大河的对话——洛夫访谈录［M］. 台北：兰台出版社，2010：106-107.

的古意古法。我相信，诗歌艺术发展到某一高度，当会消除一些后设的界限而得以彼此相通。"①

（三）实现中西诗学精神的融合

正是在对超现实主义进行审慎反省和对中国传统诗歌美学精神的再认识中，结合自己大量现代诗创作实践的基础上，洛夫提出"修正"超现实主义的主张，力图实现中西诗学的融通汇合。如果说，早期《石室之死亡》的创作受超现实主义的影响深刻，可以视为洛夫"在生与死，爱与恨，获得与失落之间的游移不安中挤迫出来的一声孤绝的呐喊"。而后期的洛夫，自《魔歌》开始有意识地融合中西诗学，洛夫的创作心态明显平复下来。他说："我却像一股奔驰的激湍，泻到平原而渐趋宁静，又如一株绚烂的桃树，缤纷了一阵子，一俟花叶落尽，剩下的也许只是一些在风雨中颤抖的枝干，但真实的生命也就含蕴其中。"②

"回眸传统"，希望实现中西诗学的融汇，洛夫找到了一个最佳的结合点，那就是中国传统的禅诗。洛夫发现："中国禅家主张觉性圆融，须直观自得，方成妙理。以现代心理学的观点来看，这种觉性与直观出于潜意识的真实。中国的禅更强调平常心，因此禅可以说是一种大众化的形而上学，如果透过诗的形式来表达，禅亦如超现实主义，同样可以使诗人的精神达到超越的境界。禅宗主张'不立文字'，因文字受到理性的控制，无法回归人的自性，这与超现实主义反对逻辑语法，采用自动语言以表现潜意识的真实，二者的立场是一致的。"在此基础上，洛夫提出："我对超现实主义的反思与修正，目的在探索一种可能性——超现实主义精神内涵与技巧的中国化。我的灵感是来自禅与诗结合的中国古典诗歌，譬如盛唐时期的诗，同样具有飘逸而又暧昧的超现实特质，同样不受理性的宰制，欲能产生'无理而妙'的美学效果，例如'七星在北户，河汉声西流'（杜甫）、'沧海月明珠有泪，蓝田日暖玉生烟'（李商隐），这些诗句的趣味就在可感而不可解，或可解而不可尽解。"③洛夫有一首题为《死亡的修辞学》的诗，其中一节是

---

① 洛夫．答《诗探索》编辑部问［M］∥洛夫谈诗——有关诗美学暨人文哲思之访谈．南京：江苏文艺出版社，2015：18．
② 洛夫．我的诗观与诗法——《魔歌》自序［M］∥诗而有序——我的诗观与诗法．深圳：海天出版社，2014：3．
③ 洛夫．超现实主义的诗与禅［J］．江西社会科学，1993（10）．

这样的：

> 我的头颅炸裂在树中
> 即结成石榴
> 在海中
> 即结成盐
> 唯有血的方程式不变
> 在最红的时候
> 洒落

洛夫自己有解读："这首诗最大的暗示就在，我的消除就是为了要融入自然，参与宇宙万物的秩序和运行之中，这时的我才是'真我'，而'真我'就像血的构成方程式，是永远不变的。在诗中，潜意识中的'我'已升华为禅悟的'我'。金刚经说：'应无所住，而生其心。'这颗心就是万物之心，一个活泼而无所不在的生命。于是，由于我对这个世界完全开放，我也就完全不受这个世界的限制。"①

可见，洛夫希望借助中西诗学视野的融合，找到他们一直以来孜孜以求的生命自由和失落已久的"真我"，是意识的也是潜意识的，是感性的也是知性的，是现实的也是超现实的。他坦陈自己的后期创作就是"沿着与传统接轨而自铸新声"② 的方向在努力。从洛夫后期创作的《魔歌》《背向大海》等诗集与他破纪录的三千行长诗《漂木》以及隐题诗、禅诗、唐诗解构等一系列新的作品中，读者不难看到诗人在艺术上努力寻求突破的步履。比如诗《雨中独行》：

> 风风雨雨
> 适于独行
> 而且手中无伞
> 不打伞自有不打伞的妙处

---

① 洛夫. 超现实主义的诗与禅 [J]. 江西社会科学，1993（10）.
② 洛夫. 大河的对话——洛夫访谈录 [M]. 台北：兰台出版社，2010：15.

> 湿是我的湿
>
> 冷是我的冷
>
> 即使把自己缩成雨点那么小
>
> 小
>
> 也是我的小

通过这种全新的诗歌实践，洛夫"试着透过可解与不可解的语言形式经营，虚与实的表现手法的搭配，知性与感性（近乎非理性）的有机调和，以期在艺术上获至'无理而妙'的惊喜效果"①。在独抒性灵中塑造独立的人格，展现崭新的精神世界，诗人的主体形象"真我"也得以呈现。

当然，洛夫对于自由的寻求，他既不认同超现实主义者们利用梦境的过度放纵，也不像中国禅学所主张的"禁欲"，而是认为生命的自由应是身心一体的满足。比如诗《烟之外》中写道："在涛声中呼唤你的名字/而你的名字/已在千帆之外……我依然凝视你眼中展示的一片纯白/我跪向你向昨日向那朵美了整个下午的云/海哟，为何在众灯之中独点亮那一盏茫然。"这里追求的是平等关系的爱恋。两者在平等的关系下相爱，又在平等的关系之下分开，分开之时是平静的，而不是视对方为仇敌的憎恨。再比如诗《月问》中写道："你便以四岸抱我/抱我如抱一片浩瀚/你是笛/我穿九孔而鸣/我们是同一音阶的双键。"这里"你与我"相互交融，没有所谓的主次之分，你中有我，我中有你，两者合二为一达到了完美的结合，因而共同开创出了一种超越自由的美的享受和美的境界。

对于"真我"的追求，洛夫向往中国传统哲学"物我同一、天人合一"的境界，试图通过将主体生命融入到外在事物中去，让"知性"与"超现实"这两个看似矛盾的对立体在他的诗歌中形成统一，从而对超现实主义过度依赖"自动语言"弊端进行修正。比如诗《石榴树》："假若把你的诺言刻在树上，枝丫上悬着的就显得更沉重了，我仰卧在树下，星子仰卧在叶丛中，它们存在，爱便不会把我遗弃。""你—我—树"在这里交融在一起，把诺言刻在石榴树上，枝丫上悬挂着的便不再是石榴，而是我对你的爱恋，石榴成熟之际便是我对你的爱恋成熟之时。再比如诗《金龙禅寺》："晚钟/是游客下山的小路/羊齿植物/沿着白色的台阶/一路嚼了下去/如果此处降雪

---

① 洛夫. 大河的对话——洛夫访谈录 [M]. 台北：兰台出版社，2010：291.

/把山中的灯火/一盏盏地/点燃。"游客在夜晚寺庙鼓钟的敲响声中沿着小路往下走，羊齿一样的植物也沿着小路一直蔓延开去，自然万物与人相依相融；而就在此时，一只灰"蝉"飞起，悄然"点亮"山中芸芸众生和万家灯火。禅诗的"妙悟"与超现实主义"诗语"在此诗中完美融合而同一。

总之，纵观洛夫对超现实主义理论的认同与修正，无论是前期的热衷模仿，还是后期的融合与超越；无论是对它们语言力求创新和反抗思想的认同，还是借助中国古典诗学融合超现实主义实现"真我"的回归，都体现出洛夫作为一个现代诗人高度的理论自觉和创新意识。一部 20 世纪以来中国现代诗歌发展史，就是在"古今中外"这一特定的历史文化语境中，中国诗歌凤凰涅槃实现由古典到现代历史性转型的过程。从这种意义上来说，洛夫 60 余年的诗歌理论探索和诗歌实践，特别是"接受—修正—超越（融合）"超现实主义的过程，正是中国现代诗现代化进程的典型个案，也是必由之路。这是"诗魔"洛夫对中国现代诗学理论发展和现代诗探索所做出的历史性贡献。

第四章
"诗魔"洛夫与"诗仙"李白

唐代诗坛上，"诗仙"李白的出现，犹如石破天惊，正所谓"前无古人，后无来者"，他傲岸不屈，蔑视权贵，崇尚自由，以其飘逸不群的诗歌充分展现了大唐帝国的恢宏气势、开放心态与进取精神。洛夫作为当代华语诗坛泰斗，他跨越60年岁月的诗歌写作提升了台湾乃至中国现代诗的整体质量，为汉诗走向世界做出了卓越贡献，并博得了"诗魔"美誉。有意味的是，有学者称洛夫为当代的李白，将"诗魔"洛夫与"诗仙"李白联系到了一起。龙彼德在《洛夫评传》中也多次提到洛夫与唐代诗人李白、李贺等人的关联。洛夫说："我从事现代诗创作二十多年后，渐渐发现中国古典诗中蕴涵的东方智慧（如老庄与禅宗思维）、人文精神、生命境界以及中华文化中的特有情趣，都是现代诗中较为缺乏的，我个人日后所追求的正是为了弥补这种内存的缺憾。40岁以前，我很向往李白的儒侠精神，杜甫的宇宙性的孤独感，李贺反抗庸俗文化的风骨……"[①] 洛夫还说："我读唐诗愈勤，所得愈多：我从杜甫和李商隐笔下学到如何经营意象，从李白笔下学到如何处理戏剧结构，从王维与孟浩然笔下学到如何通过自然，表现禅趣，从贾岛与崔颢笔下学到如何掌握生动的叙事手法（前者如《寻隐者不遇》，后者如《长干曲》）。"[②] 可见，"诗仙"与"诗魔"虽然时空远隔，但两人却不乏精神上的关联；而共同的诗歌创作则是两人精神联结的纽带。

---

① 《诗探索》编辑部．洛夫访谈录［J］．诗探索，2002（1-2）．
② 洛夫．自序·月光房子［M］．台北：九歌出版有限公司，1990：1.

一、诗歌创作：跨越千年的精神对话

李白是古代大诗人，洛夫是当代大诗人，诗人之间的联系自然体现在诗歌上。洛夫曾在接受访谈时说："我曾试着以传统题材，运用现代诗的形式和手法改写古诗，例如 1972 年我写的《长恨歌》，即是白居易那首《长恨歌》的现代化——拆后重建，也写过一些与李白、杜甫、李贺、王维等古人对话的诗。"① 在洛夫晚期近三十余年的诗歌创作过程中，的确创作过不少与李白及其诗歌紧密关联的诗歌。

第一种情形，在创作中直接引用李白的诗歌。引用其他诗人的诗歌进行诗歌再创造，薪火相传，是后起诗人模仿、学习诗歌创作的重要方式。洛夫诗中就有不少处引用李白的诗句，李白诗语直接成为洛夫诗歌的一部分。这表明现代诗人洛夫对李白及其诗歌的喜爱与欣赏，也表明他对中国古典诗歌美学传统的自觉体认与回眸。如洛夫《登峨嵋寻李白不遇》："黄河之水天上来/是酒该多好/莫使金樽空对月/无非是酒瘾犯了的借口。"直接引用了李白《将进酒》中的诗句"黄河之水天上来"与"莫使金樽空对月"。诗中虽有口语调侃意味，带上了典型的现代诗特征，但也可见出洛夫对李白诗语有意识的借用。不少洛夫诗歌标题也源于李白的诗句，实现了洛夫所谓"古典诗语的现代演绎"。如洛夫《床前明月光》："不是霜啊/而乡愁竟在我们的血肉中旋成年轮/在千百次的/月落处。"以李白《静夜思》的诗句作题，似乎在驳李白诗中的"霜"，但最终又回到李白的身上："只要一壶金门高粱/一小碟豆子/李白便把自己横在水上/让心事/从此渡去。"古今两诗人在"乡愁"这一点上实现了精神对接。

更多的情形是，间接化用李白的诗歌。所谓"化用"，就是既借用前人的句子又经过自己的艺术改造。化用产生了"互文性（intertexuality）"。"互文性"首先由法国符号学家、女权主义批评家朱丽娅·克里斯蒂娃提出："任何作品的本文都像许多行文的镶嵌品那样构成的，任何本文都是其他本文的吸收和转化。"比如洛夫《猿之哀歌》："轻舟/已在万重之外/滚滚的浊流，浊流的滚滚之外/那哀啸，一声声/穿透千山万水/随后自白帝城的

---

① 《诗探索》编辑部. 洛夫访谈录［J］. 诗探索，2002（1-2）.

峰顶直泻而下。"细心的读者在其中肯定能发现李白《早发白帝城》:"朝辞白帝彩云间/千里江陵一日还/两岸猿声啼不住/轻舟已过万重山。"诗语的互文性存在。又如洛夫长诗《漂木》"致时间"一节"李白三千丈的白发/已渐渐还原为等长的情愁"就间接化用的是李白《秋浦歌十七首(其十五)》中的诗句"白发三千丈/缘愁似个长"。而"弃我去者不仅是昨日还是昨日的骸骨/伫立江边眼看游鱼一片片衔走了自己的倒影/不仅与落日同放悲声/滔滔江水弃我而去,还有昨日/以及昨日胸中堤坝的突然崩溃"则与李白《宣州谢朓楼饯别校书叔云》中的名句"弃我去者/昨日之日不可留/乱我心者/今日之日多烦忧"形成互文。洛夫在诗歌创作中化用李白的经典诗歌"桥段",体现了洛夫有意识地模仿学习李白的某些创作手法与诗歌风格的自觉性;而洛夫在继承的同时又进行了一定程度的改写与创新,既与李白诗语款曲相通、互文再现,又自有面貌。

如果说直接引用、间接化用还是一种相对间接的精神交流的话,那么,洛夫诗歌中不少直接以李白为素材的诗歌,则是一种更为直接与李白之间的精神对话。《李白传奇》以诗人李白的生平事迹为素材,运用丰富想象力,融合古代传说、典故等素材,将李白造就为一个神化英雄,赋予李白变化无端的形象。诗作开头用第三人称叙述了峨眉山上一只鹏鸟碎石破纸、冲天而飞的传奇:"第一站/他飞临长安一家酒楼。"将西游记中孙悟空从石中蹦出的传说化用,并将李白化为他多次自比的飞鹏,强化一代"诗仙"凭空出世的不凡气概。至诗篇正文,转为第二人称:"你是天地之间/酝酿了千年的一声咆哮。""撩袍端带/你昂然登上了酒楼……拿酒来!既称酒仙岂可无饮/饮岂可不醉……你以歌声为唐玄宗暖手/以诗句为杨贵妃铺设了/一条鸟语花香的路。"诗句用第二人称来描写,显得逼真,就像诗人与李白在无尽地畅谈,洛夫对于李白的认同、欣赏甚至略带羡慕的情感展露无疑。《登峨眉寻李白不遇》是洛夫以李白为题的又一佳作。这首诗运用镜头剪辑的方式,给我们展示了一组充满想象力的特写画面:"桌上横躺着一把铜酒壶/一片狼藉/一片遗忘/想必是/为了一首未完成的七绝折腾了半天/终于掷笔而去/留下一张长稿/标题空着/与尔同销万古愁/愁也空着/空如你那袭被月光洗白的长衫。""一把铜酒壶""一张长稿"使人想到"诗仙"李白把酒挥毫的狂放飘逸的形象。连用三个"空着",让我们想象诗人"为了一首未完成的七绝折腾了半天"的情状,并非诗人的文思阻塞,而是因为诗中的

"愁情"使诗人不能自已。那万古愁情正如"那袭被月光洗白的长衫",自然引发人们想到一生嗜酒、爱月的李白,或许又要仰头望月,"举杯邀明月,对影成三人"了。诗作虚实结合,诗意空灵,让人浮想联翩,又蕴涵了深刻的哲思。诗作末节:"你该回来了/恕不久候/等下去/就会耽误我和老杜的约会。"洛夫与李白如一对多年未见的好友,互相惦念而不黏附,跨越千年的时空,"诗魔"与"诗仙"在一对一进行交流,显得逼真而富有韵味。此外,《漂木》第三章"瓶中书札之二——致诗人"也表达了对李白的敬意:"你说你常在午夜的酒吧碰到李白/一位微胖的隐者/目光湛然而衣带飘逸的诗人/一位伟大的语言魔术师……"这里,洛夫把李白视为"伟大的语言魔术师",有意味的是,洛夫也被人评介为语言的魔术师,一诗仙,一诗魔,都是紧紧拽住了语言魔力的天才。洛夫在接受采访时坦言:"那是诗歌最好的时代,李白、杜甫,让人心向往之。"①

二、浪漫主义与超现实主义的共通

从创作方法看,历来诗评家均认定李白是我国浪漫主义诗歌的杰出代表,而洛夫诗风多变,情形更为复杂一点。有学者谈到洛夫早期诗风嬗变时说:"洛夫并未朝浪漫主义发展,而是朝现实主义深化,不久又搞起了超现实主义,他的文学因缘是多方面的。"② 当然,洛夫与超现实主义的关联是最为密切的,不少诗评家均认定洛夫为当代超现实主义的旗手。但洛夫对于超现实主义有清醒而独到的见解:"超现实主义极终的目的也许在求取绝对的自由,因而自动性(automatism)成为一个超现实主义者的重要手段,最后的效果或在'使无情世界化为有情世界','使有限经验化为无限经验','使不可能化为可能',希望一切能在梦幻中得以证果。但不幸超现实主义者犯了一个严重的错误,即过于依赖潜意识,过于依赖'自我'的绝对性,致形成有我无物的乖谬。把自我高举而超过了现实,势必使'我'陷于绝地,而终生困于无情世界,囿于有限经验,人永远是一种'不可能'。现实是超乎概念的,一个诗人如要掌握现实,就必须潜入现实的最底层,抚摸它,拥抱它,与它合而为一。我对超现实主义者视为主要表现方法的'自

---

① 冷启迪. 飘飘何所似,天地一沙鸥[J]. 中山商报,2009-11-13(A).
② 龙彼德. 洛夫评传[M]. 南京:南京大学出版社,1995:124.

动语言',尤为不满,但我却永远迷惑于透过一种经过修正后的超现实手法所处理的诗境(我不否认我是一个广义的或知性的超现实主义者,'知性'与'超现实'也许是一种矛盾,但我企图在诗中使其统一),这种诗境只有当我们把主体生命契入客体事物之中时,始能掌握。"① 可见,洛夫所持实为一种经过修正的超现实主义。如此看来,洛夫与李白共同进入诗歌这一神圣殿堂,进门后却分别拐进了"浪漫主义"和"超现实主义"这两个不同房间。细析之,两个房间依然有相通之处。

首先,在西方,超现实主义本身与浪漫主义就有着千丝万缕的联系。1924年,布勒东发布《第一次超现实主义宣言》阐明了超现实主义的含义:超现实主义,阳性名词;纯粹的精神学自发现象,主张通过这种方法,口头地、书面地或以任何形式表达思想的实实在在的活动;思想的照实记录,不得由理智进行任何监控。英国诗人、艺术批评家赫伯特·里德(Herbert Read)认为,浪漫主义运动的自然方向以及不可避免的结果是超现实主义。不少超现实主义者也承认,浪漫主义的象征主义是超现实主义的根源。超现实主义对梦幻、迷狂、催眠、幻觉题材的偏爱,无疑来自柯勒律治、诺瓦利斯和波德莱尔。在处理这些题材时,超现实主义者热衷于充分地利用他们去创造奇迹。布勒东在《第二次超现实主义宣言》(1930)中承认:"从历史的观点出发,我们要求被当作这浪漫主义的尾巴;但这是一条非常有力的尾巴。"② 因此,大体上可以说,19世纪发展至巅峰的浪漫主义,其后续的结果就是20世纪超现实主义等现代主义浪潮。

其次,基于当下的视界,李白诗歌中的浪漫主义,与超现实主义之间也有不少吻合之处。有唐一代,当然没有"超现实主义"这个名词,同样,"浪漫主义"这个头衔也是后人给李白戴上的。对于"诗仙"李白而言,是无所谓浪漫主义还是超现实主义的。钱志富提出:"李白的诗中虽然也有超现实的因素,但他并没为自己的诗歌刻意铸造一个超现实主义的皮套,李白的诗是纯粹的,清风明月一样裸呈的,读者进入李白可以直接进入,而读

---

① 洛夫. 诗而有序——我的诗观与诗法 [M]. 深圳:海天出版社,2014:4-5.
② 柳鸣九. 未来主义 超现实主义 魔幻现实主义 [M]. 北京:中国社会科学出版社,1997:305.

者进入洛夫则必须穿过他的超现实主义这个厚厚的皮外套。"① 该段评论虽然做的是撇清洛夫与李白的工作，但也提供了一个重要的信息，即李白诗中存在超现实主义的因素。洛夫也在接受采访时说道："当我日渐倾向于我所谓的'回眸传统'，深入古典诗歌的内在灵视时……惊讶地发现……超现实主义的某些特质，竟然可以在李白、李贺等的诗中看到暗影。"②

超现实主义，就流派的创作特征和艺术效果来看，主要有三点：第一，自动写作，又称"无意识的创作"。超现实主义者认为创作不能有艺术上的考虑和任何形式的思维，而应当是纯粹无意识的。第二，记叙梦幻。超现实主义者认同弗洛伊德的观点，即梦幻是无意识和潜意识的一种最重要、最直接的表现形式，它能彻底披露人的灵魂深处秘而不宣的本质。他们进一步认为，梦最真实，最丰富，最有意义，只有它才能摆脱社会强加给人的羁绊，才能使我们认识理性所无法把握的"超现实"。超现实主义者不仅把梦幻记叙下来变成作品，还采取梦幻般的语言。第三，追求神奇效果。超现实主义者常常通过意象的随意倒置和转换，玩文学魔术，打破语言常规，赋予语词以新的内涵。

李白诗歌中有不少海阔天空神游畅游的情景，梦游是一个主要方式。追求浪漫、自由的李白，在诗中飘飘若仙，踏遍千山万水，往来于人间与仙界之间，与超现实主义提倡"自动写作"，记述梦幻，以梦幻般的语言来写，追求神奇的艺术效果有不少吻合之处。如《梦游天姥吟留别》："我欲因之梦吴越/一夜飞渡镜湖月。"诗人可以"脚着谢公屐/身登青云梯/半壁见海日/空中闻天鸡"，大胆的夸张，丰富的想象，借助"梦"的方式，骑着白鹿游山玩水，与神仙驾着鸾车一起游玩，这是何等自在，又是何等的神奇！其他如《蜀道难》《怨别离》《梁甫吟》等都是李白运用神话传说和幻想形式来表现其思想感情的典型诗篇。此外，运用夸张变形、驰骋想象以求理想的完美表达的浪漫意象也大量存在于李白的诗篇之中："相看两不厌/只有敬亭山。"山能懂他的心情；"举杯邀明月/对影成三人/暂伴月将影/行乐须及春"，月能替他遣愁解闷；蜀道的艰险他用"扪参历井仰胁息"来形容；

---

① 钱志富. 洛夫的诗［EB/OL］. ［2006-10-07］. http：// blog. sina. com. cn/s/blog_4afe9080010006ek. html.

② 胡亮. 洛夫访谈：台湾诗，"修正超现实主义"，时病［J］. 诗歌月刊，2011（5）.

北方的严寒他用"燕山雪花大如席"来形容;自己的愁思他用"白发三千丈"来形容;瀑布的雄伟壮观他用"飞流直下三千尺/疑是银河落九天"来形容。上述诗语,已脱离凡俗,甚至可以说是已经抵达一种下意识、无意识的创作境界,梦幻般的语言,石破天惊的意境,神奇的表达效果,与西方超现实主义诗歌有相当"形似"之处。设想李白生活在20世纪的法国,一定是一位比布勒东、阿拉贡更为出色的超现实主义诗人。再举一例,李白有一首《听蜀僧濬弹琴》,诗写蜀僧琴声的高妙:"蜀僧抱绿绮/西下峨嵋峰/为我一挥手/如听万壑松/客心洗流水/余响入霜钟。""客心"竟然能够"洗""流水",这里的"洗"用得妙不可言;在读者回味上一句的时候,下一句又紧接着"余响""入""霜钟",这又给人以无限想象的空间。诗句不合逻辑与文法的,但正是"反常合道"的明证。而超现实主义诗人,在作品中排除理性,力图通过对梦与潜意识的探索而把握人的内心真实,它的显著特点也是有悖于逻辑和文法的。

　　中国诗学自唐代以来受禅宗"明心见性、顿悟成佛"思想的影响,重视"妙悟",妙悟的显著特征是有悖于逻辑与文法,即严羽《沧浪诗话》所云"不涉理路,不落言筌"。苏东坡把这种不合逻辑与文法的技巧,叫做"反常合道"。历代大诗人的作品中不乏其例,如:"荡胸生层云,决眦入归鸟"(杜甫)"沧海月明珠有泪,蓝田日暖玉生烟"(李商隐)"酒浇胸次不能平,吐出苍竹岁峥嵘"(黄山谷)等。中年以后的洛夫,致力于西方超现实主义与中国禅道相融合,以诗心禅意亲近自然,亦啸亦吟,澹然自澈,风神散朗,在不断超越的美学追求与精神开掘中,锤打出自己的道路,形成高标独树的美学风范。洛夫对超现实主义的修正与运用,也可与李白相媲美。他善于运用夸张的手法,以奇特的想象、丰富的语言来书写心中所想。《石室之死亡》第五首:"火柴以爆燃之姿拥抱住整个世界/焚城之前,一个暴徒在欢呼中诞生/雪季已至,向日葵扭转脖子寻太阳的回声/我再度看到,长廊的阴暗从门缝闪进/去追杀那盆炉火/光在中央,蝙蝠将路灯吃了一层又一层/我们确为那间白白空下的房子伤透了心/某些衣裳发亮,某些脸在里面腐烂/那么多咳嗽,那么多枯干的手掌/握不住一点暖意。"明明是放火,却说成"拥抱"世界,且以"爆燃之姿",暴行竟被美化。明明是出了一个纵火犯,却说作"在欢呼中诞生","欢呼"一词在这里褒义贬用,相当于反语。向日葵对太阳的搜寻,已不是一般意义上的植物追光,而是在困境中的人们对光明、温暖、幸福日子的渴望与追求。"雪季已至"说明困境已成（特别是在焚城之后）。扭转脖子，状其渴望之切、追求之急。不说"寻太阳"而说"寻太阳的回声"，在象征的同时又用了通感。"长廊的阴暗"追杀"炉火"，"蝙蝠"吃了"路灯"，都暗示着黑暗压倒光明、邪恶打败正义。于是，剩下来的只有死亡。全诗十行，几乎每一行都摆脱了逻辑，违反了理则，打破了常规。其新奇的创意，其剧烈的动感，其意象的密集，其气势的紧凑，其词汇的丰美，都是洛夫以前的诗所不曾有过的，也是现代诗坛所不多见的。洛夫在诗句中对超现实主义的熟练运用，给人以一种惊奇之感。在《石室之死亡》中，还有很多这样的句子，如第 24 首"于是你们便在壕堑内分食自己的肢体／如大夫们以血浆写论文，以眼珠换取名声"、第 37 首"饮太阳以全裸的瞳孔／我们的舌尖试探不出自己体内的冷暖"、第 7 首"凡容器都已备妥，只等你一声轻嘘／果汁便从我的双目滔滔而下"以及第 8 首"他的声音如雪，冷得没有一点含义／面色如秋扇，折进去整个夏日的风暴"……这些诗句都具有典型的超现实主义的特征。在洛夫奇特想象的驰骋下，"分食自己的肢体"就像"大夫们以血浆写论文，以眼珠换取名声"，这是何等的残酷与血腥。以瞳孔"饮太阳"，"果汁便从我的双目滔滔而下"这也是极为夸张的写作。李英豪语："反常的句式，都是把逻辑语法和固定的模式的颈子扭断。"洛夫打破常规，以超现实的手法来包装自己的诗歌，在词与词之间实行了非理性的连接，有时是直觉，有时是隐喻，有时是夸张；以惊奇的语言和超凡的想象，给人以无限想象的空间。

综上，李白与洛夫虽然走的是浪漫主义和超现实主义两条不同的道路，但个中依然有不少共通之处。

三、诗歌风格：瑰奇与惊奇

文贵创新，诗贵出奇。作为语言文字艺术尖峰形态的诗歌，追新逐奇是其固有品格。唐司空图《二十四诗品》列"清奇"为第十六品，云："神出古异，淡不可收。"乔力《二十四诗品探微》解释："奇，奇异，奇特，对凡俗言，非奇形怪状之奇。"[1] "奇"这一风格在洛夫与李白的诗歌中都有

---

① 乔力．二十四诗品探微［M］．济南：齐鲁书社，1983：91-92.

所体现，李白之奇为"瑰奇"，而洛夫之奇则表现为"惊奇"。

殷璠是以"奇"推许李白诗风的第一人。他在《河岳英灵集》中指出："至如《蜀道难》等篇，可谓奇之又奇，然自骚人以还，鲜有此体调也。"杜甫对李白新奇风格的诗意效果也有形象描述。杜甫《寄李十二白二十韵》云："昔年有狂客，号尔谪仙人。笔落惊风雨，诗成泣鬼神。"至中唐之时，不少人开始讨论李白诗歌之奇。白居易《与元九书》云："李之作，才矣奇矣，人不逮矣。"① 元稹在为杜甫作的墓志铭中也说："李白亦以奇文取称，时人谓之李、杜。"但元、白的认识尚局限在"壮浪纵恣，摆去拘束，摹写物象"等艺术表现领域，对其中所包含的精神意味认识不足。元和十二年（817），范传正为李白新墓作碑铭，对李白的性情抱负、人格气度以及诗歌风格作了详尽的描述、分析，将李诗风格的阐释建立在分析诗人性情抱负和人格气度的基础上，从而首次揭示了李诗"瑰奇宏廓"风格的精神内涵。范《碑》云："（白）受五行之刚气，叔夜心高；挺三蜀之雄才，相如文逸。瑰奇宏廓，拔俗无类。"接着在叙述李白生平的过程中，对诗人的性情抱负、人格气度作了概括评论。一次是叙及李白入京前，"少以侠自任，而门多长者车。常欲一鸣惊人，一飞冲天，彼渐陆迁乔，皆不能也。由是慷慨自负，不拘常调，器度弘大，声闻于天"。一次是叙及赐金放还之后，"（白）脱屣轩冕，释羁缰锁，因肆情性，大放宇宙间。饮酒非嗜其酣乐，取其昏以自富；作诗非事于文律，取其吟以自适；好神仙非慕其轻举，将不可求之事求之"。并将作诗视作诗人性情抱负自适的表现。② 在范《碑》之前，李华在《故翰林学士李君墓志》中就曾感叹："嗟君之道，奇于人而侔于天。"③ 并指出李白之志就在于"济难""安物"，其根本仍源于积极用世的儒家思想。然而李白之"奇于人"的地方并不全在于济难、安物的思想构成本身。李白"奇于人"的地方，一方面在于其济世思想极其宏大，有力度而异乎常人（"众人见予恒殊调，闻予大言皆冷笑"），体现了极强的主体人格精神和个性色彩（"慷慨自负，不拘常调，器度宏大"）；另一方面在于其济

---

① 白居易. 与元九书 [M] //郭绍虞，王文生. 中国历代文论选. 上海：上海古籍出版社，2001：98.

② 范传正. 唐左拾遗翰林学士李公新墓碑并序 [M] //（清）王琦注. 李太白全集（卷三十一），附录一.

③ 李华. 故翰林学士李君墓志 [M] //李太白集注（卷三十一）.

世思想的执着常表现为其反面：狂放、超然（"因肆情性，大放宇宙间"）。这两个方面又因为李白真于性情而表现为一种异乎寻常的灿烂瑰丽。韩愈《感春》诗说李白"烂漫长醉多文辞"，恐指此而言。范《碑》以瑰奇论李诗，可能也是注意到这一特点。以超然写执着，因灿烂见天真，这正是李诗瑰奇的内在魅力。

据前人对李白诗歌的概述，李白诗歌瑰奇风格主要通过奇特的语言、超凡的想象、神秘的夸张表现出来。与李白十分相似的是，洛夫诗歌也大量运用了奇特的语言与超凡的想象和夸张，从而给人以"惊奇"之感。

龙彼德说：洛夫与其他诗人最大的差别，就是他的诗绝大多数（而不是偶尔少数）都具有猛烈的视觉冲击力与持久的灵魂震撼力，带给读者一种美学上称之为"惊奇"的美感。① 在洛夫诗歌创作前期（"一度流放"时期或"台湾时期"），这样的例子很多，例如："而我确是那株被锯断的苦梨/在年轮上，你仍可听清楚风声、蝉声。"（《石室之死亡》第 1 首）"山色突然逼近，重重撞击久闭的眼瞳/我便闻到时间的腐味从唇际飘出。"（《石室之死亡》第 12 首）"你猛力抛起那颗磷质的头颅/便与太阳互撞而俱焚"（《醒之外》）、"唐玄宗/从水声里/提炼出一缕黑发的哀恸"（《长恨歌》）以及"望远镜中扩大数十倍的乡愁/乱如风中的散发/当距离调整到令人心跳的程度/一座远山迎面飞来/把我撞成/严重的内伤"（《边界望乡》）。洛夫诗作寻求矛盾，制造冲突，刻意营造诡奇且具爆炸性的意象，构成了极强的戏剧性。吴三连文艺奖曾评价洛夫："早期锐意求新，意象鲜明大胆，发展腾跃猛捷，其主题不在静态中展现，而在剧动中完成，可谓诗人中之动力学家，重级举手。"在洛夫诗歌创作后期（"二度流放"时期或"温哥华时期"），同样的例子亦不胜枚举，例如："晚近我们都选择了独处/选择了/一棵最高的树/睥睨，风骨就让它悬在空中吧/仅仅一只脚即足以对付任何岁月的诡异。"（《大鸦》）"时钟，不停地/在/消灭自己/当融化时将如何忍受/冰水滑过脸部时的那种痒/从史书中翻滚而下的那种绝望。"（《初雪》）"一个厚嘴唇的黑妇/在铲雪/白色的乡愁/从邻居的烟囱袅袅升起。"（《或许乡愁》）"在那比肚脐眼/还要阴冷的年代/冰河，一夜之间/生出许多的脚。四处寻找/自己的家，没有名字的源头。"（《大冰河》）洛夫就近取材，得

---

① 龙彼德. 沉潜与超越：洛夫新论［J］. 新大陆诗，2002（71）.

失随缘，萧散冷肃的味道，满不在乎的境界，意象经营于平凡中出奇，则是这一时期的主要特征。虽然他已入暮年，难免有一种"夕阳无限好"的无奈，但不是颓废，也不是放弃，而是对生命的全面观照，对历史的强烈敏感，静的姿态占主导地位，奇仍是他的诗学追求，只不过不是"刻意"求奇，而是常中寻妙、平中见奇。作品少了一些斧凿痕，多了一些原生态；少了一些烟火气，多了一些冷僻感。正是这种不受风格姿态左右的对"惊奇"的追求，使洛夫的诗进入了全然的审美，也让读者得到了美的享受。

可见，洛夫的惊奇是通过超凡的想象与完美奇特的语言表现出了一种独特的艺术风格。洛夫在诗歌中运用了超现实主义的创作手法，以其独特的手法创造了一系列奇特的意象，《石室之死亡》《漂木》《魔歌》等作品中的很多诗句都可以表现出来。而李白的诗歌中表现的奇也有一定的缘由。李白一生中大半的岁月是在漫游中度过的，李白笔下的天姥山、蜀山都染上了李白个性化的色彩，因此诗歌中体现出夸张变形的诗歌语言、宏大超凡的意象选择以及天马行空的奇特想象，"瑰奇"风格得到了充分发挥。可见，"奇"这一诗歌风格在洛夫与李白的诗歌中均得到了完美体现，两人诗歌风格有惊奇与瑰奇之别，但表达的方式则大体相同，表现效果同样令人称奇，"诗仙"与"诗魔"在这里没有正邪之分，有的只是共同的诗歌艺术探究之通。

补记：2015年5月7日，由中国诗歌协会、四川省绵阳市李白诗歌协会主办的首届李白诗歌奖揭晓，洛夫以其作品《洛夫诗全集》折桂。23日，颁奖仪式在李白出生地——四川绵阳举行，有媒体报道：87岁的当代"诗魔"洛夫穿云过海而来，与千年"诗仙"李白在绵阳"相遇"。洛夫现场发表获奖感言："李白是中国诗歌艺术中一座屹立万世不摇的高峰，是中国文化最具象征性的最高标杆。绵阳是李白的故里，在绵阳颁'李白诗歌'奖确是一项最富历史意义的事件。人到晚年，本应宠辱不惊，但我这次获奖仍不免感到莫大的喜悦和幸运，因为今天我挨到李白最近，我隐隐地听到了他那来自遥远的神性的祝福！"

第五章
巨石之变：洛夫诗中"石"类意象探析

大街上人群熙攘

都在搜寻一块石头，和它的门。①

台湾诗人、诗评家简政珍曾言："所有文类中，诗最为仰赖意象的经营。"② 诗的价值，因意象而存在。精彩纷呈的意象，是一首诗歌令人血脉偾张的最为显在的依据。因此，在诗的创作中，成功的诗人均十分重视意象的塑造和经营。"诗魔"洛夫就是个中翘楚。他是语言的历险者，更是意象的魔法师。简政珍认为："以意象的经营来说，洛夫是中国白话文学史上最有成就的诗人。"③ 李元洛也说："洛夫的诗歌艺术，最令人怦然心动的是意象经营的艺术。"④ 洛夫对意象的塑造也有心得："诗人在创作时，首先心中出现一种'视境'，或称为'心象'，然后又用文字表现出来，这就成了意象。读者欣赏一首诗时，必先通过意象，使诗人的'视境'在心中重现，然后进而体悟出这一意象所含的诗情和诗意。"⑤

事实上，在长达60余年的诗歌创作生涯中，洛夫不仅以万花筒般的意象呈现带给读者诸多前所未有的阅读体验，更创造了一批现代诗的代表性意象，大大拓展了现代诗的疆土。其中，"石"类意象在洛夫诗中存续时间长

---

① 洛夫. 漂木·洛夫诗歌全集 IV ［M］. 台北：普音文化事业股份有限公司，2009：397.

② 简政珍. 意象思维［M］//诗的瞬间狂喜. 台北：时报文化事业公司，1991：100.

③ 简政珍. 洛夫作品中的意象世界［M］//洛夫. 洛夫诗歌全集 II. 台北：普音文化事业股份有限公司，2009：426.

④ 李元洛. 江涛海浪楚人诗——论台湾诗人洛夫的诗歌创作［M］//缪斯的情人. 长沙：湖南文艺出版社，1991：268.

⑤ 洛夫. 诗的语言和意象［M］//孤寂中的回响. 台北：东大图书公司，1981：5.

（从早期的《石室之死亡》至晚期的《漂木》均频繁运用，几乎延续了60余年诗歌创作生涯）、数量种类繁多（在《洛夫诗歌全集》收录的529首诗中，近三分之一出现了"巨石""石头""青石""石子""石阶""石柱""石壁""墓石""碑石"等"石"类意象），且内涵丰富，形式翻新，成为具有鲜明洛夫标志的独特意象。

"石"在自然界中极为普通，粗粝的外表，冰冷的温度，毫无思想和欲望，更不用说哲思和追求，然而在"诗魔"洛夫百变的魔性之笔下，"石"不仅被赋予生命，更具有情感乃至思想，演绎出一出异乎寻常的"巨石之变"。

一、直抵灵魂的生命之石

在洛夫的大量诗作中，《石室之死亡》是不能跳过的，因为这是洛夫的成名作。诗结集出版于1965年，全诗共有六百多行。近半个世纪以来，其意象的繁复、意境的冲击力，让它成为了超现实主义现代诗的代表作。在诗中，洛夫让冰冷的无生命的石头成为孕育生命的温床："我乃从一块巨石中醒来……"有意思的是，在中国四大古典名著中有三部均与"石"有关。其中《西游记》的孙悟空为"仙石"所生。《水浒传》中有"伏魔之殿"上镇压妖魔的"石碑"。而《红楼梦》中那块著名的灵石，更是集天地精华而生，是女娲补天之石。一块普通的石头被赋予生命灵性，从而进入文学的殿堂发挥了至关重要的作用。不知洛夫的化"石"之举是否受此启发？通览《石室之死亡》全诗，读者更能感受的是由一组组"石"类意象所反复渲染的一种死亡的氛围：

> 我便怔住，我以目光扫过那座<u>石壁</u>
> 上面即凿成两道血槽①

"石壁"瞬间就凿成了"血槽"，直抵灵魂的考验：面对战争中伴随生命的消逝，鲜血沿着石壁缓缓滴下的恐怖情景，诗人怔在那里，仿佛死亡一

---

① 洛夫. 石室之死亡（第1首）［M］//洛夫诗歌全集Ⅳ. 台北：普音文化事业股份有限公司，2009：26.

步步逼近，内心受到巨大的震撼，直到麻木。为什么说是麻木呢？且看：

> 我把头颅挤在一堆长长的姓氏中
> 墓石如此谦逊
> 以冷冷的手握我
> 死亡的声音如此温婉
> 犹之孔雀的前额①

　　墓石谦逊地以冷冷的手握我，死亡的声音又是如此温婉，但我面对死亡似乎已经不怕了，或者说麻木了，因为，逃或者不逃，死神就在那里。在这里，"墓石"传达出死亡的讯息，成为死亡的象征。这种死亡是温婉的、谦逊的，又是令人震惊的。诗人究竟在表达什么呢？或许是一种亲临死亡的巨大感触下对死亡的重新理解吧。

> 石室倒悬，便有一些暗影沿壁走下来
> 倾耳，听空隙中一株太阳草地呼救
> 哦，这光。不知为何被鞭挞，而后轹死②

　　"石室倒悬"，在战争的摇晃中，"我"的世界颠覆了，有人走下来，虽然听见生命的呼救，但是却无能为力，最后轹死，这里四处都是死亡。没有生命的物体会死亡吗？不会。但在洛夫的笔下，石室竟然会死亡，且"死亡的声音"甚至"是如此温婉"，诗人究竟是如何思考的呢？洛夫自己对诗歌创作原初状况有一个客观回忆：

> 1958 年，金门发生激烈炮战……1959 年 5 月我从外语学校毕业，7月派往金门战地担任新闻联络官，负责接待来自世界各国的采访记者。……最初我在一间石块堆砌的房子里办公，夜间则到附近另一个地下碉

---

① 洛夫. 石室之死亡（第 12 首）［M］//洛夫诗歌全集Ⅳ. 台北：普音文化事业股份有限公司，2009：37.
② 洛夫. 石室之死亡（第 43 首）［M］//洛夫诗歌全集Ⅳ. 台北：普音文化事业股份有限公司，2009：68.

堡中睡觉，及三个月之后才搬进一个贯穿太武山、长约两百公尺的隧道中去住。……隧道内经常不发电，晚餐后大家除了在黑暗中聊聊天之外，便是睡觉。开始我很不习惯这种战地生活，经常失眠，在黑夜中瞪着眼睛胡思乱想，有时在极静的时刻，各种意象纷至沓来，久而久之，在胸中酝酿成熟，便蠢蠢欲动，直到8月某日，我在办公室写下《石室之死亡》的第一行：……①

可见，"石壁""墓石""石室"等意象并不是随意使用的，这与诗人所处的自然环境相关。作为非和平年代的军人，洛夫将自己对生存的体验化入自己的诗歌之中，不得不面对死亡，而死亡也不会因为军人的勇敢而回避。洛夫还回忆起当初在地下室推敲《石室之死亡》第一句时的情景："正一面思索，一面斟字酌句地修改中，突然室外传来一阵炮弹爆炸声，震得石室一阵摇晃。坐在我对面的一位上尉军官吓得躲到办公桌下去了。"而诗人面对死亡并不觉害怕，只意识到"如果以诗的形式来表现，死亡会不会变得更为亲切，甚至成为一件庄严而美的事物"②，所以死亡的声音竟然是"温婉"的。在《石室之死亡》中，"石室"是死亡发生的地方，也是诗人得以存活的地方，诗人与"石室"一起见证了战争的残酷、生命的渺小，从而心灵变得更强大。

二、外冷内热的自身之石

洛夫曾言："我个人比较欣赏冷的诗，也就是观照式的诗。何为观照式的诗？就是诗人看这个世界时，心是热的，眼睛却是冷的；血是热的，话却是冷的。"③ 体现在诗歌表现形式上，意象的客观化成为洛夫的自觉追求。这种表现，在借"石"类意象来喻指孤寂的生命个体时开始显露。且看：

---

① 侯吉谅.洛夫《石室之死亡》及相关重要评论 [M].台北：汉光文化事业股份有限公司，1988：193-194.

② 侯吉谅.洛夫《石室之死亡》及相关重要评论 [M].台北：汉光文化事业股份有限公司，1988：193-194.

③ 洛夫.诗的语言和意象 [M] //孤寂中的回响.台北：东大图书公司，1981：5.

> 所以说
> 你毕竟是一块**石头**
> 静寂自内部生长
> 自你的骨骼硬得无声之后①

当然，更多的时候，冰冷的"石头"却可以化身为内心热切的"欲望"，比如：

> 我在寺钟懒散的回声中
> 上了床，怀中
> 抱着一块**石头**呼呼入睡
> **石头**里藏有一把火
> 鼾声中冒出烧烤的焦味
> 当时我实在难以理解
> 抱着一块**石头**又如何完成涅槃的程序
> ……
>
> 清晨，和尚在打扫院子
> 木鱼夺夺声里
> **石头**渐渐溶化
> 我抹去一脸的泪水
> 天，就这么亮了②

洛夫在"后记"中写道："诗中所谓'石头'，乃是我个人的隐喻，暗指人潜意识中的欲念。"夜幕中，千年寒山寺，晚钟阵阵、木鱼声声，潜藏尘世之火的"石头"渐渐平息，最终"溶化"。"石头"见证了诗人悟道（"天亮"）的艰难过程。

在当下华语诗坛，洛夫地位尊崇，他不是一块凡石，而是一尊伟岸的

---

① 洛夫. 石头妻子·洛夫诗歌全集 I ［M］. 台北：普音文化事业股份有限公司，2009：365.
② 洛夫. 夜宿寒山寺·洛夫诗歌全集 IV ［M］. 台北：普音文化事业股份有限公司，2009：490.

"巨石":

> 那满山滚动的巨石
> 是我吗?
> 我手中高举的是一朵花吗?
> 久久未曾一动
> 一动便占有峰顶的全部方位①

　　诗人在疑惑那"巨石"可是自己,也正是对生命的质问:我是谁? 谁是我? 我若是我,我又该何去何从? 所以诗人继续写道:

> 万古长空,我形而上地潜伏
> 一朝风月,我形而下地骚动
> 体内的火胎久已成形
> 我在血中苦待一种惨痛的蜕变
> 我伸出双臂
> 把空气抱成白色
> 毕竟是一块冷硬的石头
> 我迷于一切风暴,轰轰然的崩溃
> 我迷于神话中的那双手,被推上山顶而后滚下
> 被砸碎为最初的粉末②

　　"我"是一块冷硬的石头,在血中等待一种蜕变。这里诗人借用了希腊神话中西西弗斯受惩罚的寓言。西西弗斯触犯了众神,诸神为了惩罚西西弗斯,便要求他把一块巨石推上山顶,而由于那巨石太重了,每每未上山顶就又滚下山去,前功尽弃,于是他就不断重复、永无止境地做这件事,诸神认为再也没有比进行这种无效无望的劳动更为严厉的惩罚了,而西西弗斯的生

---

　　① 洛夫. 巨石之变 3・洛夫诗歌全集 I [M]. 台北:普音文化事业股份有限公司,2009:395.
　　② 洛夫. 巨石之变 7・洛夫诗歌全集 I [M]. 台北:普音文化事业股份有限公司,2009:399.

命就在这样无效又无望的劳作当中慢慢消耗殆尽。

　　除了《巨石之变》，诗人还在不少诗歌中以"石"自呈。如：

> 只有你
> 深知我很喜欢焚过的温柔
> 以及锁在石头里的东西①
> 再如：
> 石头骂我
> 贼
> 我只不过从它内部
> 偷了点个性②

　　于谦《石灰吟》云："千锤万凿出深山，烈火焚烧若等闲。粉身碎骨全不怕，要留清白在人间。"象征的正是诗人的铮铮铁骨和坚定决心。石意味着冷、孤绝、寂寞，而其内藏酒、岩浆甚至火，这种外冷内热的特征正是洛夫的自身写照。因此，在洛夫的诗中，在大量"石"的意象中，隐喻的正是一个外表或许冷漠、孤绝、岿然不动，但其内心却藏着岩浆、火的现代知识分子个体。

三、无尽无涯的乡愁之石

　　有人说，湖湘文化的特质，可以用一个"蛮"字来概括，指的是湖南人所独有的独立不羁、不肯调和、不肯轻易服人、无所依傍、浩然独立的精神特征。湖南人的这种特质与地理环境有密切关联，钱基博分析："湖南之为省，北阻大江，南薄五岭，西接黔蜀，群苗所萃，盖四塞之国，其地水少而山多，重山叠岭，滩河峻激，而舟车不易为交通。顽石赭土，地质刚坚，而民性多流于倔强。"③ 湖湘人士多与"石"关联，如毛泽东的小名就是

---

① 洛夫. 信·洛夫诗歌全集Ⅳ［M］. 台北：普音文化事业股份有限公司，2009：299.

② 洛夫. 石头骂我贼·洛夫诗歌全集Ⅳ［M］. 台北：普音文化事业股份有限公司，2009：541.

③ 钱基博. 导言［M］//近百年湖南学风. 长沙：岳麓书社，1985：1.

"石牙子",彭德怀也被称为"石和尚"等。表现在文学艺术上,峭硬、独立、棱角分明的石头往往用来表现倔强、桀骜不驯等特质,并成为作者不苟世俗的性格和傲然兀立的形象的写照。屈原曾吟唱:"石磊磊兮葛蔓蔓"(《九歌·山鬼》),借石状凄清,来表达自己内心的孤独。

虽然长期游学于台湾和海外,但在湖湘大地度过自己梦幻般童年和白马般少年的洛夫有着深深的"湖湘情结"。他戏称自己一生经历了"两度流放":第一次是从大陆去台湾,第二次是从台湾去加拿大。然而不论是哪一次流放,诗人精神的故乡未变,依然是中国—湖南—衡阳。也就是因为这样,乡愁成为洛夫诗歌的一个重要主题,而在不少乡愁抒写中,"石"类意象成为洛夫寓意乡愁的载体。

> 冬夜
> 偷偷埋下一块石头
> 你说开了春
> 就会酿出酒来
> 那一年
> 差不多稻田都没有怀孕
> 用雪堆积的童年
> 化得那么快啊
> 所幸我仍是
> 你手中握得发热的一块石头①

这首诗记录了诗人童年的记忆,那时,人如此天真,小小的心希望埋下石头可以酿出酒,只是世事哪能尽如人愿,最终许下的愿望也成为了泡影,"用雪堆积的童年"化得很快。久离故土,人也长大了,但所幸我仍是你手中握得发热的一块石头,这里也是用石头比成自己,一直从记忆中汲取能量的自己。

而《岁末无雪》中,诗人的乡愁也有所表露。

---

① 洛夫. 酿酒的石头·洛夫诗歌全集Ⅱ[M]. 台北:普音文化事业股份有限公司,2009:325.

　　唯有一张白纸醒着

　　醒着而又空着

　　亦如他骨骼里间间无人看守的房屋

　　他也曾关心水的变色

　　山的走向

　　植物如何衰老而不再怀孕

　　以及碑石在异乡竖起时的惴惴①

　　中国人都讲究叶落归根，诗人有感于自己的漂泊异乡，想起游子碑石竖起在异乡的凄凉场景，不禁惴惴，乡愁对于洛夫成为一种"严重的内伤"，难以治愈。

　　再看下面这首，更是将乡愁与历史的沧桑结合起来了。

　　我奔驰于众山与青空之间

　　俯首下望

　　指指点点

　　那是秦时圆过的月

　　那是汉时失去的关

　　那是荒草中的李陵碑

　　那是昭君用琵琶弹出的一条青石路②

　　对于洛夫来说，长城这一想象中的故国壮观，是精神寄托之所在，是民族认同的泉源之所在。这首诗写于 1979 年，那时诗人漂泊孤岛已三十年。重回长城，思绪万千，王昌龄吟过的出塞，司马迁笔下悲剧性的李陵，"独留青冢向黄昏"的昭君一起涌向洛夫，家国之思令诗人情感沉郁而悲壮，把历史的沧桑与个人的感受浓缩在对长城的遥想之中。

---

　　① 洛夫. 岁末无雪·洛夫诗歌全集Ⅱ［M］. 台北：普音文化事业股份有限公司，2009：123.
　　② 洛夫. 我在长城上·洛夫诗歌全集Ⅱ［M］. 台北：普音文化事业股份有限公司，2009：186.

无独有偶，不少当代湖南诗人都钟情于"石"类意象。胡丘陵在长诗《2008·汶川大地震》中写道："冷淡了那些低贱的青草/也就冷淡了母亲/冷淡了那些平常的石头/也就冷淡了父亲。"另一位诗人李志高《生命的石头与火焰》中也写道："我诞生的时刻不是我/一个人的时刻，一块石头落地。"① 诗人将自己的出生比喻为石头着地，与洛夫的使用异曲同工。

四、温婉柔情的爱情之石

成为一名优秀诗人的必备条件之一，就是拥有创造语言的能力，在洛夫看来："如何求得贴切的、鲜活的或为表现某种特殊心象所需的语言，实为一个诗人最大的挑战。"② 洛夫诗中大量的"石"类意象，不仅可喻生命乃至自身，也可隐含纠结的乡愁情怀，更可展现或甜蜜或忧愁的爱情之果：

> 众荷喧哗
>
> 而你是挨我最近
>
> 最静，最温婉的一朵
>
> 要看，就看荷去吧
>
> 我就喜欢你撑着一把碧油伞
>
> 从水中升起
>
> 我向池心
>
> 轻轻扔过去一粒石子
>
> 你的脸
>
> 便哗然红了起来③

开篇即写道"众荷喧哗　而你是挨我最近　最静，最温婉的一朵"，爱情的甜美就可见了，而后诗人又直白地说"我就喜欢你撑着一把碧油伞"，更加明确那人便是我心中的女子。但"我"向池心轻轻扔过去一粒石子，何故"你"的脸便哗然红起来呢？这女子该是害羞起来了，那颗"石子"

① 李志高. 生命的石头与火焰［M］. 北京：中国戏剧出版社，2010：68.
② 洛夫. 我的诗观与诗法［M］// 诗的探险. 台北：黎明文化事业公司，1979：159.
③ 洛夫. 众荷喧哗·洛夫诗歌全集Ⅰ［M］. 台北：普音文化事业股份有限公司，2009：81.

也就不是单纯的"石子"，或许是一句她想听、他想说的年轻人的悄悄话。这也让人联想起徐志摩"最是那一低头的温柔，像一朵水莲花不胜凉风的娇羞"的少女，还有戴望舒的"撑着一把油纸伞"的丁香姑娘了，这是多么的美好。

在《石头妻子》中，则闪烁着的是爱的盼望：

> 你一直未曾哭过
>
> 妻子，我真不相信
>
> 用刀子
>
> 在你身上刻不出一滴泪来
>
> 更不要说血了
>
> 甚至也没有伤痕
>
> 我哀伤地离去
>
> 顺手从你额上刮走一撮青苔①

这首诗并没有直接使用"石"，但却通篇在刻画一个坚如磐石的妻子。那是望夫崖上的千百年来的盼望，可是丈夫远行，迟迟不归，思妇望穿秋水最终化为望夫石。

在中国诸多诗歌先贤中，洛夫特别钟情于"诗鬼"李贺。李贺诗歌，词采瑰丽，意境奇特，意象生僻，情感浪漫，笔意超纵。钱钟书曾研究过李贺诗赋物"使之坚、使之锐"的特点，指出他的诗"好取金石硬性物作比喻"②。在洛夫长达 60 余年的诗歌创作生涯中，"石"类意象也成为其常用意象之一。通过诗歌这种载体，洛夫以石观心，以石喻道，以石悟道，与石对话，生命、自身、乡愁、爱情一一浇灌于各种纷至沓来的"石"类意象之花中，交织成了一幅魔性十足的画卷。一块小小"石头"，其世界之广阔、思想之深致、表现手法之繁复多变，直逼千年之前的鬼才李贺，洛夫不愧为当代"诗魔"。

---

① 洛夫. 石头妻子·洛夫诗歌全集Ⅱ［M］. 台北：普音文化事业股份有限公司，2009：220.

② 刘小平. 李贺诗的玉石母题臆说［J］. 内蒙古社会科学（人文版），1996（4）.

第六章
《石室之死亡》：现代诗"晦涩"之典型个案

　　"诗魔"洛夫诗歌创作跨越六十载，可当做一部中国现代诗的发展简史来阅读。洛夫把自己的诗歌创作总体划分为五个时期：（1）抒情时期（1947—1952）；（2）现代诗探索时期（1954—1970）；（3）反思传统，融合现代与古典时期（1971—1985）；（4）乡愁诗时期（1986—1995）；（5）天涯美学时期（1996—现在）。洛夫说："写作的过程也正是这种'放弃一些可厌的自己而又努力去塑造另一个可厌的自己'的过程。随时占领，随时放弃。随时放弃，随时占领。"[1] 1965 年 1 月，长诗《石室之死亡》（后简作"《石》"）结集出版，一举奠定洛夫在台湾诗坛的地位，被视为洛夫步入现代诗人行列的标志[2]；《石》也成为洛夫现代诗探索时期的代表作。洛夫对《石》诗自视也甚高。2009 年，洛夫在他的诗歌全集出版自序中豪言："恕不谦虚地说，我的诗歌王朝早在创作《石室之死亡》之时就已建成，日后的若干重要作品可说都是《石室之死亡》诗的诠释、辨证、转化和延伸。"[3]《石》出版至今，评论者甚众，赞者居大多数，但是，作为现代诗的探索之作，《石》晦涩难懂的倾向也历来遭到评论人士诟病，不少读者也因而望而却步。纵观中国现代诗的发展历程，自李金发《弃妇》伊始，现代诗晦涩与否的争论可谓不绝于耳。因此，我们拟以洛夫《石》为个案对现代诗晦涩倾向展开讨论。

---

　　① 洛夫. 自序 [M] //无岸之河. 台北：水牛图书出版社，1986.
　　② 张汉良在《论洛夫后期风格的演变》（《中外文学》，1973 年 5 期）一文中指出："在《石室之死亡》以前，洛夫虽已是现代诗坛活跃的作家，但并未受到与同辈诗人相等的重视。《石》诗的出现，才使洛夫一跃而为新星健将。"
　　③ 洛夫. 洛夫诗歌全集 [M]. 台北：普音文化事业股份有限公司，2009：16.

一、《石》诗晦涩倾向的具体表现

第一，结构形式的"完整性"与"非完整性"。从整体结构看，《石》诗具有形式上相对的"完整性"。全诗 64 节（篇），每节（篇）又分为上下 2 段，每段各有 5 行，从而构成了整饬的"5×2×64"结体模式。以至于有人曾从卦象的角度对《石室之死亡》诗篇的结构模式进行解释，此种演绎难免有牵强附会的嫌疑，但至少说明，《石》外在具备相对的完整性。但是，《石》诗表象的"完整性"并不能掩盖全诗结构上的"非完整性"，这至少可以通过两点来得到论证：①《石室之死亡》诗篇在最初的发表时并不是像现在所看到的版本这么整饬划一，诗人洛夫从一开始也并没有打算要用如今版本整齐统一的结构形式，《石》中不少诗节（篇）就曾经以"十行一节"（而非五行一节）或"不定行形式"在刊物上发表过，只是到了后来结集出版时《石》诗才有了如今的结构形式。邓艮认为这是诗人后来有意为之的结果，并不是最初的构想。① ②《石》在 1965 年结集出版前部分诗篇就曾经以单独的标题在刊物上先后发表过。如第 16~18 首原题为写给诗人杨唤的《早春》；第 33~36 首在最初的发表时标题为《睡莲》；第 51~53 首在最初的发表时标题为《初生之黑》，是写给自己初生的小女儿莫非的；第 54~56 首是原题目为《火曜日之歌》的写给病中的诗人覃子豪的；第 57~63 首在最初的发表时标题为《太阳手札》。我们可以理解为这些诗篇原先是独立成篇的，后来只是因为结集的需要而把这些诗篇收录进去的，并冠之以"石室之死亡"的总标题。从这个意义上来讲，《石》更像是一部"诗集"，而不是通常所认为的一首"长诗"。总之，《石》结构形式存在着"完整性"与"非完整性"之间的矛盾，在看似整饬划一的结构下诸多诗篇之间并无十分明显的逻辑联系。

第二，诗歌语言的非逻辑性及修辞的繁复性。《石》诗中的语言往往是不合乎理性的，呈现出非逻辑性和不符常规性。如"光荣贞烈等等常视为蛇蝎的后裔/我们常为一张坏名声的床单包裹着/母亲在婴儿的睫毛间夹着明日的隐忧/新娘亦是如此，危机在醉目中首次出现/每每在初夜被不相识的男

---

① 邓艮．"被锯断的苦梨"：《石室之死亡》再解读 [J]．诗探索，2010（5）.

人咬伤"（第2首）。"光荣贞烈"本为褒义的，是对一个人美好声名的赞誉，怎么会常被视为"蛇蝎的后裔"呢？蛇蝎是人们所憎恶的，人们常说"蛇蝎毒肠"，"光荣贞烈"与"蛇蝎的后裔"画上等号，实在让人费解。人人渴望有好的名声，洁身自好，又怎么常被"坏名声的床单"包裹起来呢？"生儿育女"应是作为母亲最大的幸福与喜悦，而此时的母亲为什么却"夹着明日的隐忧"？能够成为新娘是多少女孩所向往的，又怎会在喜悦的"醉目"中出现"危机"呢？"初夜"只有一次，诗人为何说每每在初夜"被不相识的男人咬伤"？这一切不合逻辑的背后，却存在着深刻的思考：人们往往为声名所累，人在声名大振之时，往往存在着"隐忧"与"危机"。此时的我们稍不留神，便会跳进名声的陷阱，如此说来，好的声名（"光荣贞烈"）被视为"蛇蝎的后裔"，如母亲、新娘一般在喜悦中也存在着"隐忧"与"危机"；纵然如此，声名仍反复不断地被人们所追求，犹如新娘"每每在初夜被不相识的男人咬伤"。这种语言的非逻辑性还往往导致时空错序，不同时代杂糅在一起，诸多互不相关的时间与空间被打乱了顺序交织在一起，形成万花筒式的异彩缤纷，使人摸不着头绪。此外，繁复的修辞也是《石》的重要特征，通感、明喻、暗喻、象征、夸张、拟人等修辞手法在《石》中层出不穷。甚至在一句诗行中出现了不同的本体和喻体。如"宗教许是野生植物，从这里走到那里"（第26首），在前一句中，"宗教"是本体，"野生植物"是喻体；而在后一句中，看似是"宗教""从这里走到那里"，"宗教"仍是本体，但细想来，前句把"宗教"喻为"野生植物"，正是看到了野生植物具有无限蔓延性和广泛传播性的特点，正如人的踪迹这般"从这里走到那里"，从这个意义上来讲，自然"野生植物"也是后一句的本体，这样一来该诗句中便同时出现了比喻和拟人两种修辞手法，而且运用得恰到好处，十分形象地概括了宗教具有广泛传播性的特点，而不显得说教式的生硬。但是，正是这些诗行修辞繁复的特点，使得对于诗句的理解增加了难度。《石》中几乎首首诗、行行诗修辞繁复，又往往本体所指不明。如在第14首中，诗人一连用了多个比喻，"你是未醒的睡莲，避暑的比目鱼/你是踯躅于竖琴上一闲散的无名指"，诗人接连把本体"你"喻为"未醒的睡莲""避暑的比目鱼""闲散的无名指"，但我们仍不清楚"你"到底指什么，直到下面的诗句中写道"在麦场被秋风遗弃的午后/你确信自己就是那一瓮不知悲哀的骨灰"，我们这才隐约觉得前面诗句中的

"你"具体所指似乎与"死亡"有关。

第三，诗行意象的繁复与非理性联结。生与死的意象是贯穿《石》诗篇始终的意象组合，具有二元对立、生死同构的特征。《石》诗往往将死亡意象与生命意象并列在一起，在死亡的阴影里加上了生命的光明曲调，正是在这种生与死的碰撞中，实现了生与死的对立与同构。如"黑色支流""血槽""被锯断的苦梨""死囚背上的号码""阴暗的长廊""黑蝙蝠""断柯""棺材""墓石""破裂的花盆""碎裂的海""尸衣""飞去的纸灰""黑布伞"等意象是黑暗与死亡的象征；而"早晨""太阳""向日葵""种子""荷花""孔雀的前额""橄榄枝""子宫""彩虹""望坟而笑的婴儿"等意象则是光明与生命的象征。洛夫在诗中并非简单地罗列这些生命与死亡的诸多意象，而是将生与死的主题通过这诸多意象联系在一起，甚至在同一诗句里，将有关生与死的意象并立共存，"他们竟这样的选择墓冢，羞怯的灵魂/又重新蒙着脸回到那湫隘的子宫"（第 13 首）。向忆秋认为，诗人洛夫是在用"生"的活力去纾解对"死"的焦虑，使死亡"爱欲化"，成为"一件庄严而美的事物"（洛夫语）①。正是这种二元对立、生死同构的理念使得《石》诗意象繁复多变，意象重叠交织而又转换频繁，显得难以捉摸。另外，《石》诗篇中的意象多为非理性的联结。纵观《石》诗，没有哪个意象是单独贯穿全篇的。诗中象征死亡的意象，如"黑色支流""血槽""黑蝙蝠"等等也只是某一节诗中突兀出现，并没有作为一个主要意象贯穿诗歌始终，甚至由于这种象征死亡的意象的不确定性和多变性，使得全诗意象庞杂、怪诞。这种现象在全诗中俯拾皆是。如第 37 首"饮太阳以全裸的瞳孔/我们的舌尖试探不出自己体内的冷暖"，试问什么是"全裸的瞳孔"，"瞳孔"又何以"饮太阳"呢？下面又提到"为何一枚钉子老绕着那幅遗像旋飞不已/为何我们的脸仍搁置在不该搁的地方"，读来使人感到怪诞离奇，神秘莫测。另外，《石》诗篇中的意象往往是即兴意象，且意象之间转换、跳跃极为频繁。纵然是同一节诗，对其中意象所代表的意义学者也有不同的解释。总之，《石》诗中集束炸弹似的意象轰炸在增加诗的容量与厚度的同时，亦增加了晦涩和难懂。

第四，诗歌主题的放射性与多元性。所谓"主题的放射性与多元性"

---

① 向忆秋. 焦虑及反抗——洛夫诗新解 ［D］. 桂林：广西师范大学文学院硕士论文，2002.

是指围绕着核心主题而向四周放射出其他次生主题的一种主题结构模式。龙彼德在《一项空前的实验：〈石室之死亡〉》一文中指出，洛夫在《石》诗中共写了 16 个问题，它们分别是：生存、战争、死亡、宗教、情欲、自然、艺术、社会、家庭、名誉、时间、空间、自我、不朽、异化、希望。并认为在这 16 个问题当中，生存、战争、死亡、宗教、情欲是五个重要方面。而笔者认为，《石》诗把生存和死亡主题连接起来的是战争问题，而其他次生主题又是围绕着生存和死亡主题而存在。现作图示如下：

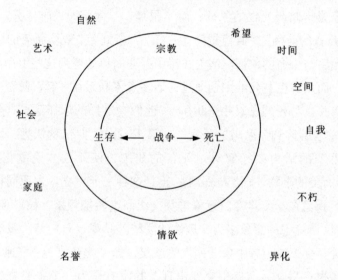

图 6-1　具有放射性与多元性特征的主题结构模式

由上图可以看出，是战争的残酷引发了诗人关于生存与死亡的思考，于是生存与死亡的问题构成了《石》诗的基本主题，而"宗教"与"情欲"共同起着调剂或破坏生存与死亡平衡关系的作用，而围绕着这五大主题，又派生出诸如自然、艺术、社会、家庭、名誉、时间、空间、自我、不朽、异化、希望等次生主题，而这些次生主题又是对生存与死亡主题的深入和补充，从而形成了一个具有放射性与多元性特征的主题结构模式。

主题的放射性与多元性特征使得众多主题散见于诗行各处，具有理念偏枯的倾向，在一定程度上变成了纯粹的哲理性思辨。在《石》中，洛夫是把宗教、哲学、诗融合在一起来向读者展示死亡主题的。向忆秋认为，洛夫在《石》诗中对死亡的关注，除了他直接参与战争、与死神相肉搏外，存在主义哲学对死亡的"一往情深"也是影响洛夫将"死亡"作为《石》诗核心主题的重要原因。死亡主题在中国古典诗歌中已有所反映，大部分为悼亡诗和自悼诗，其中部分也涉及了关于生与死的哲理思辨，而《石》诗更多地接受了西方存在主义哲学的关于死的论断。西方存在主义者认为，死亡是不可逃避的，人本身即是走向死亡的存在，人类无需逃避死亡，而是要从死亡的阴暗中跳出来，承担起自己的命运，勇敢面对死亡真相（海德格尔）。洛夫深受西方存在主义哲学的影响，诗中充满了对宗教幻想的批判，追求心灵的自由与解放，同时他又深受中国古代朴素生死观的羁绊，努力使死亡的形象高大化来纾解对死亡的恐惧。正是这种主题意识的复杂性和理念偏枯的哲理性思辨使得诸多意象围绕着主题的交织矛盾而相互矛盾，变得庞杂而难以梳理。

二、《石》诗晦涩倾向的原因透析

第一，"横的移植"——西方外来诗风的影响。20 世纪以来的西方文学基本上走的是一条非理性、颠覆传统的路线。从象征主义、表现主义、意识流、超现实主义，到后来的存在主义、魔幻现实主义以及荒诞派戏剧、"黑色幽默文学"等，大概说来皆旨在揭示"现代人的困惑"，即揭示周围世界的荒诞、冷漠和人的生存处境的尴尬、陌生；在艺术手法上，往往用晦涩、暗示性取代语言的鲜明性，用时序跳跃、时空错乱的心理时间来取代时序递进的物理时间，对潜意识的深度挖掘取代了理性的思维模式。洛夫在谈及自己进行《石》诗等现代诗探索时说："当时令我着迷、惊喜的是那种表现方法奇特的现代诗，像邓约翰的形而上诗、叶芝的象征诗、里尔克的表现人与自然交往与对话的冥想诗，我和它们广结善缘；同时由于台湾现实环境的影响，我一方面对现代的存在情境和生命本体作较深入的探索，一方面也致力于超现实主义表现手法的试验。这个时期着意于潜意识的探险，和表现内心世界的奥秘，故以意象奇诡、诗思艰涩为特色。"① 超现实主义者认为诗既是人们认知现实世界的有效途径，又是解决人生困惑的有效方法。他们把生活和诗统一起来，认为我们要"按照诗的方式生活"，即诗意的栖息。因而他们认为人人皆可为诗，生活中的一切皆可为诗，人们习以为常的任何事物

---

① 李晃. 诗人：永远割不断民族的血脉——听诗魔洛夫谈诗 [J]. 诗刊, 2000 (7).

都具有诗的品质。所谓灵感，无非是诗人对生活独具慧眼的细心观察，而这种独到之处则是诗人摆脱了理性、逻辑、道德以及美学束缚的结果。想象、幻想、潜意识等精神活动为超现实主义诗人所钟情。洛夫认为："超现实主义对诗最大的贡献乃在扩展了心象的范围和智境，浓缩意象以增加诗的强度，而使得暗喻、象征、暗示、余弦、歧义等重要诗的表现技巧发挥最大的效果。"① 另外，西方象征主义诗派也为洛夫诗歌的创作提供了充分想象的源泉，即借助意象而非板滞的哲学说教来表现真我。西方象征主义者反对肤浅的抒情和直露的说教，主张情与理的统一，通过象征暗示、意象隐喻、自由联想去表现理念世界的美和无限性，曲折地表达作者的思想和复杂微妙的情绪、感受。应该说，《石》诗中集束弹雨似的接连的意象轰炸确实达到了使读者"知解力崩溃"的效果，诗中所倾泻出的翻江倒海似的情绪交织难免使读者甚至多年后的诗人自己产生陌生感。

第二，"晦涩"合理——洛夫之生命体验及诗学观。《石》诗晦涩倾向的造就，与洛夫写作《石》诗时所经历的独特生命体验也密切关联。"国家不幸诗家幸"，作为多年投身军戎、亲眼见证了无数次战争灾难的诗人，在经历了无数次生与死的擦肩而过之后，洛夫对生存、死亡问题的思索必然是复杂和深刻的。《石》一诗就是伴随金门炮火的轰炸声而诞生的。洛夫曾回忆："当时的现实环境却极其恶劣，精神之苦闷，难以言宣，一则因个人在战争中被迫远离大陆母体，以一种飘萍的心情去面对一个陌生的环境，因而内心不时激起被遗弃的放逐感，再则由于当时海峡两岸的政局不稳，个人与国家的前景不明，致由大陆来台的诗人普遍呈现游移不定、焦虑不安的精神状态，于是探索内心苦闷之源，追求精神压力的纾解，希望通过创作来建立存在的信心，便成为大多数诗人的创作动力，《石室之死亡》也就是在这一特殊的时空中孕育而成。"② 正是这种"游移不定、焦虑不安的精神状态"、政治高压下内心痛苦的隐曲的表达，使得《石》一诗朦胧模糊、难以捉摸。

对于现代诗"晦涩"倾向，洛夫有自身独特的感悟与体会。洛夫坦言："晦涩问题在现代文学史上可说是一个本然问题，换言之，这是一个无法解

---

① 洛夫. 诗人之镜——《石室之死亡》自序［J］. 创世纪诗刊，1964（21）.
② 洛夫.《石室之死亡》再探索［M］//大河的潜流. 南京：江苏文艺出版社，2010：238.

决也无需解决的问题。"① 在洛夫看来，诗歌的晦涩倾向有其自身存在的合理性，根本就没有解决晦涩问题的必要。首先，洛夫提出，内容与形式的二分法只适用于散文，而不能适用于诗，"诗的语言跟诗中的情思或经验，则是融合一体的，不容分割"，这里洛夫区别了散文与诗歌的概念，以为两种文学样式很大的不同在于是否适用内容与形式的二分法，散文的内容与形式之间是可区分的，而诗的内容与形式（语言）则融合在一起了。洛夫对诗的形式（语言）极为重视，认为一首诗的好坏首先在于它的形体的好坏，"我们读一首诗，最先接触到的是它的形体——语言，一首诗的好坏，几乎就决定在我们眼睛接触的那一刹那，诗语言处理的失败，也就注定了整首诗的失败，反之亦然"。而诗的语言如何才能一下子捕捉到读者的眼球呢？洛夫以为"真正的诗，它的语言不是指涉性的、叙述性的、分析性的，而是象征性的，或暗示性的，能表达的那点'仿佛'，就是诗意之所在"，并认为中国的语言具有易于产生歧义的特性，"中国语言发展颇为特殊，由于受到单音的限制，其发展多趋于简单之句法，其优点为易于造成警句，缺点是易于产生歧义"②，这是洛夫为现代诗晦涩倾向寻找依据，他认为中国语言的特殊性是培育晦涩元素的土壤。洛夫还提出现代诗不应该有题材上的限制："对于一个善于运用象征与暗示的诗人，无物不可入诗。"③ 故在《石》中，"黑蝙蝠""子宫""血槽""尸衣""蛇腹"等意象纷至沓来，使人应接不暇。其次，关于读者接受问题，洛夫认为诗人在创作中会产生出一些生涩的作品来并不一定是坏事，也是无可厚非的："向外人借镜，从而转化为自己独特的技巧，更应鼓励。一个具有才能的诗人，他能吸收他人营养，亦能创造自己世界，纵使在他早期他因过于积极与狂热，表现技巧亦欠圆熟，自难免产生一些生涩的作品，但我坚信，只要他永持这种尝试精神，扬弃陈腐，创造生机，时间将证明他的不朽。"那么"晦涩"元素的存在是否可以为读者所接受呢？洛夫认为："适度的晦涩是可能的，因为没有一个人必须在看清河的底流之后才承认河的存在。只要我们将必须表现的完全表现无遗就够了。去看清那些别人忽略的，进入陌生的世界去发现那些你前所未知

---

① 洛夫. 诗人之镜——《石室之死亡》自序 [J]. 创世纪诗刊，1964（21）.
② 洛夫. 诗的语言和意象 [J]. 东南大学学报，2005（7）.
③ 洛夫. 诗人之镜——《石室之死亡》自序 [J]. 创世纪诗刊，1964（21）.

的,正如海明威所说,冰山八分之七是隐藏水底的。"洛夫还呼吁,读者要有足够的耐心"进入陌生的世界去发现那些你前所未知的"领域,而诗人正是为读者提供了这种"进入陌生的世界"的可能,因为诗人只是透露了"八分之一"的冰山一角,而其余的部分是隐蔽起来的。因此洛夫认为"诗乃在于感,而不在于懂,在于悟,而不在于思",这就要求读者要有极强的感悟能力,懂诗倒在其次了,也就是"得意而忘言"的意思。那么为什么会出现读者"不懂"诗呢?洛夫认为"一般人所谓'不懂',即由于诗人未能按照他们心中原有的认识模式去述说",换句话说,读者要读懂诗,就得改变自己原有的认识模式向诗人靠拢,"晦涩不在于作品,而在于读者本身"①,不过读者如何成为诗人"镜子"的反映呢?洛夫没有给出答案。

三、晦涩:中国现代诗的表征?

受西方现代主义思潮的影响,"晦涩"元素有意识或无意识地渗入到中国现代诗发展的各个时期。20 世纪 20 年代以李金发为代表的象征诗派,30 年代以戴望舒、卞之琳、施蛰存、何其芳等为代表的现代派,40 年代以穆旦为代表的九叶诗派,60、70 年代以纪弦为代表的"现代"诗社,以洛夫、痖弦、张默为代表的"创世纪"诗社和以余光中为代表的"蓝星"诗社,80 年代中国大陆以顾城等为代表的朦胧诗派,诗作均有着程度不一的晦涩倾向。有学者甚至断言:"应当正视这个事实——晦涩是现代诗的重要表征。"②

现代诗并不是以启蒙者的身份去启蒙读者,而是类似于独语,是对内心感官世界、生命中潜意识的自我关照,从根本上它拒斥他者(包括读者在内)的,追求陌生化的效果。如果说启蒙的诗歌属于"诗的平民化",则现代诗是属于"诗的贵族化"的,强调诗的领域是"一般人找不着不可知的远的世界,深的大的最高生命",它不可能是"大众(平民)"的,而只能是"少数、个人的、精神探索、艺术实验的领地"③。为了保持诗的"纯真"与无瑕疵,诗人们甚至不惜故意在诗中建造语言的迷宫,让读者吃尽苦头,云里雾里,以此来证实自己诗作的超凡脱俗。这样的路子显然是越走

---

① 洛夫.诗人之镜——《石室之死亡》自序 [J].创世纪诗刊,1964 (21).

② 张俊山.论晦涩:现代诗表征刍议 [J].中州学刊,1988 (2).

③ 穆木天.谭诗 [M].长春:时代文艺出版社,1985:263.

越窄，最后必然走进死胡同。在当今市场经济的大背景下，文学的商品化浪潮使得诗人们连固守最后一片自我的净土的憧憬也消失殆尽了（因为诗人除了写诗，还要生存，面对文学的商品化浪潮不得不摘下精神贵族的桂冠而向市场妥协）。当大量媚俗的、粗制滥造的垃圾诗充斥于市时，不少人喟叹"纯诗"的时代已一去不返了。诗人们不能故步自封，把大众和自己用一堵墙隔离开来，但亦不可走向媚俗的另一极端。若现代诗读来如大白话，懂是懂得了，却全然没有诗味、诗趣和诗旨，这样的诗同样是失败的。因此，诗人们应始终固守精神贵族的一片净土，保留对"纯诗"的真切追求，但也不要陷入晦涩的泥潭而难以自拔。同时，现代诗人必须重视诗歌的接受问题。现代诗致力于对人的内心世界的探索，甚至对非理性的直觉领域情有独钟，这对人类认识自我是有益处的。诗人的能指手段永远是有限的，而其心中所指则是无限的，以有限的能指手段去展示无限的心中所指，明知不可为而为之，则必然导致晦涩的产生。现代诗的独语式的自我剖析，本身即缺乏与读者的交流，就会不自觉地产生陌生化的效果，加之表达的晦涩，诗人与读者之间的阻隔是不可避免的事实。尤其是在新世纪，随着网络传播的迅猛发展，人们的生活日益趋于快节奏和浮躁化，若是要读者心平气和静下心来反复品味一首读不懂的诗，对大多数读者的耐心是一种考验。应该说，诗人写诗不仅仅是写给自己的，纵然是"藏诸名山"，终归要有接受与传播才有生命力。若不顾读者的感受而一味地"敝帚自珍"，这显然是违背诗歌艺术的自身发展规律的。当然，就诗作本身而言，好懂的诗不一定就是好诗。"诗无达诂"，"诗的内涵是深藏的，难懂的，这是诗的一个特征"①，因此，作为诗歌的受众，广大的读者也有一个审美能力自我提升的问题。总之，诗人们须走下圣坛来，以平等的姿态与读者沟通；读者也须熟悉和知晓现代诗作的创作技法，不能一不习惯就叫嚣"朦胧""另类"。

　　回到洛夫。不少诗评家注意到，自《魔歌》之后，洛夫一改锐意求新的特立独行，诗风逐渐由繁复趋于简洁，由激动趋于静观，由晦涩趋于明朗，走向了艺术的"回归"。洛夫前后诗风的变化（由明朗到晦涩，再返回到明朗）自然与诗人不断创新的创作理念有关，但同时也使我们看到一个不断自我否定并走向圆满之途的现代诗人形象。

---

① 王剑．现代诗的晦涩问题［J］．写作，2005（3）．

第七章
《长恨歌》：洛夫与白居易的千年对话

唐元和元年（806），白居易作叙事长诗《长恨歌》（以下简称"白诗"），诗作以"情"为中心，描绘了中国版"人鬼情未了"的动人场景，是一部现实主义与浪漫主义完美结合的作品。1972 年，洛夫用现代诗行改写了这一经典名作。洛夫一生诗风多变，进入 20 世纪 70 年代，他"自觉地重新认识传统，对传统的古典诗重作评价，并以一种带有历史意识的批评眼光，审慎地从传统中选择与吸收有助于创新的美学因素"①。现代版《长恨歌》（以下简称"洛诗"）就是洛夫"反思传统、融合现代与古典"，实现其创作阶段"华丽转身"的结晶。诗作想象丰富，意象奇拙，情感真切。两相比较，一现代，一古典，在诗国的星空里交相辉映，现代诗人洛夫由此实现了与唐代诗人白居易跨越千年的精神对话。

作为语言艺术的尖峰产品，诗歌文本是一个多层次的语言结构系统。童庆炳的《文学理论》提出文本三层面说，即言语层、形象层和意蕴层，下面对洛、白《长恨歌》的文本比较就基于这三个层面一一展开。

一、言语层

言语层面是指呈现于读者面前供其阅读的具体话语系统，具有形象性、生动性、凝练性、音乐性、内指性、心理蕴含性、拒阻性等特点。言语层是诗歌传达审美意识的媒介，它是诗歌的物质外观，并在传达审美意识、显示独特的语言风格上具有重要作用。从层级划分看，言语层又可分语音层与语义层两个次层面。语音层则主要由音韵、旋律和节奏构成，即语言风格。语

---

① 《诗探索》编辑部. 洛夫访谈录［J］. 诗探索，2002（1-2）.

义层主要指由语表和语里相互作用产生的文本意义。在言语层上，洛诗与白诗各具特色。

（一）语音层：古典意蕴与现代诗音

白诗为叙事史诗，在语音层上具有古代诗歌所有的明显特征，即音韵、旋律协调配合，有很强的听觉享受，富于音乐感。在韵律上，白诗全诗押韵，且韵律多变。如"一朝选在君王侧"中的"侧"与"六宫粉黛无颜色"的"色"，押韵"e"；"温泉水滑洗凝脂"与"始是新承恩泽时"，押韵"i"；"芙蓉帐暖度春宵"与"从此君王不早朝"，押韵"o"等。

由于现代人所面临的情境、所饱含的感情越来越复杂，已不能单独地依靠古代诗歌的音韵、节奏来阐发，故而现代诗歌突破了传统，打破了音韵节奏。洛诗是借古题阐发现代感情的典型诗歌。诗歌不追求语言的韵律，完全依靠感情的节奏，用饱含现代意识的语言来阐释情感。如："唐玄宗／从／水声里／提炼出一缕黑发的哀恸。"文章开头直接以浓烈的感情出发，以极为朴实的话语、平淡的节奏，表现出了唐玄宗的悲哀，也体现出了诗人当时心里的煎熬与孤寂。又如："他是皇帝／而战争／是一摊怎么擦也擦不掉的黏液。"以陈述性的话语，表达了唐玄宗对战争的厌恶，也表现出了他的无可奈何与孤助无援。

（二）语义层：含蓄、优雅与浅近、明朗

在语义层面上，两者也各具特色。白诗语言极其优美、细腻，富于优雅感，感情的抒发极为委婉，如"天生丽质难自弃，一朝选在君王侧。回眸一笑百媚生，六宫粉黛无颜色"，并没有直接写杨贵妃的外貌，而是用"回眸一笑"的"百媚"来反衬，表现出杨贵妃的惊世美貌；又如"遂令天下父母心，不重生男重生女"，以天下改变了重男轻女的恶习来说明杨贵妃的受宠。白诗将所说的意义寓于各种华丽的富于含义的修饰词上，往往通过侧面烘托，或借景抒发情感。

洛诗是诗人"从明朗到艰涩，又从艰涩返回明朗"后所写的一首诗。诗歌语言浅近、平淡、明朗，并具有一定的说话情境，间或也有突然的断裂，但总体流畅。早年那种在经营意象时追求峭拔奇绝、语出惊世骇人的情况，在这首诗中，已有所改变，如写唐玄宗对杨贵妃的绝望思念是："他的呼唤的那个名字，埋入了回声。"写化为鬼魂的杨贵妃的肖像是"一朵菊花在她嘴边，一个犹未酿成的小小风景，在她掌里"，意象变得稍稍平淡，语

言较为平实，但情致和深意丝毫未减。台湾吴三连文艺奖评说洛夫："自回传统以后，风格渐渐转变，由繁复趋于简洁，由激动趋于静观，师承古典而落实生活，成熟之艺术已臻虚实相生，动静皆宜之境地。他的诗直探万物之本质，穷究生命之意义，且对中国文字锤炼有功。"如："他开始在床上读报，吃早点，看梳头，批阅奏折/盖章/盖章/盖章/盖章/从此/君王不早朝。"不再用突转、奇异的语言，而是以日常的话语述说着唐玄宗的堕落与无所适从，也表现出诗人对唐玄宗的昏庸的讽刺。再如："娘子，妇道人家之血只能朝某一方向流/于今六军不发/罢了罢了，这马嵬坡前，你即是那杨絮，高举你以广场中的大风。"平淡描绘着杨贵妃逝去的悲惨——落为历史前进车轮的牺牲品，传达出了唐玄宗痛苦的无可奈何，也传达了唐玄宗为了江山舍弃心爱人的心狠，表现了诗人强烈的讽刺之情。又或是直面的呐喊，如大声叫喊："我做爱/因为/我要做爱/因为/我是皇帝/因为/我们惯于血肉相见。"

二、形象层

文学形象层面是文学话语经过读者的想象和联想而构成的艺术世界，它是主观与客观的统一、假定与真实的统一、个别与一般的统一、确定性与不确定性的统一。形象层是诗歌文本呈现的重要手段，它是"由多种图示化观象、观象连续体和观象系列构成的层次"，抒情主人公、叙述视角、叙述方式方法、意象及其组合为其具体形态。在形象层上，洛诗与白诗也是各擅胜场。

（一）抒情主人公：旁观者与旁观者、参与者并存

白诗抒情主人公为冷眼的旁观者。诗作以旁观者的身份阐述杨贵妃的出生"杨家有女初长成，养在深闺人未识"，而后又以旁观者的角度描绘了杨贵妃的惊人美貌"回眸一笑百媚生，六宫粉黛无颜色"，后又叙述了杨贵妃的被逼马嵬坡上吊、唐玄宗对杨贵妃逝去后的痛苦思念以及他们之间刻骨铭心的爱情。由"后宫佳丽三千人，三千宠爱在一身"的宠爱到"渔阳鼙鼓动地来，惊破霓裳羽衣曲"的依依相守、曲舞相合，再到"六军不发无奈何，宛转蛾眉马前死"的杨贵妃的悲惨结局，再到后文唐玄宗的痴心思念，"君王掩面救不得，回看血泪相和流"，"芙蓉如面柳如眉，对此如何不泪

垂"，继而再到"七月七日长生殿，夜半无人私语时。在天愿作比翼鸟，在地愿为连理枝。天长地久有时尽，此恨绵绵无绝期"的"长恨"，抒情主人公见证了唐玄宗与杨贵妃间真挚的爱情，见证了两个爱得深而伤得重，为了爱情痴心不改，到最后却也逃不过命运车轮的苦命鸳鸯，表达出了抒情主人公对唐玄宗与杨贵妃爱情悲剧的惋惜以及其爱情所处不合时代的悲哀。

而在洛诗中，抒情主人公却飘忽不定，具有了现代诗的特征。抒情主人公有时是旁观者，有时却是与所描绘的诗中的文学形象重叠。诗作开始时也以第三人称角度，以旁观者的身份出现，叙述唐玄宗的痛苦与悲哀，"唐玄宗/从/水声里/提炼出一缕黑发的哀恸"。接着又以旁观者的眼光叙述了杨贵妃的出生，描绘了杨贵妃与唐玄宗的日夜欢娱，"她是，杨氏家谱中，翻开第一页便仰在那里"等。而后抒情主人公与所绘形象开始重叠，抒情主人公开始以第一人称出现，直接呼喊出了所绘形象的苦闷："我做爱/因为/我要做爱/因为/我是皇帝/因为我们习惯血肉相见。"紧接着抒情主人公又与所绘形象分离，重回到旁观者，描绘了一个"高瘦的青衫男子"与一个"没有脸孔的女子"相会于梦中，相见于长生殿。

（二）视角转换：恒定不变与多变

白诗以第三人称的角度，以诉说的方式，从杨贵妃的生活环境、外貌，以及与唐玄宗的美好生活着笔："汉皇重色思倾国，御宇多年求不得。/杨家有女初长成，养在深闺人未识。/天生丽质难自弃，一朝选在君王侧。/回眸一笑百媚生，六宫粉黛无颜色。"而后详细地描绘了杨贵妃的一举一动，"缓歌慢舞凝丝竹，尽日君王看不足。渔阳鼙鼓动地来，惊破霓裳羽衣曲"，刻画出了一个"回眸一笑百媚生，六宫粉黛无颜色"的杨贵妃形象，以幽怨的笔调描绘了唐玄宗与她的凄惨爱情。

而洛诗则有多变的视角转换，全诗分为九个章节，第三人称和第一人称相互转换。如第二章节："大声叫喊/我做爱/因为/我要做爱/因为我是皇帝/因为我们惯于血肉相见。"采用直接引用的形式，痛喊出唐玄宗的苦闷与思念，用直白的方式、第一人称的形式来呼唤，直接将其感情宣泄而出。而后转换到原来的第三人称，对其日常生活予以描绘，痛喊与幽怨相结合，感情如弯弯的流水，遭遇到激滩，又回复到平静，为下次的爆发积蓄能量。如第四章节"他开始在床上读报，吃早点，看梳头，批阅奏折/盖章"等，以平静的笔调，描绘出唐玄宗的日常生活，以不断重复的"盖章"动作来体现他的无奈与身不由己,同时也表现出他的昏庸与堕落。又如第五章节:"他是皇帝/而战争/是一摊怎么擦也擦不掉的黏液/在锦被中杀伐,在远方/远方,烽火蛇升,天空哑于/一锅叫人心惊的发式/鼙鼓,以火红的舌头/舐着大地。"又回到第三人称描叙,通过叙写战争"一摊怎么擦也擦不掉的黏液",以"烽火蛇升""火红的舌头/舐着大地"表现出了战争的残酷,同时也表现出了唐玄宗对于杨贵妃在战争中死去结局的无奈与苦涩。

(三)叙述方式方法

1. 顺叙与倒叙

在叙述方式上,白诗为顺叙,以故事的开始、发展、高潮以及结局来结构诗文。诗歌从杨贵妃的小时生平写起,由"杨家有女初长成,养在深闺人未识"的深闺少女,再到"天生丽质难自弃,一朝选在君王侧。回眸一笑百媚生,六宫粉黛无颜色"的进入皇宫、深得宠爱的贵妃,接着便是"春宵苦短日高起,从此君王不早朝",描绘玄宗与杨贵妃的日夜欢爱,以及由于贵妃的受宠爱以至于改变了传统的"重男轻女"的习俗。然后便描绘了"安史之乱"时,六军逼迫贵妃自尽的场景,"九重城阙烟尘生,千乘万骑西南行。翠华摇摇行复止,西出都门百余里。六军不发无奈何,宛转蛾眉马前死",叙述"花钿委地无人收,翠翘金雀玉搔头。君王掩面救不得,回看血泪相和流"的贵妃的悲惨结局以及玄宗的哀痛。再到最后由道士为玄宗招贵妃魂,"临邛道士鸿都客,能以精诚致魂魄",让玄宗与贵妃梦中相见,一述衷肠,"揽衣推枕起徘徊,珠箔银屏迤逦开"。再由诗人抒发"在天愿作比翼鸟,在地愿为连理枝"的爱情期望,可是不得不面对"天长地久有时尽,此恨绵绵无绝期"的"长恨"结局。

而洛诗则采用的是倒叙,以抒情主人公唐玄宗"从水声里,提炼出一缕黑发的哀恸",从玄宗的回忆开始写起,然后"她是,杨氏家谱中,翻开第一页便仰望在那里的,一片白肉",由回忆引入杨贵妃的出生。再然后便是玄宗与贵妃的日夜欢爱,"嘴唇,猛力吸吮之后,就是呻吟,而象牙床上伸展的肢体,是山,也是水",再又突转到玄宗的呼喊与独白,叙述他厌恶战争,可是"战争/是一摊怎么擦也擦不掉的黏液"跟随着他,从而导致了杨贵妃"妇道人家之血只能朝某一方向流,于今六军不发,罢了罢了,这马嵬坡前"的逝去,成为了"一堆昂贵的肥料"。紧接着便是描绘玄宗痛苦的思念与哀痛之情,"他把自己的胡须打了一个结又一个结,解开再解开,然后负手踱步，鞋声，鞋声，鞋声"。再接着叙写唐玄宗因为痛苦思念而在梦里与贵妃相见，"突然间，他疯狂地搜寻那把黑发，而她递过去，一缕烟"。

2. 描叙与象征、暗示

在叙述方法上，白诗是一首近似史实诗，加以浪漫的想象，采用触景生情、情景相衬等手法，栩栩如生地描写唐玄宗与杨贵妃，使他们成为现实中人的复杂真实的再现。而洛诗，更多的是运用声音与色彩的交感，如"黑色的哀悼""白色歌谣"；用矛盾情景的酿造，如"她融入水中的脸是相对的白与绝对的黑，她不再捧着一碟盐而大呼饥渴"；用远距离比喻，如战争是一摊"黏液"，象牙床上伸展的肢体"是山，也是水"；象征的运用与捕捉，如马嵬坡前，杨贵妃"即是那场絮，高举你以广场中的大风"，她死后，"不再出唐朝的麻疹"，唐玄宗与杨贵妃的春宵梦长是"一道河熟睡在另一条河中"；用极度变形，如烽火连天殃及京城依然沉湎酒色的唐玄宗是"高举着那只烧焦了的手"大喊"我做爱"；用荒诞情境的制作，唐玄宗思念死去的杨贵妃，"他把自己的胡须打了一个结又一个结，解开再解开"；用具象与抽象的嵌合，如"一堆昂贵的肥料/营养着/另一株玫瑰/或/历史中/另一种绝症"等。总言之，洛夫此诗基本上不是描叙和直陈，而是以一系列具有象征与暗示的意象呈示诗中的故事和人物，使他们成为现实中人的复杂真实的表现。

想象在世人的心理上往往呈现为一种审美直觉，它是诗人在一刹那间表现出来的理性和感性的结合体。如同写唐玄宗自"安史之乱"平息后回到长安宫内睹物思人的情景，白居易描摹成"夕殿萤飞思悄然，孤灯挑尽未成眠。迟迟钟鼓初长夜，耿耿星河欲曙天"，融情入境，情景交融，诗人的感觉功能并无多大变异，想象的脉脉清晰分明；而在洛夫笔下，则演化为"竟夕绕宫而行，未央宫的每一扇窗口，他都站过，冷白的手指剔着灯花"，至此，诗基本上用的还是白描，但紧接着，诗人写道"轻咳声中，禁城里全部的海棠，一夜凋成秋风"，"轻咳声中"，"海棠"凋成"秋风"，从听觉到视觉到触觉，诗人的感觉功能变异极大，想象的脉络断断续续，其断处正是容纳诗人知觉的、情感的和思维容量的藏身之地，也是诗人为读者留下的想象的空白：海棠是美景，以美景写思念之愁苦，秋风是悲风，以秋风衬托思念之悲哀；从"海棠"凋成"秋风"，暗示时间的绵长，可显示出思念之无望。一个"凋"字，化无形的秋风为似乎摸得着的具象，使抽象的感情有一种立体感，更显其真实。这一切都是通过破译意象的象征和暗示才窥其一斑。显然，洛夫这种作用于诗的想象结构，无疑扩大了思维空间和丰富了形象的纵深感。

（四）意象：华贵、优雅与阴冷、暗淡

意象是指在诗歌创作过程中诗人通过审美思维所创造的融合例如创作主体的情感、思想、旨趣、意志而存在于创作主体头脑中的形象。美国诗人庞德指出："一个意象是在瞬间呈现出的一个理性和感情的符合体。"诗歌中的意象指作为诗人主观思想与审美情感的"意"和作为审美客体的景象、事物和场景的"象"的和谐交融与辩证统一。①

在意象方面，白诗意象丰富独特，极具雍容华贵、优雅气质，如"春寒赐浴华清池，温泉水滑洗凝脂"中的"春寒""凝脂"；"云鬓花颜金步摇"中的"云鬓""金步"，又如"芙蓉帐""霓裳羽衣"；再如"花钿委地无人收，翠翘金雀玉搔头"与"春风桃李花开夜，秋雨梧桐叶落时"，"鸳鸯瓦冷霜华重，翡翠衾寒谁与共"等诗句，以意象的纷多复杂来表现出当时宫廷的奢侈与富华。

而欣赏洛诗，如集束炸弹般的意象轰炸给人印象深刻。诗歌意象具现代性，大都为黑色意象，极其阴冷。如"提炼出一缕黑发""他高举着烧焦了的手""娘子，妇道人家之血只能朝某一方向""地层下的激流，涌向，江山万里，及至一支白色歌谣""一堆昂贵的肥料/营养着/另一株玫瑰/或/历史中/另一种绝症""冷白的手指剔着灯花""唐朝的麻疹""白色的空气""没有脸孔的女子"等一系列意象中，"黑发""烧焦的手""白色歌谣""绝症"等无一不具有浓厚的现代性，传达出了一种阴冷之感，体现出了一种绝望之感，表现出了诗人的苦涩之情。

三、意蕴层

意蕴层面是文学文本内容、实质、核心和灵魂之所在，属于文本结构的纵深层次。意蕴层大体上可分为形而下和形而上两个层次。形而下的意蕴层

---

① 刘安海，孙宪文．文学理论［M］．武汉：华中师范大学，2007：189-190.

是指文本的现象层通过特定的社会历史内容所传达出的比较明确的、具体的情感；而形而上的意蕴层是指比较抽象的带有比较浓的思辨色彩，激情与哲理的高度融合。别林斯基说："感情是诗情天性的最主要的动力之一；没有感情，就没有诗人，也没有诗歌。"① 同属经典之作，两诗在诗歌意蕴上也各有面貌。

（一）形而下：同情、伤感与阴冷、苦涩

从诗歌的主旨来说，两诗均扑朔迷离，或讽喻重色误国，或歌颂爱情专一，或既同情又谴责；从诗的人物形象来说，两者都塑造了两个人物形象：一个因为爱情而丧失了权势还是要爱的痴皇帝，一个因为爱情丢掉了性命依然要爱的薄命妃子。但从诗中的感情结构来看，洛诗抒情基调注入了更多的阴冷和苦涩。不单是全诗意象，洛诗比白诗更显得冷镌，就连杨贵妃死后的处境的设置，洛夫主要也是突出她的冷，冷得甚至阴森。白居易将她升到仙境，洛夫暗示她的处境和归宿是阴间。一成仙，一为鬼，两者境遇相差十万八千里。洛夫诗中的杨贵妃，从"墙上走来"，"隐在树中的脸，／比夕阳更绝望"，阴森和阴冷之鬼气漫溢诗性。洛夫的诗，尽管安排了唐玄宗和杨贵妃两人生离死别的一晤，但一个是鬼（"一个没有脸的女人"），一个是人（"一个高瘦的青衫男子"），且在"风雨中"其"私语"也是闪烁和苦涩的！白诗中唐玄宗和杨贵妃，虽两人未曾再见，但人、仙互递思念，忆及的"私语"是"在天愿作比翼鸟，在地愿为连理枝"，虽然这是无望的，但毕竟是一种希望。诚然，白居易、洛夫《长恨歌》中的爱情悲剧的底色都是浓黑的，但前者因萦绕了一丝仙气，多少呈现出一点亮色，后者，因为浓含一股鬼气，更显得凄凄惨惨。洛夫说，1949 年漫天烽火中弃家来台，"孑然一身，既有惨痛的战火伤痕，又无安身立命的社会条件，内心之郁苦和空虚忠实地反映于诗中，不是很自然的事吗？"② 无怪乎洛诗渗透和充斥着阴冷和苦涩，极尽讽刺之能事。

（二）形而上：古代文人爱情理念与现代意识

文学作品产生的目的总是以人的生存境遇为主的，以关注人的生存为主

① 别林斯基．爱德华·故别尔诗集［M］//外国理论家作家论形象思维．北京：中国社会科学出版社，1979：74.

② 洛夫．诗坛春秋三十年［M］//大河的潜流．南京：江苏文艺出版社，2010：212.

的。而这种终极关怀正是源于人的存在的有限性而又企盼无限的超越性本质，它是人类超越有限、追求无限以达到永恒的一种精神渴望。从文学作品的终极目的来说，两诗也有很大的不同。白诗描绘出了古代的一场爱情悲剧，传达出的是一种文人知识分子的爱情理念，传述的是一种古代的爱情观，表达的是一种古代爱情破灭的人文悲哀。以"临别殷勤重寄词，词中有誓两心知"交代古代恋人离别时寄词相知，在"七月七日长生殿，夜半无人私语时"梦中相会，欣欣相知，而"在天愿作比翼鸟，在地愿为连理枝"也传达出了古代文人期盼爱情，希望能长相厮守的爱情理想。而在对超现实主义进行认同和修正后，洛夫诗歌往往都具有极其浓重的现代生命意识。洛诗不仅再现了一幕古典爱情的悲剧，同时以现代的视角，掺杂了多烦、嘈杂的现代都市情绪，表现出了现代的落寞、苦涩之感，表现出了一种人类的终极关怀。如在洛诗开头"那蔷薇，就像所有的蔷薇，只开了一个早晨"，传达出了现代人的哀伤。又如"他把自己的鞋的胡须打了一个结又一个结，解开又再解开，然后负手踱步，鞋声，鞋声，鞋声"，以一个机械重复的动作，表达出了现代人的迷茫。又如"他开始在床上读报，吃早点，看梳头，批阅奏折/盖章/盖章/盖章/盖章"等一系列的现代化动作，或又如描写杨贵妃"在她掌里/她不再牙疼/不再出唐朝的麻疹"等，传达的是现代人情感的孤寂与空虚。

第八章
《边界望乡》：迥异的乡愁抒写

《汉书·元帝纪》："安土重迁，黎民之性；骨肉相附，人情所愿也。"故乡是与生俱来、生死相依、终生相伴的，这是中华民族传统中的一种顽强的文化习性。乡土中国五千年，乡愁是中国文学永不过时的旋律。近现代以来，中国社会发生翻天覆地的变化，先有近代一百多年的烽火动乱，后有现代日新月异的社会变革，无论人们出于被迫还是自愿，频繁仓促的迁徙对于这个安土重迁的民族而言，不能不算是一次又一次新的生命体验的开端。1949 年，国民党迁台，一大批军民背井离乡，流落到这陌生的南国孤岛，还要时时警惕战火的威胁。赴台者有家难回，日思故乡，夜梦亲人，望海兴叹，普遍患有"怀乡病"。乡愁成为台湾文学的催生剂和共鸣曲。在众多台湾乡愁诗作中，洛夫《边界望乡》（创作于 1979 年）与余光中《乡愁》（创作于 1971 年）堪称"双璧"。虽然余光中《乡愁》一诗当年在大陆一纸风行，拥有更多的知名度，但如要对两首诗分一个孰轻孰重，则相当困难，只能说同为乡愁诗作，两者风格迥异，各有千秋。

一、殊途同归的乡愁抒写与表现

洛夫、余光中对于乡愁情怀的诗意抒写，均与两人颠沛流离的人生经历密切相关。余光中素有"乡愁诗人"的美誉，祖籍福建永春，出生于江苏南京。抗日战争爆发后随父母逃往江苏、安徽一带，次年到达上海。后又辗转重庆，在四川读中学，随之又转入南京的中学，毕业后，考取金陵大学和北京大学，由于战火而留在了金陵大学外语系（后转入厦门大学），1949 年随父母迁香港，次年赴台，就读于台湾大学外文系。之后在军中当了 3 年翻译官，退伍后在台湾东吴大学及台湾师范大学任教。1958 年赴美进修，20世纪 60 年代中期和后期两度赴美国讲学。70 年代先后任教于台湾政治大学、香港中文大学。1985 年返台定居，任教于台湾中山大学。余光中的前半生大部分时间是在颠沛和流离中度过的，乡愁成为诗人的习惯："在台北时，他怀念江南；在香港时，他眷恋台北；在高雄时，他回望香港；在美国时，他渴望故国和故岛。"① 诗人习惯性地从这种情感中唤醒诗的灵感。司马迁《报任安书》云："人皆意有所郁结，不得通其道，故述往事，思来者。"当思乡愁绪无所遣，"发愤著书"便是理所当然之事，余光中写了大量表现乡愁的诗作，比如《舟子的悲歌》《芝加哥》《我之固体化》《当我死时》《新大陆之晨》《春天，遂想起》《小时候》《呼唤》《大江东去》《雨后去夏菁》《乡愁》《乡愁四韵》《白玉苦瓜》等。大陆诗人流沙河评价他："台湾众多诗人，二十年来，乡愁主题写得最多又最好的，非余光中莫属。"②

洛夫有着与余光中类似的人生经历。洛夫是湖南衡阳人，1949 年离乡随军赴台湾。先后入台湾海军陆战队，到金门任联络官，赴越南任"顾问团"顾问兼英文秘书。1967 年返台后入淡江文理学院英文系读书。1996 年从台湾"自我二度流放"到加拿大。洛夫回忆："当时初离家乡，孑然一身，心灵孤寂而空虚，前途一片渺茫，生命失去信心和方向，这对于一个二十几岁的年轻人来说，确是难以承受的。"③ 诗人离桑田而赴沧海，"诗便成为背井离乡后的家园，天涯游子的身世之感造就了洛夫的乡愁诗歌"④。身世的颠沛流离、精神的孤绝，使洛夫犹如大海中的一根漂木，且行且歌，同样创作了大量的乡愁诗歌，如《时间之伤》《西湖二题》《蟋蟀之歌》《车上读杜甫》《国父纪念馆之晨》《酿酒的石头》《登黄鹤楼》《出三峡记》《家书》《剁指》《寄鞋》《绍兴访鲁迅故居》《血的再版——悼亡母诗》《湖南大雪》《杭州纸扇》《与衡阳宾馆的蟋蟀对话》……这位天涯游子无论走到哪，斩不断的"中国结"总是"撞击"出诗人无限的乡愁情怀，而名作《边界望乡》是无疑最深的一次。

---

① 尹银廷. 论余光中的乡愁诗 [J]. 东岳论丛, 2002 (3).
② 流沙河. 读《蜀人赠扇记》[N]. 中国时报, 1987-10-01.
③ 龙彼德. 洛夫评传 [M]. 南京：南京大学出版社, 1995：45.
④ 章亚昕. 二十世纪台湾诗歌史 [M]. 北京：人民文学出版社, 2008：144.

从创作路向观察，余光中、洛夫的乡愁抒写又是一次不约而同的"回归"之旅。1956年纪弦等人成立"现代派"，提出六大信条，主张"新诗乃是横的移植，强调创新，追求诗的纯粹性"①。这一口号"横向移植"直接引导了台湾诗坛"西化"的潮流，乡愁诗歌理所当然也打上这一潮流的烙印。当时以余光中为首的蓝星诗社，和以洛夫为主力的创世纪诗社，及纪弦领导的现代诗社造成了现代诗社团三足鼎立之势，引领着现代诗歌潮流。作为两大诗社的旗手和掌舵者，余光中和洛夫理所当然走在诗歌革新的最前沿，诗歌以前卫著称。至20世纪80年代前后，余光中和洛夫不约而同在诗观上作了调整，创作由现代回归传统。余光中认为："台湾诗歌是由横的地域感，纵的历史感，加上纵横交错而成十字路口的现实感构成的三度空间吧。"②"在孝子和浪子之中，能真正肩负起中国的文艺复兴的，仍属后者。经过西洋诗洗礼的眼睛总比仅读过唐诗的眼睛看得多些，因为前者多一个观点，有比较的机会。我们要孝子先学浪子的理由在此。"③ 余光中直言不讳地指认自己"浪子回头"的创作之路。无独有偶，洛夫也有类似的认识："一个现代中国诗人必须站在纵的（传统）和横的（世界）坐标点上，去感受，去体验，去思考近百年来中国人泅过血泪的时空，在历史承受无穷尽的捶击与磨难所激发的悲剧精神，以及由悲剧精神所衍生的批判精神，并进而去探索整个人类在现代社会中的存在意义。"④ 自《魔歌》之后，洛夫诗风有明显的改观，"他的诗风早期锐意求新，意象鲜明大胆，发展腾跃猛捷，其主题不是在静态中展现，而是在剧动中完成。洛夫以前卫的中坚分子自许，并运用超现实主义技巧，为现代诗开拓一片新领域。自《魔歌》以后，风格渐趋转变，由繁复趋向简洁，由激动趋于静观，由晦涩趋于明朗，师承古典而落实生活之企图显然可见，成熟之艺术已臻于虚实相生动静皆宜之境地，且对中国文字锤炼有功。"这是台湾吴三连文艺基金会对洛夫的评价，诗人回眸传统的诗路可见一斑。

两位诗人回归传统的自觉，直接影响到他们的乡愁诗作，两人乡愁诗歌中写得最好的是那些传统与现代诗艺相结合的作品。两位诗人不仅把中华文

① 章亚昕. 二十世纪台湾诗歌史［M］. 北京：人民文学出版社，2008：96.
② 余光中. 余光中诗歌选集（二）［M］. 长春：时代文艺出版社，1997：220.
③ 余光中. 掌上雨［M］. 台北：大林出版社，1984：214.
④ 龙彼德. 大风起于深泽——论洛夫的诗歌艺术［J］. 理论与创作，1991（1）.

化传统写入诗中，还积极学习古典诗词的创作手法，为艺术开辟了新的天地，余光中因此得有"艺术上多妻主义诗人"的美名。他在《白玉苦瓜·自序》中说："到了中年，忧患伤心，感慨始深，那支笔才懂得伸回去，伸向那块大陆，去蘸汨罗的悲涛、易水的寒波，去歌楚臣，哀汉将，隔着千年，跟古代最敏感的心灵——陈子昂，在幽州台上，抬一抬杠。怀古咏史，原是中国古典诗的一大主题。在这类诗中，整个民族的记忆，等于在对镜自鉴。"① 两人乡愁诗作的内容题材也有着惊人的相似，余光中写有《戏李白》《念李白》《寻李白》《与李白同游高速公路》《给屈原》《夜读曹操》《刺秦王》《飞将军》《秦俑》《大江东去》《公无河》《唐马》……而洛夫写有《李白传奇》《赠李白》《赠杜甫》《与李贺共饮》《赠王维》《东坡居士》《长恨歌》《车上读杜甫》《水祭》《观仇英兰亭序》……向中国伟大的诗歌传统学习、借鉴成为两人的共识。

尽管两位乡愁诗人走的是同一回归之路，但两人的分歧与区别还是存在。1960 年余光中在《现代文学》发表长诗《天狼星》，引发余光中与洛夫关于诗歌"虚无"方面的论战。洛夫本人受超现实主义影响，认为"诗人的观察受到他对客观事物新认识的支配。他不是以肉眼去辨识，而是以心眼去透视。这种认知不是浮面的或相沿成习的，故转化为创造作品时能赋予事物新的意义与生命。"洛夫一贯所强调的诗的创造性："文学艺术的真谛不在于复制，而在于创造。"② 即使洛夫后来诗风已作调整和改变，但其注重诗歌创造的个性始终不改。而余光中则在《再见，虚无!》等文章中宣称自己"生完了现代诗的麻疹，总之我已经免疫了。我再也不怕达达和超现实主义的细菌了"③。显然是有意识地与现代风告别。两人诗观与诗路的歧途已有不少论述，在此不赘言。这应该是《乡愁》和《边界望乡》两诗风格迥异的深层次因素。

虽然两位诗人的人生经历、创作之路与创作的动机有着某些相似之处，但两首诗歌具体的创作情境却大为迥异。余光中《乡愁》是在一静思的环境下完成的。《乡愁》创作于 1971 年台北厦门街的旧居内，此时诗人已离

---

① 余光中. 白玉苦瓜 [M]. 深圳：鹏城书局，1984：5.

② 龙彼德. 大风起于深泽——论洛夫的诗歌艺术 [J]. 理论与创作，1991（1）.

③ 余光中. 再见，虚无! [J]. 蓝星诗页，1961（37）.

大陆二十余年，漂美回台不久。诗人回到故地，念及一生的漂泊与别离，有感写下这首《乡愁》。据说余光中写完后，热泪盈眶，不能自已。诗人述往事，思来者，王国维说："大家之作，其言情也必沁人心脾，其写景也必豁人耳目。其辞脱口而出，无矫揉妆束之态。以其所见者真，所知者深也。"①诗人积蓄半世纪的忧愤倾注于《乡愁》，岂能不动人心肠！洛夫的《边界望乡》是在"撞击"这一动态环境中产生的。《边界望乡》"后记"："1979年3月中旬应邀访港，十六日上午余光中兄亲自开车陪我参观落马洲之边界，当时轻雾氤氲，望远镜中的故国山河隐约可见，而耳边正响起数十年未听的鹧鸪啼叫，声声扣人心弦，所谓'近乡情怯'，大概就是我当时的心境吧。"落马洲位于香港，与大陆遥遥相望，诗人在余光中的陪同下，见到阔别三十年的故土，情绪相当激动，三十年的孤绝漂泊之感瞬间点燃爆发，回去后依据这独特的情感体验写下《边界望乡》。相对于洛夫《边界望乡》波涛汹涌般的情感体验，余光中创作《乡愁》时，理性多于感性，至少诗人能够控制思绪流动的方向。而洛夫创作《边界望乡》则是触景生情，近乡情怯，诗人来到的是一个陌生的环境，所生出的感情多为感性之印象，感性要多于理性，往往是这第一印象，能勾起诗人潜意识反应。两首诗歌迥异的创作情境，直接导致了两诗截然不同的艺术风格。

二、同一乡愁情绪的不同况味

作为现代乡愁诗的杰出典范，《乡愁》和《边界望乡》有其独具特点的思想内容。两诗都用了"乡愁"这一字眼，也紧密围绕"乡愁"这一主题展开，诗人们用各自的方式诠释了何为乡愁。

《乡愁》用了四个比喻，来表现人生四个阶段的乡愁。诗人用邮票、船票、坟墓、海峡来寓意人生小时候、长大后、后来、现在四个阶段的乡愁：母子情，夫妻情，生死情，爱国情。一如诗人所经历的那样，乡愁就是那一次次的分别，时空的阻隔酿成了乡愁的全部悲痛。《边界望乡》表现的也是时空阻隔所酿成的悲剧。诗人近乡情怯，归心似箭，思念的应是边界那边的全部，包括故乡、亲人、中华的文化，诗人把对乡愁的感悟表现得淋漓尽

---

① 周锡山.人间词话汇编汇校评 [M].太原：北岳文艺出版社，2004：139.

致。诗人抒写的是近乡情更"怯"（"手掌开始生汗"），乡愁之"大"（"望远镜中扩大数十倍"）和"乱"（"如风中的散发"），乡愁之沉重悲苦（"把我撞成了严重的内伤""像山坡上那丛凋残的杜鹃……咯血"），乡愁之激越沸腾（"我这被烧得双目尽赤，血张"）以及乡愁之偿还无望（"抓回来的仍是一掌冷雾"），这种时空阻隔所引发的乡愁在洛夫的笔下异常丰富。

两首诗歌对时空阻隔所产生的乡愁情绪的表现，与两位诗人各自的人生经历有着很大的关系，也和台湾特殊的地理、历史、文化传统有着莫大的联系。"一部四百年的台湾史，是一篇台湾移民的血泪史。"台湾乡愁诗歌的渊薮可以追溯到明末移台的文人沈光文，他在台湾的 36 年间，一些怀念故国及家乡的诗作开创了台湾乡愁诗歌的先河："故国山河远，他乡幽恨重。""望月家千里，怀人水一方。"从一开始，台湾的乡愁诗歌就打上了因时空距离所产生的悲剧烙印，而 1949 年以后，这种时空的阻隔所造成的心灵痛苦更加明显，1964 年，国民党元老于右任作《望大陆》（又名《国殇》）："葬我于高山之上兮，望我大陆；大陆不见兮，只有痛哭。葬我于高山之上兮，望我故乡；故乡不见兮，永不能忘。天苍苍，海茫茫，山之上，国有殇。"令无数人裂腹恸心。洛夫《汉城诗抄·如果山那边降雪》"后记"："1976 年 11 月应邀访问韩国之汉城时，曾在板门店山头眺望，透过远方重重的嶂峦，我们似乎看到了长白山的大雪纷飞，听到了黑龙江的涛声。在感觉上，此处距故国河山好像比古宁头距厦门还近。这时，仰首拭目，手帕上竟是一片润湿的乡愁。"余光中于 1985 年离开客居十年的香港返台后写成《十年看山》："十年看山，不是看香港的青山/是这些青山的背后/那片无穷无尽的后土/四海漂泊的龙族，/叫它做大陆/壮士登高叫它做九州/英雄落难叫它做江湖……"同样表现时空阻隔的乡愁情绪。《乡愁》《边界望乡》可谓台湾文学乡愁传统的继承和发扬。《乡愁》是人生离愁的概括，这种乡愁是地理的乡愁，也是时间的乡愁，它选取的时间段涵盖一生，所遭受的乡愁一次比一次凄苦，生离、死别、与大陆的决裂。《边界望乡》也同是抒写这种因时空阻隔所引发的痛苦，诗人与大陆分别三十年，与亲人音信全无，真是"有弟皆分散，无家问死生"。诗人面对大陆，所有的悲苦被"撞击"，决堤而出，故感受是那么波涛汹涌。从这种文化传统中去看《乡愁》和《边界望乡》，则能理解为何两诗能如此受到读者的欢迎。

《乡愁》的时间跨度基本上可概括人的一生，空间跨度囊括了生离死别、与祖国分离，距离一次比一次阔大。这些都是作者亲身体验的，是余光中个性化的体验。但作者在意象邮票、船票、坟墓、海峡的营造上，在母子情、夫妻情、生死情、爱国情的吟唱上，显然与大众性"审美期待"吻合。首先，《乡愁》意象均为日常生活习见之物，大部分人也有过类似别离经历和乡愁体验，这使诗歌更容易引起读者的共鸣，《乡愁》被唱遍大江南北、长城内外也就不足为奇了。换言之，余光中《乡愁》写的不仅是个体性的乡愁体验，也写出了大众性（甚至是民族性、时代性）的乡愁体验，其乡愁体验拥有更多的普适性和共通性。

而洛夫，这个视创造为诗歌生命的诗人，不是不肯买普遍的账，诗人曾说过诗歌是主观化的客观，越是个人的，则越是大众的。但洛夫作为创造诗社的旗手，一向标新立异，视创造性为诗歌生命。1971 年，在《中国现代诗歌的成长》中洛夫指出："基本上，诗的创造完全建立在个人的情感和经验上，但由于好的诗本身具有一种超越性，故能使个人的特殊情思经验转化并提升为一种普遍性的意义。"诗人创作执拗于"真我"的探索上，重视自我的感觉和潜意识，使得《边界望乡》呈现出的是极具个性化的情感体验，也给读者带来全新的感官冲击。《边界望乡》，以游览时间和空间顺序来行文，写景抒情，表现了诗人对"乡愁"这一母题的个人独特感受，绝不雷同于其他诗人。读洛夫的《边界望乡》，你永远不知道诗人在后面会写什么，其乡愁之浓，其乡愁之乱，其乡愁之痛苦异常，其乡愁之偿还不得，诗人用自己独特的方式表现出来。洛夫说："乡愁是一种治不好的病。"洛夫的乡愁是个性化的，但他在《血的再版》"后记"中也强调："这种悲剧已在许多人身上发生过，而成为这个时代的共同悲剧。"超越个人的，才是大众的，《边界望乡》以其独特性乡愁体验打动读者的心，但最终依托的是诗歌情感的超越性魅力征服了读者的心，这里洛夫是乡愁病痛的创造者，同时也是挖掘者。

三、截然不同的诗歌表现方式

从外在形制看，《乡愁》《边界望乡》一规整，一别裁；一回旋平缓，一激烈动荡。

自《诗经》起，诗歌就讲究诗行的整齐和音韵的和谐，这种讲究发展到极致是律诗和绝句的出现。五四新文学革命后，中国诗歌学习西方，出现自由诗歌，诗歌的形式有所宽松，但并没有完全抛弃传统的结构和音韵。朱光潜在《诗的起源》中指出："诗歌与音乐、跳舞是同源的，而且在最初是一种三位一体的综合艺术。"① 故其为诗下定义：诗是具有音韵的纯文学。这就注定了诗必须讲究节奏、韵律和流动，讲究音乐和美感。《乡愁》共四节，诗句有长有短，节与节之间均衡对称，每节均有四行，每节对应的行数字数相等，句式相仿，给人以结构整齐之感。作者于每节的同一位置安排同一词，叠词的运用也基本上保持一致。这种一唱三叹、回旋往复的诗歌变化方式可以看到《诗经》等中国传统诗歌经典的影子，也大大增强了诗歌的整齐感和音乐感，读来朗朗上口。《边界望乡》的行文与诗行则倾向于散文化。全诗共五节，每节长短不一，诗行参差不齐，全诗随着诗人的情感波动而跌宕起伏，显得参差不齐，行文自由、潇洒、写意。

从诗歌节奏看，《乡愁》的整体趋于平缓、静观。首先，诗人选取人生少年、青年、中年、老年几个人生阶段来抒写乡愁，虽有跨度，但平复，如流水流动，没有波折，看之风平浪静。这就为诗奠定的是平缓、静观的节奏。其次，作者以邮票、船票、坟墓、海峡等静物作为乡愁的象征物，此等静物，仿佛没有生命，但联系着动的人，这头那头，给读者的想象可能是寄信、拆信、看信，或喜悦或难受，静观中寓意着无限的动态想象。诗歌以小小的物来寄托大大的情，中国古典诗词中有诗云："载不动，许多愁。"但《乡愁》是小小的物载得动很多愁，诗歌以静来表现诗人心中的波动、激荡，或许可以说是诗人把心中的波涛汹涌化整得深深沉沉，桃花潭水深千尺，表面风平浪静，但其深不可测，也没有外显的波涛去感知它的深，这也是作者写完痛哭流涕，不能自已，打动无数人的原因。

如果《乡愁》的节奏是"小弦切切如私语"，那么《边界望乡》的节奏就是"大弦嘈嘈如急雨"。诗人以"说着说着"开篇，看似悠闲、漫不经心，但诗人笔锋突然一转，手掌开始生汗，继而又变为"撞成严重的内伤"，伤又成为了"凋残的杜鹃"花，杜鹃花又变为了杜鹃鸟，"咯血"已是不简单了，诗人还要用"折回的白鹭""鹧鸪以火发音"冷热对比，最后

---

① 朱光潜. 诗论 [M]. 上海：上海古籍出版社，2005：99.

抓回来的仍然是一掌冷雾，感觉瞬息万变，时间之短、情绪波动之快、变化之繁复令人咂舌。诗人任由自己的感性之舞越舞越快，直至筋疲力尽，较余光中《乡愁》诗，节奏显得激越、跌宕而变化万千。

从内在诗歌意象分析，《乡愁》明朗朴素，《边界望乡》新奇繁复，风格迥异。

中国的诗词一向讲究意象的运用，诗人更是以意象作为自己在诗中的代言，可见对意象是极为重视的。余光中认为："意象是构成诗艺术的基本条件之一，我们似乎很难想象一首没有意象的诗歌，就像我们很难想象一首没有节奏的诗。"①《乡愁》的成功很大一部分原因得益于诗中意象的运用上。黑格尔认为诗歌意象是一种审美意象，而审美意象最基本的特征就是象征性。《乡愁》的意象邮票、船票、坟墓、海峡，这些意象简单常见，但却最能寓意人生的离别，像邮票让人不由自主想到家书，船票，好似古诗词中的杨柳枝，离别时"执手相看泪眼"的画面浮现于脑海。诗人思半世的飘零，概括总结，选取这么几个人生中最常见的画面，用这四个普遍、大众的意象来象征各个时期的乡愁母子情、夫妻情、生死情、爱国情，最能引起读者的共鸣，再明朗不过了。

洛夫被称为"诗魔"，是诗坛对洛夫善用意象、意象常新的肯定。诗人一向重视诗歌的意象。"在风格的演变过程中，我要掌握的另一要素是意象的鲜活和精练。慎选语言，并进而将其锤炼成精粹而鲜活的意象，便成为我近年来特别关注的课题。"②《边界望乡》写的是作者离家三十年后的一次近乡情怯，诗人百感交集，在表达这种情绪时，诗人选取了望远镜这个意象，"手中望远镜扩大数十倍的乡愁"。这里乡愁本是虚幻的，但在洛夫的笔下乡愁具有形状，诗人看到的可能是大陆那边的景致，于是直接移情于景。紧接着诗人用"风中的散发"来寓意自己内心的乱，以发的乱来表现内心的乱，可以说是客观化为主观。"一座远山"是客观之物，寓意诗人对大陆家乡的巨大乡愁，"内伤"是客观化的医学术语，当然这里还是寓意诗人内心的剧烈震撼，主观通过客观表现出来。从中我们能看到诗人洛夫对意象的使用已达到随意出入物我合一，主观和客观的自由转化的境界，使诗歌

---

① 方正. 论余光中诗歌的意象美 [J]. 文学教育，2007（8）.
② 洛夫. 诗魔之歌 [M]. 广州：花城出版社，1990：54.

呈现出虚实相生的特征。接下来的一节，诗人用"杜鹃咯血"来表现诗人内心的强烈归意，杜鹃为传统意象，是凄怨哀婉的象征。李商隐"庄生晓梦迷蝴蝶，望帝春心托杜鹃"、秦观词"可堪孤馆闭春寒，杜鹃声里斜阳暮"等诗都借杜鹃传达了诗人悲凉的情绪。"白鹭惊回来"中的"白鹭"与杜鹃不同，白鹭在古典诗歌中多表现对安静、平和生活的自由向往，这里则借白鹭来表明自己自由飞到故国的渴望。"鹧鸪以火发音""血脉偾张"，这是现代人的表达方式，突破了古典的温柔敦厚。这里全诗情感波澜被推到了最高潮，渴望的热切和失望的疼痛使诗人的心被烧得火一般的通红。"我冷，还是/不冷"，感情陡转直下，这里冷与热的情感似乎出现了巨大的反差，这种反差恰恰暗示了对残酷现实的一种无奈，强烈深切地表达了诗人的悲愤和苦闷。最后一节，春分、清明等传统节日也可作诗中的意象，不仅是对中华传统文化的乡愁，清明回家祭祖的传统习惯也可看出诗人对家乡亲人的思念，诗人用"居然"修饰"听懂广东的乡音"对比的是诗人家乡湖南乡音。最后诗人用"冷雾"这一意象来表现自己有家不能归的失落和凄冷之感。怎样营造鲜活的意象，洛夫有自己完整的一套理论："观照诗，心是热的，眼是冷的，诗不能写完全的我，意象必须客观化，内心孕育过程中无一非我，呈现意象时无一是我。"① 意象是诗人表现真我的工具，诗人形象地道出了营造意象的全过程。简言之，是主观情绪的客观化，也可理解为把诗情转化为客观化的象征物。在《边界望乡》中诗人这种"借物达我"物我转化的表达手法把诗人内心摧肝裂肺的乡愁传达得淋漓尽致。诗人巧妙地借助化听觉于视觉与触觉的通感手法，使得思乡之情多纬度、立体式地传达出来。诗人花了很大力气对古典诗意进行了当代转化，文化传统和现实条件的冲突使诗人在多种情志的错综交叉和叠加中构成一种奇崛、陌生而自然流畅的风格，这些贴切又形象的意象把抽象的、看不见摸不着的"乡愁"具象化了，表现得淋漓尽致。

从意象关系上比较，两首诗也截然不同。《乡愁》中意象与意象之间的关系是平行的，它们有着相似的性质，所象征的意义也有着一致性。另外，这些意象都有相似的修饰语，"小小的""窄窄的""矮矮的""浅浅的"，在结构和句式上做到了整齐划一。总的来说《乡愁》意象的营造呈现出整

---

① 洛夫.诗的语言和意象 [J].东南大学学报（哲学社会科学版），2005（4）.

齐的特征。《乡愁》的意象数量少，诗人仅选取了邮票、船票、坟墓、海峡这四个意象物，如前所述它们之间的关系是平行的，而在结构上它们呈现出一种整齐美。四个意象性质相似，在诗歌中的位置一样，诗句中承担的作用也是一样的，修饰语也相差无几，这种意象排列组合显然受到《诗经》的影响，回环往复，形成一种整齐美。而《边界望乡》的意象随诗人感情变化而动，诗人选取的意象较为鲜活，有静、有动，有现代、有传统，有象征、有借代。意象与意象之间，性质不同所发挥的作用也不尽相同，意象和意象的关系是自由转化的关系。洛夫诗中意象的特征：其一，《边界望乡》的意象数量较多，造成了诗歌意象稠密的特征。意象是洛夫表达感情的工具，诗人尤擅长对意象进行物我转化，在诗人情绪千变万化的时候，他笔下的意象也就纷至沓来，不绝如缕，意象较为稠密。其二，《边界望乡》意象排列复杂，且跳跃性大。通过前面的分析我们已知，《边界望乡》的意象有实有虚，有静有动，有传统意象也有现代名词，有现实条件也有传统文化意象，几乎不曾重合，在诗行中所处的位置也大不相同，所蕴含的寓意大相径庭，这诸多意象组合在一起，颇有纷繁复杂之感。诗人写诗，象随意动，当诗人情感跌宕起伏时，意象也是跌宕起伏的，意象与意象之间跳跃性极大：前面还是游山玩水，其后便"撞成了严重的内伤"；前面还是现代的生活，其后就回到古典诗词传统文化中去了；前面还是残酷的现实条件，其后就化为虚无缥缈的忧伤，等等。读《边界望乡》你不知道后面将是怎样的惊奇，诗人的感性之舞化为意象在诗中翩翩起舞。如果把《乡愁》比作为一曲优雅的单人舞，那么《边界望乡》是一次光怪陆离的集体狂欢，意象富于变化，跳跃性大，惊奇不断。

从诗歌语言分析，《乡愁》一诗直白纯净，朴素而天下莫能与之争美；《边界望乡》则魔性十足，令人"惊奇"。

杜甫有名言："为人性僻耽佳句，语不惊人死不休。"说的是诗人对诗言的追求。诗词讲究语言精美，古人作诗要反复锤炼推敲，可见佳句之不易得。现代诗歌也是，一首好的诗歌，首先它的语言是美的。

《乡愁》结构整齐，句式一样，用词精练简洁，语言直白，形同口语，从中可以看到《诗经》朴素的影子：其一，音韵的和谐美。《尚书·舜典》云："诗言志，歌永言。声依永，律和声。"这些《乡愁》都做到了。其二，用字的凝练美。《乡愁》字数不多，除重复的字词以外，诗人用字力求凝练简约，这是不言而喻的。余光中在写作中讲究炼字，是为达到语言的"纯净"美。

台湾诗论家萧萧说："洛夫选字一向耸人听闻。"① 洛夫自己也在《诗的语言和意象》中肯定："一首诗就是一首特殊的艺术创造品，诗的语言不仅仅是组织的问题，也不仅仅是创新的问题，而是魔法的问题。上帝创造诗人来到这个世界上来，就是因为世界上腐朽的事情太多，神奇的东西太少。如何化腐朽为神奇，这正是诗人的课题。"② 首先，诗人通过物我自由转化，让诗句的搭配惊奇万分。"当距离调整到让人心跳的程度，一座远山迎面飞来。"调整焦距是事实，但诗人却直接把距离和调整搭配。"鹧鸪以火发音"已经很惊奇了，"冒烟的啼声"则是耸人听闻，诗人自己心激动，火辣辣，但诗人把其移到鹧鸪的啼叫上，从感觉移到了听觉，造成了语言惊奇的风格，"一掌冷雾"的搭配更是匪夷所思。这样的语句在《边界望乡》中还有很多，显示出语言的魔性，其次，夸张、拟人、移情、通感等手法的运用，使得诗歌语言惊奇万分。"一座远山迎面飞来，把我撞成严重的内伤。""内伤"这是医学上的术语，被诗人搬过来，仿佛煞有其事，夸大其词。"病了病了"，蹲在那块"禁止越界"的告示牌后面"咯血"，诗人再次移情，并运用拟人的手法造成诗歌语言的惊奇。"当雨水把莽莽大地译成青色的语言"，这里运用的是通感的手法。诗人不仅让意象跳舞，也让意象发声，化无声为有声，的确令人惊奇不已。

---

① 李元洛. 一阕动人的乡愁变奏曲 [J]. 名作欣赏，1986 (5).
② 洛夫. 诗魔之歌 [M]. 广州：花城出版社，1990：100.

第九章
《血的再版》：独特的母爱表达式

在中国历史上，孟母三迁、岳母刺字、"慈母手中线，游子身上衣"等，都是千古流传的母爱佳话。"母爱"是春风，是人类最纯真、崇高的感情，也是文学创作的永恒主题。母爱，经过几千年历史文化的积淀已经渗透到每一个人的灵魂深处，也是至今维系人类存在的最牢固的感情纽带。这是一个非常深刻、非常动情的主题。作为长期漂泊在外的游子，1983年母亲节之际，进入"融合中西长处"时期的洛夫，以一首长篇诗歌《血的再版》，以浸泡着血与泪的情感化了的语言再次奏响"母爱"这一经典文学主题，它也成为洛夫乡愁诗作阶段的重要代表作之一。

洛夫在接受访谈时说："童年和故乡的另一象征含意就是母亲，事实上母亲这个字已超越了字面的意义，而成为我作品中最深沉的文化内涵与最丰沛的生命力量。"① 当年秋，诗人辗转通过香港的电话，惊闻母亲在家乡逝世的噩耗，这不啻是"一声天崩地裂的炸响"，诗人悲痛万分。长期郁结的思亲之情以前所未有的炽烈燃烧着诗人的记忆，血和泪流出来了，化作了这首五百行的长诗。诗作主题是表现儿子对母亲的思念和眷恋之情，通过对童年内心里的母亲的回忆，抒发对母亲的思念。整首诗以"情"主宰着诗人的思绪，同时也牵绊着读者的心，诗中对母爱深情演绎，以其独具一格的诗歌意象和表现方式，投射出感人肺腑的光芒，深深地打动了无数读者的心。

---

① 洛夫.大河的对话——诗魔洛夫访谈录［M］.台北：兰台出版社，2010：12.

一、洛夫式的母爱传达

（一）独特的情感流露

诗歌是抒情的语言艺术，是诗人情感的结晶，从诗歌的创作者来说，情感容易使诗人产生创作诗歌的冲动，是连接艺术形象和主观情思的一根红线。而从诗歌的接受者来说，只有以情动人，使读者产生情感的共鸣和心灵的震动，才能收到良好的艺术效果。诗歌的创作是随性而起，缘情而发，在洛夫先生的诗歌里，诗人不仅仅关心格律，更加关心诗歌本身蕴含的情感，更加讲究的是大气磅礴、直泻千里的豪迈以及情感的宣泄。洛夫在"后记"中也说道："执笔之初，我只想把它当作人子悼念亡母的一项纪念，纯然视为我个人情感和哀思的真实记录，艺术性则列为次要考虑。"洛夫的这首《血的再版》是敞开心扉抒写真情实感的。

《血的再版》没有迷离晦涩的语言，是一首显得较为澄明的长诗。"这是诗人悼念亡母的，这首感人肺腑的诗源于感人肺腑的诗的语言，而感人肺腑的诗的语言，来自诗人真实的内心世界。诗的语言是诗人情感、内心世界的外在表露。这首诗的情感不假斧凿，也无需斧凿，即能令人感泣。"① 在情感上他已经有一种人类与生俱来的"亲情"作为他写作此诗的原动力。这种与生俱来的情感是最原始的，也是最真挚的，毫无半点虚假。情感的真挚并不是靠眼泪堆砌而成的，而是情到浓处的自然流露。洛夫是一个在创作时很能控制情绪的人。他离家数十载不能归去，对母亲生前既未能奉养，病中不能前往探亲，去世后又无法送葬，这是一种无可奈何的悲哀，人生中最大的憾事莫过于此。这种情况下，当得知母亲突然辞世，洛夫流泪痛哭都不为过，但他在诗中却这样写道：

> 一声天崩地裂的炸响
>
> 说你已走了，不再等我
>
> 母亲
>
> 我忍住不哭

---

① 刘士杰. 蕴含着魔化力量的诗的语言 [J]. 信阳师范学院学报，2009（2）：30.

我紧紧抓起一把泥土

我知道，此刻

你已在我的掌心了

且渐渐渗入我的脉管

我的脊骨

我忍住不哭

独自藏身在书房中

……

母亲的突然辞世对洛夫来说是惊天霹雳，好像山崩地裂一样，但他却连续运用了几个"我忍住不哭"，而不是"我不哭"。他内心泪与血在澎湃，但他却强忍住心中的悲痛。内心那种痛彻心扉的悲痛并不会因哭出来就能释放。有的人说，哭出来总比闷在心里好，发泄出来就会舒服了。洛夫却不是这样的，他为什么要强忍着眼泪呢？可能如果不忍住哭，情感一旦爆发，泪水就会如泄洪的大堤一样一发不可收。他不想让自己对母亲的思念变成哀号，变成歇斯底里的痛哭。

洛夫为了让诗歌情感更加真实，当时并未提笔。我们可以从这首诗的"后记"中了解到："初闻母亲去世，由于情绪过于激动，反而无诗，直到前年中秋节后，平静中对母亲和童年故乡的回忆才日渐转化为纷至沓来的意象，才有写诗的冲动……"如果洛夫一听到母亲去世，悲伤之际立即提笔写诗，那《血的再版》的情感很有可能会是"泪的泛滥"，用眼泪堆砌而成，就没那么真挚了。洛夫是在两年后的中秋节后，情绪平静之后，回忆母亲与童年的点点滴滴写下这首感人肺腑的诗的，真实地表达了内心的情感。

《血的再版》的诗句并没有用什么特别的"奇言妙句"和华丽的辞藻，用的都是最朴实无华的词语，为什么洛夫的这首诗能感人肺腑呢？真正感人肺腑的是他诗中强烈的"亲情"，正是因为有这样的诗句，读者才能感到无比真挚的情感。如诗中写道：

体内

有晚潮澎湃

任咸咸的水渍

浅湿了我的衣襟

你的枕头……

不，我的枕头

系着满载哀伤之舟的

枕头

……

"咸咸的水渍"其实就是泪水，"枕头"在生活中也是如此的平凡，诗人把它运用到诗中，把它变成了满载哀伤的小舟。泪水把衣襟和枕头都打湿了，说明诗人有多么的伤心。泪水居然让小舟满载。诗句虽然很简单，但表达出的对母亲的情感却是很浓厚、真挚的，让读者真切地感受到了诗人对母亲不一样的感情。平民化、大众化的亲和力，更容易为广大读者所亲近和接受。

（二）母爱抒发中的男性气质

早在明代，张延就提出将中国诗词划分为"豪放"和"婉约"两大派。苏轼和李清照便毫无疑问地成为两派的代表人物。苏轼的词中洋溢着乐观豁达、豪迈奔放之情，那种笑对危难、大度从容的人生态度让人佩服。这一审美理想的形成原因，与苏轼的一生坎坷有关，其诗词豪放的特点与其本人不屈不挠的性格和曲折的人生经历是分不开的。而作为婉约派代表人物的李清照，词多缠绵细腻，清丽骚雅，词调蕴藉，含蓄委婉。豪放派以气势力量取胜，让人感到粗犷豪放；婉约派以细腻见长，让人感到软媚柔弱。其实豪放派与婉约派也有性别上的差异。

我们从洛夫和冰心两人同样是写母爱的诗歌中，来探讨与性别问题有关的诗歌特性。研究洛夫的《血的再版》诗歌中所特有的男性经验，可以感受"诗魔"在几十年诗歌创作中进行现代男性气质建构的魔力。这样做的方法论依据之一是杨义先生《建立中国的原创诗学》所倡导"原生性诗学应该直接面对诗的文本""我们阅读文本应该先还原其生命，直接跟生命对话，而不是隔了重重的语言网络去对话，套用某些术语来遮蔽自己的眼光""我首先跟诗歌文本的活生生的智慧进行对话，说出自己的感觉"①；之二是借用女权主义的经验批评手法，认定在父权依然为主权的社会，男性经验有迥然不同于女

---

① 杨义. 建立中国的原创诗学（原载于《学术研究》2004 年第 3 期，见《通向大文学观》）[M]. 合肥：安徽教育出版社，2006：190.

性经验的构成，由此出发的诗歌想象，必然有其性别的特征。①

在母爱情感的表达上，洛夫与冰心之所以有不同，不仅仅是人生经历的不同，还有就是在生理上，男女是有别的。男女在情感的表达方式上会由于性别的不同而产生不一样的结果。他们在诗歌中同样是写母亲，表现母爱，但情感却相差甚大。"事实上，洛夫虽然被称为乡愁诗人，却没有读者会认为洛夫的诗歌柔弱无力或者阴柔美丽。"② 洛夫以他男性独特的阳刚之气，表达母爱之情与女性迥然不同。如：

> 母亲
> 你掘我为矿
> 炼我为钢
> 将我的肋骨铺成轨道
> ……

诗句中用"矿""钢""轨道"这种带有明显男性化的字眼来表达母亲对自己的生育、养育之恩。这与冰心表达母爱之情是完全不同的。冰心主要是从女性主义角度来深切歌颂母爱的伟大，把全部生命倾注于对母爱的执着追求和赞美之上，并能够以审美的态度对待母爱。

在《往事·七》一诗中，冰心写道：

> 母亲啊！
> 你是荷叶，
> 我是红莲，
> 心中的雨点来了，
> 除了你，
> 谁是我在无遮拦天空下的荫蔽。③

---

① ［美］伊莱恩·肖沃尔特. 荒原中的女权主义批评［M］//王逢振. 最新西方文论选. 桂林：漓江出版社，1991：256.

② 颜元叔. 细读洛夫的两首诗［J］.《中外文学》第1卷第1期，1972（1）.

③ 浦漫汀. 冰心名作欣赏［M］. 北京：中国和平出版社，1993（8）.

荷叶勇敢地抗击着风雨，像母亲一样无私地遮护红莲，同母亲无条件的自我牺牲精神交织在一起。在这里诗人表达了一个遭受风雨的女儿对母爱的无限渴望，她希望能得到母亲的庇护。冰心以女性独有的细腻与柔情描写母亲对子女的爱护、体贴、理解。她以一种女性特有的心理因素抒写母爱的创作特征，与洛夫的男性心理因素形成了对比。

洛夫虽为男性，但在表达对母亲的情感时却又不乏缠绵之情。洛夫在诗歌中表达的母爱之情是深情的眷恋，是男性对母性一种独有的缠绵，就像一个未断乳的婴儿对母乳的那种依恋一样。如：

> 雨来之后
> 鼻子伤风之后
> 在冷得只想一头撞入
> 你那温暖的襁褓后

一个人，无论多大，在母亲面前他永远只是个孩子，世上最温暖的地方可能就是母亲的怀抱了。像洛夫这样在外几十年，与母亲分离，我想他最渴望的可能是母亲怀抱里的温暖，这是一种对母亲的依恋。

由于洛夫特殊的人生经历和他独特的男性气质，他表达对母亲的情感也是独特的。如：

> 你是岩石，石中的火
> 你是层云，云中的电
> 你是沧海，海中的盐
> ……
> 我举目，你是皓皓明月
> 我垂首，你是莽莽大地
> ……

这里的"岩石""云""沧海"等词语都是男性才经常用的词语，表达母爱的方式比较粗犷豪放，把对母亲的感情直白地表露了出来。这有别于冰心表达母爱的方式，"冰心以一种女性创作所表现出来的独具一格的文化内

涵、生命光泽和艺术潜能，构筑起更幽深更绵长的文化性格或许更具诗学和
美学意义，特别是她的女性特有的心理因素趋向于抒写母爱的创作"①。在
《繁星》第八十则中，诗人这样写道：

> 母亲啊
> 我的头发
> 披在你的膝上
> 这就是你赋予我的万缕柔丝
> ……②

自己的生命都来自母亲，头发自然也是，诗人把自己的头发生动形象地
比做"万缕柔丝"，这写出了母亲对自己的万般关爱。"柔丝"既是写实，
又象征了母爱的细腻与缠绵，带给读者巨大的情感暖流。冰心靠她那女性特
具的敏锐感觉表达对母亲的感情，从女儿的角度歌颂母性之爱，又从女性人
格自我建构的角度确认了母性之爱的价值。

洛夫这首《血的再版》对母亲的独特感情表现出了男性英雄气质，丰
富了现代男性气质，这主要是来自于洛夫心中男性的主体家园意识，是一种
现代男性气质美的建构。洛夫诗歌之美，是现代男性气质自塑形构之美。

二、母爱抒写的不同方程式

古今中外表现母爱主题的诗歌不可胜数，为什么洛夫的这首《血的再
版》能够在众多诗歌中脱颖而出，并让读者感动不已呢？原因是这首诗歌
中的那份对母亲的情感非常之独特，有异于其他诗人。在现代诗坛中，写母
爱主题最为深刻的诗人，莫过于冰心与艾青两位诗人了。他们同样是写
"母爱"主题，却又各有不同的母爱表达方程式。

（一）相离与相伴的爱之别

由于洛夫青年时代即远离母亲，在他内心保留的对母亲的记忆，大多都

---

① 宾恩海.略论冰心诗歌"母爱"题材的审美特征［J］.广西师范学院学报（哲学社会科学
版），2000（21）：47.

② 冰心.繁星·春水［M］.北京：人民文学出版社，2000：25.

是母亲对他童年时的关爱和少年时的启蒙，往往这种养育之情让人永生难忘。可是在他具备回报母亲的关爱和恩情的能力之时，却由于历史原因之不幸而与母亲分隔海峡两岸。突然一通电话，惊闻离别三十年未见面的母亲在家乡逝世的噩耗，阴阳两隔却不能灵前尽孝，那种永失母亲的铭心刻骨的疼痛，再加上无以回报的愧疚感，在诗人心中郁结，久久无法排解，情感的宣泄如火山喷发一般。冰心先生则不同，冰心生活在一个温暖的家庭中，父母对她十分爱护，给予了无私的爱，从来不严厉呵斥，这就使冰心幼小的心灵从未受到丝毫的损伤，保持了最完整、最透彻的童心，她才能以一颗纯洁童真的心来观察社会人生。冰心对于童年的甜美回忆总是伴随着对母爱的由衷礼赞，她最先、最直接感受到的就是母爱。因此，同样是写母爱主题，冰心的诗歌中所呈现的始终如一的是"满蕴着温柔"的母爱，"她觉得母亲的爱是具有非常伟大的力量的，她把这种爱提升，从母子之爱想到了人类之爱，她认为生命的起源，生命的价值，生命的意义就是爱"①。温柔慈爱的母亲，无论是在她幼年无忧无虑地玩耍时还是长大成人后烦恼逐渐增多时，总是像一座不倒的雕像陪伴着她。如冰心在《繁星·三三》中写道："母亲啊！撇开你的忧愁，容我沉睡在你的怀里，只有你是我灵魂的安顿。"在母亲的怀中沉睡，飘荡无依的心灵才会得到安宁，得到休憩。冰心的母爱观的另一表现层次是避风港，是灵魂的安顿。就像她在一首小诗中写道："天上的风雨来了，鸟儿躲到它的巢里，心中的风雨来了，我只躲到你的怀里。"② 这种感人的甜美母爱，是人类之爱的伟大旗帜！在这里作者选取了"巢"这个意象，非常贴切，对孩子来说，母亲的怀抱永远是最安全的。冰心家境很好，从小就生活在家人宠爱中，留给她记忆最深的是母亲给她的爱，冰心诗歌母爱主题中的细腻、缠绵与她自己独特的生活经历有着紧密的联系。母爱的无限温柔给了她创作的灵感，使得她的诗歌作品读起来就让人倍感亲切。她在《〈寄小读者〉四版自序》一文中这样描写母爱对自己创作所起的巨大影响："我挚爱恩慈的母亲，她是最初也是我最后我所恋慕的一个人。我提笔的时候，总是她的颦眉或笑脸涌现在我的眼前。"③

---

① 吕学琴. 谈冰心的母爱情结［J］. 六盘水师范高等专科学校学报，2005，17（1）：20.

② 冰心. 繁星·春水［M］. 北京：人民文学出版社，2000：49.

③ 冰心. 寄小读者·四版自序［M］//冰心文集（第3卷）. 上海：上海文艺出版社，1984：81.

洛夫远离母亲，与母亲分隔海峡两岸，当得知母亲突然辞世，从此阴阳相隔，从缺失母爱变成了母爱的彻底丧失，这种痛彻心扉的感觉，恐怕只有诗人感受最深，而且无法用语言文字来表达和形容。在诗歌《血的再版》中第四节诗人这样写道：

> 树欲静
>
> 而风不息
>
> 子欲养
>
> 而……母亲啊
>
> 你沿着哪条河流
>
> 归入哪个大海？

从这里可以看出，诗人人生最大的遗憾是"子欲养而亲不在"，以前诗人是没有能力，当有能力的时候又分隔海峡两岸，连母亲最后一面也没见到，诗人痛失母亲的铭心刺骨的疼痛和无以回报的负疚感久久郁结于心。"子欲养/而……母亲啊"，在这里诗人可能已经泣不成声了，悲痛地语无伦次，不能言语了。最后用了一个省略号代替文字来抒发感情，更能表现出情到浓处那种无法用语言表达的内心的真挚情感。血和泪一并在诗人心中澎湃，呐喊着追问母亲到底去了何方。

（二）生母与保姆的爱之别

在我国历代浩瀚时空中，有无数歌咏母爱的千古名篇，赞颂了母爱的伟大、崇高、深广和无私。古典诗歌中以母爱为主题的篇目俯拾皆是，上至最早的《诗经》，下至元明清，母爱温暖着一代又一代人。而现代也有无数歌颂母爱主题的诗歌，在众多诗人中，我们就拿洛夫的《血的再版》与艾青的《大堰河——我的保姆》这两首以母爱为主题的诗来分析比较。

艾青的《大堰河——我的保姆》是一首家喻户晓的名篇佳作。这也是一首以歌颂母亲为主题的名篇，但从诗题我们可以看出艾青所赞颂的并不是自己的母亲，而是自己的保姆。

艾青出生难产，48小时才生下来。他的父亲非常迷信，认为这是一个不祥之兆。他父亲找来的一个算卦的先生说他生下来就是克父母的，因而艾青一生来就成了这个家庭里不受欢迎的人。艾青被送到本村的一户人家寄养，后来又被送到大堰河家，成为了他的乳儿，在保姆的怀里，艾青生活了难忘的五年。艾青与劳苦大众血肉般的亲情，与这段经历有着莫大的关系。他被捕入狱之后，在狱中思绪波动，不禁展开了广阔的联想，他想起了自己的家乡，想起了曾经给予过他母爱的农民保姆——大堰河。当时天空飘着雪花，艾青由天寒，想到了乳母给予自己的温暖，诗情汹涌，不能自已。于是，诗人借助从铁窗里反射进来的雪光，头抵着墙壁，写下了《大堰河——我的保姆》这首脍炙人口的诗篇。当时临近农历除夕，再加上人在异乡，身陷囹圄，这个时候的人似乎比以往显得越加的脆弱，思乡的情绪也更容易弥漫整个心田，更希望在温馨乡情的陶醉中让孤独而脆弱的心灵得到抚慰。

诗人的出生是艰难的，父母并不欢迎他出世，这个世界似乎也并不欢迎他出世。诗人是长在"大堰河"的怀中，养母"大堰河"把全部的爱给了他，她用她的血肉酿成的生命之泉，不仅养育了诗人的身体，也培养了诗人的情感。诗人在《大堰河——我的保姆》一文中写道：

> 你用你厚大的手掌把我抱在怀里，抚摸我；
> 在你搭好了灶火之后，
> 在你拍去了围裙上的炭灰之后，
> 在你尝到饭已煮熟了之后，
> 在你把乌黑的酱碗放到乌黑的桌子上之后，
> 在你补好了儿子们的为山腰的荆棘扯破的衣服之后，
> 在你把小儿被柴刀砍伤了的手包好之后，
> 在你把夫儿们的衬衣上的虱子一颗颗地掐死之后，
> 在你拿起了今天的第一颗鸡蛋之后，
> 你用你厚大的手掌把我抱在怀里，抚摸我。①

艾青把自己对"大堰河"的感情都浓注于这些细节之中。这一系列的细节描写，把"大堰河"这一劳动妇女的朴实、辛劳以及对"我"的爱相结合，表现了作者对自己的乳母的回忆与追思，抒发了对贫苦农妇"大堰

---

① 艾青. 大堰河——北方 [M]. 北京：人民文学出版社，2001：3-4.

河"的怀念之情、感激之情和赞美之情。从小被寄养在保姆家，得到的是保姆的宠爱，之后回到自己家，也没有得到母亲的关爱，他心中的母爱是来自他的保姆——大堰河的。其实他的内心是很渴望来自母亲的爱的，保姆对自己再好，终究不是自己的母亲，不能陪伴自己一辈子。艾青与洛夫同样是写关于母爱主题的诗人，两者却相去甚远，这主要是由于两人生活背景的差异。洛夫是幸福的，童年和少年时得到过母亲的关爱和启蒙。青年时离开母亲，洛夫对母亲的爱主要还是回忆母亲对他的爱。最后母亲去世，自己无法送母归山时的悲痛，诗人唯有通过文字来表达。

三、魔幻惊奇的审美特征

（一）追新逐奇展现语言的"魔力"

诗歌是语言的点金术，一些人们日常的用语，经过诗人想象中催化、提炼，就成了透射出奇妙意境的诗歌佳句。"二十世纪华语诗坛，现代派诗歌占有重要的地位，一些著名的现代派诗人，在继承古典诗歌和五四以来中国新诗主流的优秀传统的基础上，大胆创新，运用语言的组构形成，以想象为精神驰骋的车轮，以形象思维为冶炼铸造诗句的模具，最大限度地表现了人类进入二十世纪以来的空前繁杂而多姿多彩的社会生活的真实。"①

洛夫深知诗的语言与生活的语言最根本的不同。他认为："诗的语言绝对不会去摹写、照搬现实事物，不会追求经验的现实；相反，它要与现实疏离，把现实陌生化。诗人用诗的语言替代日常语言，有意扭曲、触犯标准语言，打破日常语音的程式，颠覆、破坏日常语言的结构方式。这样取代日常语言的诗的语言就摈弃了对现实事物的简单摹写。诗人笔下的事物已不再是现实生活中存在的事物，而是将现实事物疏离，甚至将现实事物变形、陌生化后的全新的富有诗意的事物。"② 这在诗歌《石室之死亡》中表现得最为明显，在诗歌《血的再版》中也多有体现。洛夫创作诗歌突破了语言固有的惯性。他的诗作，无论是早期的魔幻艰涩，还是后来的明朗简洁，对文字的锤炼，都有一种不离不弃的坚持。他一直坚持"诗人是诗歌的奴隶，却

---

① 常崇光．现代诗语言的巧妙构构——洛夫诗歌的语言艺术［J］．安徽文学，2006（10）：29.

② 洛夫．我的诗观和诗法［M］．广州：花城出版社，1990：248.

是语言的主人"的文学主张。

在现代诗创作语言组构艺术手法运用比较成功的诗人中间，洛夫是有代表性的。他的诗歌始终保持着鲜明的创作个性，以语言的奇异、鲜活而享誉诗坛。洛夫自己曾经这样说过："对于一个现代诗人，语言已不是传达感情与观念的通用媒介，而是一个舞者的千种姿态，万种风情。"① 这样，我们看到，在洛夫的心目中，语言是工具，但又不仅仅是工具。这样，他就赋予了现代诗中形象语言以前所未有的"主体"地位。这是一种极强的创新意识。

如《血的再版》这首诗的诗题就极具艺术性。一般人提到血，可能都会想到恐怖的场面，因此认为这个标题充满了"血腥"味，怎能用来悼念亡母呢？这正是洛夫独特的语言艺术的创新之处。这里的"血"并不是什么战场上或者什么其他恶心场合的血，而是流在一个活生生的人的脉管里的"血"，母亲与儿子就算是阴阳相隔，血脉却一直在延续。"再版"这两个字给人的第一印象往往是书本的印刷，书本的印刷是以第一本为模板，其他本都是第一本的再版。其实诗人巧用了一个比喻，这里的"再版"指的是"另一个新的生命"。洛夫认为他的身体里流着的是母亲的血，他的生命是母亲赐予的——"血的再版"，这就是他所赋予诗歌语言的创新意义。同时他也表达了对母亲生育之恩的感激，如果没有母亲，也就没有了他这个"再版"。

洛夫诗歌中的语言奇异、鲜活，在继承优秀传统的基础上，大胆创新，巧妙运用语言的组构，在表面看似有悖生活和语言的常规、常情、常理的词语形式下，精确而艺术地反映了现代生活的真实，抒发着别样的母爱之情。

在此诗的《序》中他写道：

> 读过
> 一再默诵过的
> 你那闪光的
> 脸
> 用黄金薄片打造的封面

---

① 刘士杰. 蕴含着魔化力量的诗的语言 [J]. 信阳师范学院学报，2009（2）：33.

昨日

你被风翻到七十七页

便停住了

且成为海内外的孤本

而你的血

又在我血中铸成了新字

在我的肉中

再版

洛夫虽然说语言已不是传达感情的通用媒介，但他还是不忘诗歌中的语言经营。在这里，他运用了超乎寻常的想象，把母亲想象成了一本书，人的生命就像书一样被风翻过，翻一页而少一天，停住的那一页便是母亲去世的那一天。而诗人自己却成了一本海内外的"孤本"，而这本"孤本"却是母亲"血"的再版。这些语言极具独创性、艺术性。洛夫具有超强的文字功底和语言技巧，使本诗打破了日常的语言习惯，用不一样的语言文字组构，把对母亲浓浓的情感浓缩到了每一个字里行间，使得语言特别鲜活且富有情感。

"诗也不能停留在内心的诗的观念上，而是要用语言把意造的形象表达出来，在这方面，诗又有两种事要做：第一，诗必须使内在的（心里的）形象适应语言的表达能力，使二者完全契合；第二，诗用语言，不能像日常意识那样运用语言，必须对语言进行诗的处理，无论在词的选择和安排上，还是在语言的音调上，都要有区别于散文的表达方式。"① 洛夫诗歌的语言文字运用非常巧妙，在诗歌中大量使用"你""我"这样的人称代词，将虚与实巧妙结合。"中国古典诗歌一般是不使用人称代词'你''我'的。因为人称代词往往将发言人或主人公点明，把诗的经验或情境限指为一个人的经验和情境。"② 压缩了诗意的表现空间。受西方现代诗歌影响的洛夫，继承了早期新诗的传统，在诗中大胆使用"你""我"等人称代词，直接抒发诗人自身的感受——对母亲的思念。如：

① ［德］黑格尔．美学［M］．朱光潜，译．北京：商务印书馆出版，1984：56-63.
② 叶维廉．中国诗学［M］．北京：生活·读书·新知三联书店，1992：427.

> 你柔如江南的水声
> 你坚如千年的寒玉
> 我举目，你是皓皓明月
> 我垂首，你是莽莽大地
> 我展翅，你送我以长风万里
> 我跨步，你引我以大路迢迢
> ……

　　《血的再版》全诗中运用了大量的"你""我"人称代词。在这首诗歌中，代词指代其实很明显，"你"指的就是"母亲"，"我"指的就是诗人本人。洛夫用"你""我"这样的人称代词，不但没有压缩诗意表达的空间，反而更利于诗人情感的直接流露，也会让读者感到亲切，产生共鸣。

　　洛夫是一个极懂运用语言实际效用的作者。"一字一句抑扬顿挫的音节，如一个个连接不断的音符，紧紧地扣着读者的心弦。往往在一阵急速的节奏之后，慢慢又徐缓下来。"①

> 母亲
> 夜，好静好静
> 我忍住不哭
> ……
> 乍见烛光闪烁不定
> 是你来了？
> 或是一阵来意不明的风？
> ……

　　全诗在第四节中节奏的变化很大，忽快、忽慢，这种语言的变化其实是随着诗人内心情感的变化而变化的，充满情感的语言文字就好像活字印刷一样排版自如。诗歌随着诗人的情绪波动，把读者带入起伏不定的情感里，忽

---

① 沙穗. 脐带的两端——谈洛夫的《血的再版》[J]. 创世纪（96）：72-73.

快忽慢。

洛夫的诗歌主要是通过运用朴实无华的语言去构建情感天地，从他的诗中，能够读懂他那厚重的情感。文字虽平白、易懂，但意境却是深远的。《血的再版》这首诗主要是通过独特和真挚的情感、生动形象的语言表现独特的思想感情，巧妙地使自我的感觉世界和情感世界达到和谐与统一，打动了无数的读者。

（二）繁复多变的意象组合及呈现

"意象，是客观的生活场景和诗人主观的思想感情相交融，通过审美的创造而以文字表现出来的艺术景象或境界，有没有丰美的意象，是诗和非诗的重要分界之一。"① 一首真正的诗，除了必须有深刻的思想和真挚强烈的感情之外，在艺术上还必须有表现它们的丰美的意象。洛夫一直是很重视意象表现的诗人，即使他称《血的再版》诗之艺术性为次要考虑，但他还是不忘诗中意象的经营。在这首诗中，意象密度大，艺术手法转换多，使人浮想不断，感悟至深。

1. 意象的巧妙组合

洛夫的诗歌技巧在《血的再版》中最显著的体现是具象与意象的巧妙组合。作为诗歌创造者，洛夫惯用他喜欢的手法，重复使用依然给人新鲜生动的语言。这种成功，也是洛夫诗歌体系的成功。洛夫长诗中具象与意象的无限繁复，其实都源于这种基本组合的坚固耐用和清晰美丽，这种基本组合的特点是："具象是现实生活与经验，意象是抽象总结和智慧或者自然规律。"②

诗歌意象的组合方法千变万化，形态各异。意象的不同组合会产生不同的意义。洛夫，作为取得现代新诗很高成就的诗人，非常重视意象的组合，"洛夫建立意象体系的能力与水平，堪称汉语文学的奇迹"③。洛夫在《血的再版》这首诗歌创作中进行了以下意象的艺术组合：

第一，意象并置式组合。这种组合方式是将意象词与词组按照一定的逻辑并列在一起，不用或少用关联词语。为了追求含蓄，表面上是客观的罗列

---

① 李元洛. 诗学漫笔［M］. 广州：花城出版社，1983：56.
② 荒林. 性别、乡愁与洛夫诗歌的男性气质美［J］. 华文文学，2011（2）：42.
③ 荒林. 性别、乡愁与洛夫诗歌的男性气质美［J］. 华文文学，2011（2）：43.

一串的物象，但实际上在选择意象时已经渗进了自己的心理感受。如："像诗中的船、泊舟的码头、跨海的桥、焚火的蛾、似睡犹醒的钟、又黑又瘦的布鞋、郁苦的山水、悲凉的月、追逐天涯的孤雁、制造风云的鹰隼、困顿的纸鸢、无声且盲的星光……"① 无一不是诗人用思忆、恋情编织的意象。

这种并置式组合表面上意象脱节，跳跃很大，一般人认为是互不相干的意象，但实际上，在似断的意象中构架起了感情连接的桥梁，由诗歌作者的内在感情体验将它们联结起来，使诗歌艺术富于弹性美。这种组合方式是从意象开始又终于意象，读者几乎直接读不到诗人隐藏很深的情感，需要透过这些并置的意象系统来细心咀嚼它的深意。

第二，意象叠映式组合。这种组合方式的特征是把两个不同时空和不同性质的意象巧妙叠合在一起，在意象与意象之间互相渗透，达到互相映衬的效果。

> 炉火已熄
>
> 挂钟似睡犹醒
>
> 茶几旁搁着一根手杖
>
> 手杖旁
>
> 躺着一双又黑又瘦的布鞋
>
> 天井里星光映着积雪
>
> 雪白如婴
>
> 如你解衣哺我的乳房
>
> 而今，你已齿落发枯
>
> 委顿成
>
> 壁上那幅父亲唯一留下的
>
> 郁苦的山水

这段诗句中的意象，"挂钟""手杖""布鞋""山水"看似好像没有联系，但我们只要仔细地体味，就会发现这些看似毫无关联的意象并非杂乱无

---

① 熊考核．故土，千里泊舟的码头——论洛夫的《血的再版》[J]．长沙水电师院学报（社会科学版），1989（3）：130.

章地胡乱堆置，而是用叠映式的意象组合艺术的处理方式使众多意象排列得有条不紊，错落有致。看似没有关联的几个意象，但其实都是与母亲相关的事物。

总之，洛夫大量使用叠映式意象，大大加强了其意象结构的复杂性，也加强了诗的内涵。

第三，意象向心式组合。这种组合方式是由各种意象围绕着主要意象形成内向凝聚的意象群体，可以表现出洛夫对事物的详尽的观察和体会。《血的再版》这首诗中的意象组合也运用了向心式的，其向心结构如下：

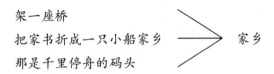

桥通向家乡，小船驶向家乡，码头到达家乡，一连串的意象都凝聚着家乡这一个意象。

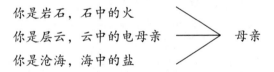

你是岩石，你是层云，你是沧海。诗人把母亲比喻成岩石、层云、沧海，无论是什么意象，最终都向心凝聚到母亲。

洛夫在诗歌中注重意象的切割与叠加，在意象中注入了自己的情感，这些意象能有效地调动读者的思想情绪，使读者产生广泛的想象，由此与诗人在情感上达到共鸣。洛夫以敏锐的心灵触动捕捉各种表达同一形象或情绪的意象，并将这些意象以情感主线串联，反复叠加，达到强化某种意念、为主题服务的目的。《血的再版》在意象组合上围绕着思乡恋母到感叹人生的总体象征，使人深深地感应到重新组合的艺术世界——母爱对人类复杂经验的深刻提炼。

2. 意象表达了深刻内涵

"意象，是现代诗的基本艺术符号。它是诗人感情、智性和客观物体在瞬间的结合。"① 它暗示着诗人内心的图景，表达了深刻的内涵。

一般人评论洛夫的诗多注重他对意象的经营、超现实的精神、多变的风格或语言的魅力等。其实对"诗魔"洛夫而言，以上各项只是构成他诗的特色的一部分，他的诗中还具有对所欲表现的"人""事""物"等的关怀和情感。换句话说，这些内在的关怀和情感才是他诗中的血肉和骨头。洛夫为了追求诗歌的深邃的内涵，他摆脱了日常语言那外在逻辑性的束缚，靠内在的情感逻辑力量去调动有效的艺术手法。这并非技巧上的外在张扬，而是构成鲜活的意象的重要途径。《血的再版》这首诗如果仅从字面的常规意义来理解的话，诗中有许多句子不容易理解。例如第二节中：

> 梦境纵然依稀
> 却像一块黑色的膏药
> 紧贴在
> 三十年犹未结疤的伤口
> ……
> 我是梦
> 没有肌肤毛发的梦
> 梦如何能抵抗寒气与饥渴
> ……

第三节中：

> 而我的离骚
> 则以亚热带的湿疹与孤寂写成
> 癣一般顽固
> ……
> 激越清朗而听不懂的晚钟
> 踽踽独行
> ……

---

① 陈俊芳. 从顾城的诗歌看现代诗的特征 [J]. 沧州师范专科学校学报, 2004 (3)：15.

　　这些语言，无疑摆脱了日常语言那外在逻辑性的束缚，而是靠内在的情感逻辑力量去调动有效的艺术手法。

　　一般地说，"意象是一种用感官可以感知的并赋予了诗人主观色彩的具象表现，而象征则是以某种具象去暗示一种抽象的观念、情感或不可见的事物"①。象征意象的使用，在一定程度上能加强诗歌的情感深度。洛夫将情感倾注于意象之中，使情感具象化了。在诗中他如此写道：

> 母亲
> 我忍住不哭
> 我紧抓起一把泥土
> 我知道，此刻
> 你已在我的掌心了
> 且渐渐渗入我的脉管
> ……

　　洛夫把"泥土"作为母亲的一种象征，这里的"泥土"就不仅仅是泥土本身的意义那么简单了，此处的意象包含了深刻的内涵：因为母亲已经去世并化作尘土了，自己却不能回乡拜祭，洛夫只能捧一把泥土当作母亲的化身，放在掌心，恨不得能渗入血管里。

　　诗中的意象除了写实性的表层意义外，还蕴含有多层的象征意义，如：

> 三十年的隔绝
> 三十年的牵绊
> 日日苦等
> 两岸的海水激飞而起
> 在空中打一个结
> 或架一座桥
> 夜夜梦中
> 把家书折成一只小船
> ……

---

① 盛子潮，朱水涌. 诗歌形态美学 [M]. 厦门：厦门出版社，1987：78.

　　"三十年的隔绝"是指自己与母亲已经分别三十年了,"三十年的牵绊"是指自己与母亲虽然分别了,但是自己在心里无时无刻不牵挂着在故乡的母亲,还有母亲对远在海峡另一岸儿子的牵绊。"日日苦等"不仅仅是指母亲三十年来日日夜夜的苦等,还有诗人日日苦等能早一日回乡看望母亲。"三十年的隔绝、牵绊与苦等",在小的方面只是说诗人自己与母亲之间;大的方面来说,更深层的意蕴则是如他在《血的再版》的"后记"中说的那样:"其实这种悲剧已在许多人身上发生过,而成了这个时代的共同经验。因此,我的哀恸也是千万中国人的哀恸,我为丧母流的泪也只是千万斛泪水中的一小滴;以小喻大,我个人的悲剧实际上已成为一种象征。"诗中的隔绝、牵绊、苦等的人不仅仅只有诗人一人,他只是代表了千千万万与亲人分离的人的心声,同时也指代了台湾与祖国大陆母亲的分离。诗句"在空中打个结/或架一座桥"则表达了希望海峡两岸早日统一,所有分离的亲人不再苦等,可以团聚的心愿。

　　洛夫在诗歌中运用的一系列丰富意象都是有内涵的,他将"母爱"置于"太阳、码头、桥、船"等这些形象的内在意蕴上加以抒写情感,由此造成这些形象题材的诗句所带来的情感被意象化的鲜明效果。这些意象传达了母爱方面的审美经验和思想意义。诗歌中这些意象表面上是抒写物象和景象,但它们与母爱相联结所形成的丰富的精神内涵令人心灵受到触动,这是一首沾满血泪、摧肝裂肺的长诗。

　　总的说来,洛夫的现代诗创作的确显示了诗人以意象重整客体形象的才能,诚如"台湾批评家颜元叔所说:洛夫诗作的成就,在很大程度上正是表现于'意象语之丰富、奇特与魄力'"①。

---

① 颜元叔. 细读洛夫的两首诗 [J].《中外文学》, 1972 (1).

第十章
《湖南大雪》：诗之为"魔"的语言魅力

《湖南大雪》同样是洛夫乡愁诗歌创作阶段代表作之一，创作于 1987 年。诗作中，从《诗经》的"杨柳依依""雨雪霏霏"出发，诗人化作奔腾了两千年的雪回故乡，近亲友，抒离愁。尤为特别的是，这首诗还有一个副标题"赠长沙李元洛"。在创作该诗之前，洛夫与李元洛虽然有书信来往，但素未谋面。诗歌中两人煮酒、纵谈等情景均为诗人的大胆想象，但对读者而言，此情此景近在眼前，传递出的浓烈情感芳香绵长，令人感动。究其缘由，洛夫博大豪放的心胸、重情重义的性格、真挚持久的故园之思是该作成功的底蕴，同样，其中也有洛夫化平凡为神奇的诗歌语言驾驭魔力之功。

语言是什么？对于诗人来说，语言就是一种手段，一种工具。语言传达了诗歌的思想、感情和意义，但诗歌的本质绝非仅仅只是语言。语言在诗歌中，只是诗人拿来作为传情达意的工具。它之所以有意义，乃是诗人所赋予的。一首诗，它的语言直接传达着诗人的本身气质。"语言既是诗人的敌人，也是诗人凭借的武器，因为诗人最大的企图是要将语言降服，而使其化为一切事物和人类经验本身。"① 从《湖南大雪》来说，它充分展现了洛夫的诗歌语言魔法。诗之为魔，读者不得不惊叹其语言之神奇。

一、鲜活新奇的炼字造词

中国古代诗人追求炼字，刻意炼字，追求以鬼斧神工的字词的组合，达到语不惊人死不休的境界。炼字，打破了寻常的语法和逻辑，给人以宽阔的

---

① 洛夫.我的诗观与诗法［M］//诗魔之歌.广州：花城出版社，1990：151.

琢磨空间，耐人寻味。在现当代的诗歌中，这种传统的创作手法一直被沿用。洛夫《湖南大雪》在炼字造词上用功不少。如："以雪中的白洗涤眼睛，/以雪中的冷凝炼思想。"① 诗人紧紧抓住雪的特征"白""冷"，结合当时的情境，以雪的"白""冷"洗涤眼睛，凝练思想，说明经历过与祖国分离的诗人在祖国感受到前所未有的安全感，又突出诗人对家乡的倍加思念，使雪的意象更加突出。在洛夫其他诗作中也不乏这样的例子，如"一仰成秋，再仰冬已深了"② 中的"深"用得极妙，经时间的急速流淌充分展现，同时亦将夹在时间缝隙的、带着点悲凉的几分无奈体现出来。

在诗创作中活用字词可使诗文新奇，活用词性可提升诗歌的张力，使诗歌产生独特的魅力。洛夫亦深谙此道。如《湖南大雪》："我们风过/霜过/伤过/痛过。"这是典型的改变词性的用法。在通常意义上，"风""霜"指的是自然界的现象，"伤""痛"指的是生物的生理感受。而在这里，它将"风""霜""伤""痛"等四个我们通常意义上的名词活用作动词，使词语在表达出动词的意义时，又赋予其名词的魅力。同时，将一些具体的伤痛抽象化，使读者在"风""霜""伤""痛"里与诗人一起感受离乡的痛楚。正是这种用法，展现了诗歌语言的独有魅力。在洛夫其他诗作中也有类似成功例子，比如"左边的鞋印才下午，右边的鞋印已黄昏了"中的"下午"和"黄昏"。众所周知，"下午"和"黄昏"为时间名词，而诗人却将其活用作动词，将开始与结束的时间距离变成只有左脚和右脚的距离，带给人的反差竟是如此巨大，似乎聚与散、合与分，都无法由爱的人来决定，而是由冥冥中一只看不见的手来操纵，耐人寻味。

运用相对立和相矛盾的词语组合，就像雾里看花，明明看到花的存在，却始终有层白雾笼罩着，隐隐约约，神神秘秘，引人琢磨。《湖南大雪》："雪落着/一种复杂而单纯的沉默。""复杂"与"单纯"是一组相互对立矛盾的词语，但洛夫将其搭配在一起，在整体的语境、意境的烘托下，却让人觉得顺其自然，回味无穷。"复杂"的是历史的局限，是条件的艰辛，是身体的衰弱，是未来的不可预测；但是"单纯"的是那永恒不会变的情感，那对祖国的思念，那对故土的怀念，那对亲友的想念！不管外在的条件怎么

① 洛夫 . 湖南大雪 ［M］// 诗魔之歌 . 广州：花城出版社，1990：104-109.
② 洛夫 . 独饮十五行 ［M］// 洛夫自选集 . 台北：黎明文化事业股份有限公司，1975：147.

变动，乡愁永远是心里头牵挂的线。又如："好在火炉上的酒香/渐渐祛除了历史性的寒颤。"这类句子，是感官上对立的词语的组合。"火炉"是带给人温暖的，"历史性"的寒颤在火炉旁慢慢消退，在冷与暖的反差中，"好在"显得多么的可贵。矛盾化的语言组合往往使阅读思维产生停顿，思绪的逗留就是审美情趣的萦回，让人在思索时领略到矛盾组合的美妙。

二、反常合道的修辞手法

所谓"反常合道"，就是超乎常规，合乎常理。所谓"反常"就是"在内容上违反人们习以为常的常情、常理与常事，同时，在艺术上突破常境，即违反陈陈相因的人所习用的构思和语句"；所谓"合道"，"就是这种反常的艺术表现，绝不是毫无生活和感情依据的想入非非，它表达了诗作者对生活新鲜独特的感受，虽不一定合于生活的逻辑，却一定合于感情的逻辑，有助于更深刻、更动人地表现诗人的感情与揭露生活的本质"[①]，从而使诗歌意蕴深长。在《湖南大雪》中，洛夫从以下几个方面巧用反常合道，使诗歌语言生动，奇趣横生。

1. 惊艳曲折的比喻

比喻赋予诗歌独特的韵味，而比喻又可详分为近比喻和远比喻。诗的远距离比喻与近距离比喻是相对而言的。在近距离的比喻中，喻、本体之间的关联点较大，不同点较小，因而比喻的距离较近；而在远距离比喻中，喻、本体之间关联点较小，不同点较大，因而比喻的距离较远。现代诗多运用远比喻，比如："酒是黄昏时归乡的小路。"在读完《湖南大雪》整篇诗歌后，读者都会对这句诗印象深刻。从修辞手法的角度，它属于比喻。"酒"是喻体，"小路"是本体，比喻词是再简单不过的"是"。在酒的虚幻里，诗人才能打破地域的限制，回到那令他魂牵梦绕的故土。但这个比喻却又与众不同，它属于远比喻。远比喻是一种高度想象的比喻。"酒是黄昏时归乡的小路"的比喻是何其的惊艳！"小路"的定语"黄昏时归乡"寓意深刻。"黄昏"即是人生的黄昏阶段，也就是人的老年时期。漂泊半生的游子终于"回"到了故乡，此时此刻，诗人心里知道这只是一种在酒精作用下产生的

① 李元洛. 诗学漫笔［M］. 广州：花城出版社，1983：57.

幻觉。为了紧紧抓住这缕随时可能烟消云散的幻觉，他举起了酒杯，因为"酒是黄昏时归乡的小路"。在醉酒的飘然状态中的诗人"见"到了老友，"多少有些隔世的怔忡"，好在杯中的酒幻化出了老友"火炉上的酒香"，烈酒渐渐消除了诗人心理上"历史性的寒颤"。在酒里，诗人才可以找到在现实生活中尚未曾体会过的归家的温暖。类似的个案在洛夫诗作中还有不少，如："晚钟/是游客下山的小路。"① 从句式结构上看，这句诗与"酒是黄昏时归乡的小路"相似，它以别具一格的方式传达游客在金龙寺晚钟敲响的时候才恋恋不舍地离开的情景。这又与西方文论里的"巧智"有几分相似，是想象力与判断力完美结合的产物，引起了人们的惊异。

2. 层层惊艳的排比

排比的运用，使诗歌在结构上显得工整，富有建筑美；使诗歌气势恢弘，读起来朗朗上口，富有音乐美。而在《湖南大雪》中，气势雄壮的排比中却又蕴含着柔情的气息，柔情中却又层层惊艳。毕竟，《湖南大雪》是洛夫先生乡愁的声音。如："下酒物是浅浅的笑，/是无言的嘘唏，/是欲说而又不容说破的酸楚，/是一堆旧信，/是嘘今日之寒，问明日之暖/是一盘腊肉炒《诗美学》，/是一碗鲫鱼烧《一朵午荷》，/是你胸中的江涛，/是我血中的海浪，/是一句句比泪还咸的楚人诗，/是五十年代的惊心/是六十年代的飞魄。"排比的诗行，既有"江涛""海浪"的大气，有"楚人诗"的酸楚，又有"腊肉炒《诗美学》""鲫鱼烧《一朵午荷》"的温婉柔情。那为什么是腊肉炒《诗美学》，鲫鱼又如何烧《一朵午荷》呢？《诗美学》是李元洛的重要的诗学论著之一，而《一朵午荷》即是洛夫的散文集，在这将是湖南特产的腊肉、鲫鱼与彼此重要的著作置于一处，将对诗歌创作的交流融入到家乡的思念，将离乡的痛楚、思乡的甜蜜、归乡的期盼凝聚在这一组排比里，收放自如，语言简练又饱含深意。

3. 独特恰当的夸张

夸张就像投进湖面的小石子，使湖面泛起圈圈涟漪，打破诗文的平淡，让人在不可思议的惊叹中发出阵阵赞美。《湖南大雪》很会使用这一手法，如："带有浓厚湘音的嗽，/只惊得，/窗外扑来的寒雪，/倒飞而去。"一声带着乡音的咳嗽惊飞了雪，这会是一种什么样的咳嗽？这只是一声最普通不

---

① 洛夫：诗魔之歌［M］. 广州：花城出版社，1990：67.

过的咳嗽，但是想想，阔别家乡几十年，好不容易回到了家乡，就算是再小的动作、再轻微的声音都会值得纪念。而窗外的雪，不是"飘落"，而是"倒飞而去"，情感是何其的强烈！又如："蜡烛虽短/而灰烬中的话足可堆成一部历史。"仅仅是蜡烛燃烧的时间里的谈话便达到跨越历史的程度，这样的夸张意味着交谈的内容是多么的广泛和丰富，又可看见这对几十年不见的老友对于彼此、对于故乡、对于祖国的变化又是多么的巨大！

在洛夫的许多脍炙人口的名篇中，夸张也被广泛运用。如："望远镜中扩大数十倍的乡愁/乱如风中的散发/当距离调整到令人心跳的程度/一座远山迎面飞来/把我撞成了/严重的内伤。"① 近乡情怯，当洛夫来到落马洲边界、故国山河隐约可见时，洛夫的心情更加复杂。而当调整望远镜的距离，远山就在眼皮前时，却把洛夫"撞成了严重的内伤"：撞伤洛夫的不仅是故国的远山，更是与故国相望却不能踏上的伤感；撞到的不仅是表皮的痛痒，更是心底的遗憾和躲藏在遗憾下的乡思！

三、打破时空的句式变化

"君问归期/归期早已写在晚唐的雨中/巴山的雨中/而载我渡我的雨啊/奔腾了两千年才凝成这场大雪/落在洞庭湖上/落在岳麓山上/落在你未眠的窗前。"洛夫将现代诗歌与中国古典诗歌完美地结合起来，延展"归期"的跨度，将其时间提至唐朝，打破句式的时空变化，把"归期"的答案隐藏在晚唐诗人李商隐的《雨夜寄北》中："君问归期未有期，巴山夜雨涨秋池。何当共剪西窗烛，却话巴山夜雨时。"洛夫心中盼望了几十年的"归期"却是"未有期"，诗人的心情异常悲凉，他想到了晚唐时代，想到了西窗剪烛、巴山夜雨。他多么渴望能够与故乡的亲人们话桑植、与故乡的诗人们论诗词啊！在万般无奈之际，洛夫把自己认同为被流放到最南边的苏轼，是那"奔腾了两千年才凝成这场大雪"中飘落的雪花，飘过了海峡，飘落到故乡的洞庭湖上、岳麓山上，"落在你未眠的窗前"。

"雪落无声/街衢睡了而路灯醒着/泥土睡了而树根醒着/鸟雀睡了而翅膀醒着/寺庙睡了而钟声醒着/山河睡了而风景醒着/春天睡了而种子醒着/肢

---

① 洛夫：诗魔之歌 [M]．广州：花城出版社，1990：80．

体睡了而血液醒着/书籍睡了而诗句醒着/历史睡了而时间醒着/世界睡了而你我醒着/雪落无声"这种句子在句式结构上也有强烈的西化痕迹,成功地运用了诗歌中常用的"母子"意象,造成强烈的对比,留住了时间。但在这种母子意象的对比中,产生的不是强烈的冲突,而是让人在这种对比中感受到的一种温暖的绚烂。"母"指的往往是宏伟、壮阔的整体,"子"则是这个"母"体中或抽象或具体的一部分,两者互为表里,互相映衬,构成明显的对比和强烈的反差,从而产生动人心魄的艺术美感。这首诗中,前十个意象属于"母"意象,后十个属于"子"意象:街衢睡了,街灯却亮着,即使不能照亮世界,但可以温暖夜行人的心;泥土睡了,深埋在土中的树根却醒着,它盘曲于泥土中,蕴蓄着新生的力量;鸟雀睡了,翅膀却等待着随时驾驭劲风,"抟扶摇而上者九万里";寺庙睡了,那幽远的钟声却仍在耳边回荡,宣告着不朽的生命力;山河睡了,但雪掩盖不住美丽的风景,它依然故我地存在着;已是冬天,春天睡了,但种子却清醒地在大地上等待着春雷一声,然后破土而出;肢体睡了,血液却在鲜活的身体内汩汩流淌着;书籍睡了,其中的诗句却隔着书页发出烨烨光华;历史睡了,而时间却在不停地流逝;凸现作者告慰情怀的最后一句世界睡了,但两个朋友还在这雪夜中秉烛夜话,回忆旧事,探讨作品,频频举杯,开怀畅饮。诗中睡了的意象与醒着的意象全部构成"母子"关系,睡了的静默无声,醒着的积极昂扬,令人在寒彻宇内的夜雪中感到友情、乡情透射出的温暖。类似的洛夫诗行还有:"山一般裸着松一般/水一般裸着鱼一般/风一般裸着烟一般/星一般裸着夜一般/雾一般裸着仙一般/脸一般裸着泪一般。"① 也是有明显的"母子意象"的诗句,留给读者极大的思考空间,表现人与自然融和的一种禅境。

透过《湖南大雪》,读者了解到洛夫的语言魅力。同时,由于语言、形式、内涵的多重构造,《湖南大雪》不仅仅只是一首诗歌,更是异乡游子的热血赤心,让读者明白异乡游子剪不断的是对于故土、对于家乡的深深怀念以及由此而生的归心如箭的急切之情。

---

① 洛夫:裸奔 [M] //洛夫自选集. 台北:黎明文化事业股份有限公司,1975:208.

第十一章
《漂木·致诗人》：诗，是存在的神思

　　海德格尔认为："诗，是存在的神思。"① 在这个物欲横流的时代，现代汉诗如何发展，现代诗人如何坚守阵地？这似乎是仁者见仁、智者见智的问题。作为现代汉诗的海外代表诗人，洛夫以其 60 余年对诗意书写的坚守回答着时代之问。2011 年，在返乡所作的诗歌讲坛上，洛夫说："这是一个文学失落的时代，诗歌也不可避免地走了下坡路。这也是一个需要诗歌的时代，在物欲横流中，诗歌教会人们诗意地生活。"

　　长诗《漂木》就是洛夫站在新世纪之初做出的第一份厚重答卷。"多年来，我一直想写首长诗，史诗，但是属于精神层次的，把自己的生命体验和美学思考作一次总结性的形而上建构。"② 在创作纪事中洛夫这样写道。2000 年一个冬日的清晨，洛夫面对北美洲的皑皑大雪写下了第一句："没有任何时刻比现在更为严肃。"三千行长诗《漂木》建构宏大，全诗共分为四章，标题分别为"漂木""鲑，垂死的逼视""瓶中书札"和"向废墟致敬"。其中第三章"浮瓶中的书札"又由"致母亲""致诗人""致时间""致诸神"四个部分组成。《漂木》完成后在《新诗界》上分两期连载，又出版了单行本，在现代汉诗界引起了巨大反响。可以说，长诗《漂木》一定程度上代表了现代汉诗发展的广度与深度，而其中《致诗人》一节更是洛夫以诗论诗的呕心之作，充分体现了洛夫对诗人、诗歌在当下文化语境的"存在之思"。

---

① 海德格尔. 存在与时间（中译本）[M]. 北京：三联书店，1999：297.
② 洛夫. 漂木 [M]. 台北：联合文学出版社，2001：237-238.

一、主题定位：诗，是存在的神思

洛夫自述《漂木》最初的构想"只想写出海外华人漂泊心灵深处的孤寂与悲凉，并在一个适当的距离内，从一个较客观的视角，对当代大中国的文化与现实的困境做出冷肃的批判"。① 《致诗人》作为"瓶中书札"中第二篇，也是全诗中唯一以诗论诗的篇目。《致诗人》共有诗五节，从始作到脱稿以三十五天的时间完成创作，近 3000 行的诗句集诗意、诗思、诗观于一体，奇谲有致，收放自如，表达了诗人对现代诗歌创作的体悟与理想。叶橹曾评价：作为诗人的洛夫，"致诗人"或许可以看成是他对同行们的寄语，也包含着他对诗人的这一身份的理解、认同与期待。②

在《漂木》的创作纪事中，洛夫亲笔记录下自己创作的思路及脉络，其中在《漂木》创作的开端他这样概括书札章节的核心："第三章'瓶中书札'，包含母爱、诗神和时间等四个主题。"③ 依据创作模块与时间进度进行合理推理，基本可以确定诗神是洛夫构思中的主题之一，联系诗歌内容的安排与设计，可以从框架的角度来印证《致诗人》的主题奥义集中体现在洛夫对于诗人、诗歌及诗境的讨论上，也就是洛夫所概述的诗思主题上，这对于诗歌的主题定位具有极其重要的参考价值。

洛夫在《漂木·致诗人》（下简称"《致诗人》"）的开端即选取了海德格尔的名言"诗，是存在的神思"作为楔子，开宗明义引出了诗神的主旨，很好地实现了他最初对该诗节的定位，这是第二个重要的参考依据。那么，究竟何为诗神？洛夫又是怎样展开对诗神主题的诗性化论证的？对于这个颇有形而上意味的词语，解读其含义成为了研究主题的关键。将《致诗人》放在《漂木》的鸿篇中看，《致诗人》从属于旨在进行诗性化多元对话的章节"瓶中书札"。其主题"诗神"一词，显然带有与《漂木》全篇十分一致的形而上意味。现代汉语词典中并没有这个词语，当然也没有其明晰具体的定义与阐释。试从汉语言语法学的角度来分析，该词属于定中结构，"诗"是定语，"神"是中心词。用语法学中替换法来分析：一方面，与

① 洛夫. 访谈建立大中国诗观 [M]. 台北：联合文学出版社，1999：53.
② 叶橹. 论漂木 [J]. 台北：台湾诗学学刊，2003（13）：37.
③ 洛夫. 漂木 [M]. 台北：联合文学出版社，2001：237-238.

"诗神"相类似的词语有闻名古诗坛的"诗仙""诗圣""诗鬼"等称号，这些无一例外是后人对大诗人李白、杜甫、李贺创作秉性、特质及其在诗坛至高地位所作的赞誉性概括，由此类推"诗神"一定程度上是诗人洛夫所认可的诗性特质与禀赋。另一方面，与"诗神"类似的还有"歌神""舞神""赌神"等词，人们通常以此称赞技艺高超、造诣颇深的行业掌门或业界能人。这里"神"字的含义似乎既包含对高超技艺的充分肯定，也传递出一种妙不可言的神秘意境。从此推之，诗神是洛夫所用的一个概述化的语词，代表其在《致诗人》中凝聚的诗性化思考。

综上所述，可知洛夫将《致诗人》的主题定位为诗神，洛夫所谓的诗神究竟应如何理解？诗神主题又包含怎样的内涵？这便与诗篇主题的解读息息相关了。

二、审美表征：跨时空的圆融境界

诗神是一个形而上的表述，一定程度上反映了诗人的自我追求。而现代汉诗作为现代诗歌的重要一支，其诗歌理想不仅仅是诗人的自我追求，更是诗人背后文化开合度的重要显现。立足诗歌本身，根据诗歌的内容结构及基调可依序对《漂木·致诗人》进行美学、空间和时间三个维度的划分，概括而论诗神特质（第1、2节）、文学因缘（第3、4节）、神奇诗观（第5节）与这三个维度一一对应。循迹诗歌、品读赏鉴，是解读诗神主题的红线。

（一）美学维度：诗神的孤绝特质与美学境界

美学维度向来都是比较抽象的，具有形而上的精神，《致诗人》的主题——诗神的指向无疑也具有形而上的意味，尽管这种意味无法归结为一串数字或一个定义，但它依旧有迹可循。

在西方美学中倡导一种悲剧与崇高的美，旅居海外的洛夫显然受到西方美学思想的影响。《致诗人》中前两节展示诗的神性之美，这里诗神的书写充满灵性与神秘色彩。诗人以"诗神"绝对的高度统摄全篇，再从诗人的特质——孤绝，谈及诗人的创造，道出诗人群体，包括诗人自身对诗歌至高境界的追求。孤绝，是长诗《漂木》的主基调，在《致诗人》中得到了淋漓的书写。在破题处，诗人特写诗神之目，透出一股杳无声息的孤高与清傲，隐约传递对生命意识失落的内心体验，奠定了诗篇孤绝的感情基调。

> *孤绝/*
>
> *诗神之目/*
>
> *以飞鸟横空的高度/*
>
> *俯视/*
>
> *行将在时间中——崩溃的城邦①*

在诗人看来，孤绝是诗人的禀性，孤独寂寞则是诗人生命中的常客。曲高和寡，这种孤绝，显然具有一种悲剧美，好比星光熠熠却寥落的美。由此可推知：洛夫指向的诗神，是诗人对诗歌创作高深境界的追求，这种追求是至高的，也是孤绝的。"大美无言/神迹/创造伟大的荒谬""更荒谬的是死亡/大悲无言/寂灭是另一种美"。② 由荒谬过渡到死亡，洛夫在第二节中并未婉言，而选择直论死亡，将诗比作"逼近死亡的沉默"以及"把满山花朵叫醒的鸟鸣"。再以十五句铺天盖地的忧郁，渲染出诗歌创作的孤独。忧郁、残灰与悲歌，这些词语不仅构成了诗人诗歌创作时的意象，也构建了寂灭的、荒谬、无言的大悲与大美。由此，我们可以解读洛夫的诗神，不仅代表着禀性的孤绝、至高境界的追求，还代表着寂灭的、荒谬的、无言的，具有悲剧精神的美学理想。这种美学理想伴随《漂木》的创作全程，最终铸就了洛夫诗观新的巅峰——天涯美学。

洛夫对天涯美学进行了阐释："'天涯美学'应具备两项重要因素：一是悲剧意识，它往往是个人悲剧经验与民族悲剧精神的结合；一是宇宙境界，漂泊的心境不但可摆脱民族主义的压力，而且极易捕捉到超越时空的永恒性。一个人唯有在大寂寞、大失落中才能充分感受到人与自然的和谐关系。"③

（二）空间维度：诗神的跨域因缘与诗性气质

这里的空间维度主要指诗歌中跨越的东西方不同的文化地域。《致诗

---

① 洛夫．漂木［M］．台北：联合文学出版社，2001：95-118.
② 洛夫．漂木［M］．台北：联合文学出版社，2001：95-118.
③ 诗探索编辑部．洛夫访谈录［J］．台北：联合文学出版社，2002（2）：290-291.

人》第三、四节，诗人跳出了地域的局限将触角朝东西方向大幅展开，用时光回放的方式，介绍了中外八位重要的诗人及其诗思，构想同波特莱尔、兰波、李白、杜甫、王维、里尔克、梵乐希、马拉美等诗人依次相遇。这些诗人中，李白、杜甫与王维是中国古典诗人的典范，波特莱尔、兰波、里尔克、梵乐希、马拉美是西方象征派诗人的翘首，他们的诗歌创造都注重意象与意境的锤炼，又各不相同。在有限的时光里，这些诗人都在追求他们诗歌艺术与创作的无涯，他们显然拥有不同的诗人气质与诗观，却都在诗意与诗境上攀登至各自的巅峰。

从巴黎到长安，从欧洲到江南，跨越地域的差异，洛夫将古与今、东方与西方诗人聚合在一个大诗论中，自然大胆地开拓了诗歌内容的广度与深度，这无疑体现了现代诗歌创造的多元，也成为洛夫跨越地域、融贯中西的诗观之创造性反映。由此可推知：诗神，是跨域、跨界、跨诗观的通灵者，它不限于地，不拘于语种，多元而精彩。诗神，也不是唯一的，是诗人自成一家的诗歌风格与浑然天成的诗歌素养共同培育的诗性气质。而批评家沈奇也称赞诗人洛夫，让现代中国人在现代诗中，真正领略到了现代汉语的诗性之光。

（三）时间维度：诗神和诗观的演进及相互融合

在时间维度上，洛夫充分发挥了诗人论诗的优势，以第一人称的方式，用诗意的语言来展现自身创作历程中诗观的演变与发展，暗指其对诗神创作诗观的觉解。他将其诗观的演进称作是诗中神奇的东西：

> 我又忍不住要和你谈谈诗中神奇的东西：生命里的道，生命外的禅/庄子蝶的美学/东方智慧/天涯美学超理性的宇宙美学/无非都是你眼中的混沌/和骨髓里/凝固了的骚动/所共同建构的一种高度稳定而圆融的韵律。①

从字里行间我们能读到一种主张：诗观从来都不是凝滞的，也不是唯一的，若把西方的超现实表现的手法与中国古典诗的美学的观念相结合处理现代生活中的一些题材，将产生一种全新的艺术的概念和效果。同时，诗观也

---

① 洛夫. 漂木 [M]. 台北：联合文学出版社，2001：95-118.

讲究融合，无论道、禅，还是中西方不同的哲学与美学，都能成为培育诗人诗学理想之变化发展、丰富与成长的养料。

正是这样一种演进与融合，才使诗人的创作达到一种超越性境界：超越小我的局限，转向宇宙大我的辽阔，于是诗人追求的人生境界与诗歌境界形成圆融的韵律，使人生境界与诗之境界融通合一抵达"宇宙境界"，继而再抵达其诗观新的高度——天涯美学。诗而入神，才能逼近宇宙的核心。由此可知，诗神的逼近，离不开诗观的发展、融合与演进。时间向前，从超现实主义到修正超现实主义，到无理而妙的知性的超现实主义，再到天涯美学、超理性的宇宙美学，洛夫诗观演变之路可谓曲折丰富，却又迂回向前，这又何尝不是洛夫根据自己六十余载的创作经验得出来的诗观总结？

以上三个维度共同建构出洛夫所谓的诗歌境界：一个圆融的、大美无言的诗歌世界。诗神主题也就在这种建构中体现出自然又超然的境界。稍加深入地探寻，我们可以依据洛夫的诗迹画出一个以时空为横纵坐标、以美学为弧度的圆融的椭圆（如图11-1）。呈现在眼前的就是一个类似鸡蛋的图景，这个图景我们可以理解为诗人所追求的诗境，圆融的、大美无言的诗神境界。这幅无限椭圆扩展的美学境界，在诗人的诗句中恰能找到类似吻合的表达："我，与大自然的泯灭，我与大自然的融合，譬如鸡蛋，蛋壳是我，蛋黄蛋白也是我，完整是我，破碎也是我，这是无须逻辑支持的论述，大美无言，神迹，创造伟大的荒谬。"

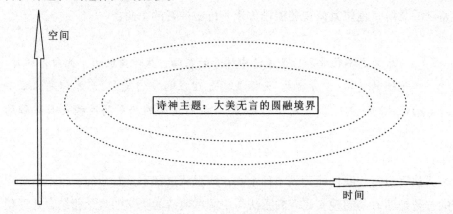

空间

诗神主题：大美无言的圆融境界

时间

图11-1 洛夫的诗歌境界

三、精神品格：融通、超然与创新

常言：若想走近诗人，请读作品。如果想更进一步理解洛夫的诗歌王国，那么势必离不开与诗人进行对话以及倾听诗人的声音。为了多方位地探寻《致诗人》诗神主题的内涵，笔者选择了阅读诗人亲撰的创作纪事、查阅有关诗人论及创作的主题访谈和现场提问请教诗人的感受等方式。

洛夫，是一位现代诗人，又不只是诗人。他曾以《诗人之镜》《洛夫诗论选集》《孤寂中的回响》和《诗的边缘》等著作证明了其作为一个批评家的价值；他钟爱书法艺术，力求做到诗书情境的水乳交融；他还勤于撰写创作纪事，在创作的过程中忠诚记录自己的所系、所想与所感。在接受大小若干访谈中，洛夫富有诗意化并且妙语连珠的回答，真实地传递出其创作的技巧、灵感与理念。由此选择该切入点，无疑有助于更好地理解诗神这一主题。通过阅读洛夫的创作纪事及其大量的访谈资料（如《大河的对话》等），聚焦关涉《致诗人》创作的内容并紧扣诗神的主题，笔者对洛夫的解答进行了诗人的定位、入境、诗观及精神品质三个方面的归纳与总结。这三个方面构成洛夫所觉解的诗神主题的要素，这些要素又是一个优秀诗人必不可少的质素。

（一）诗人的定位：时间、生命和神，三者交通的使者

在《漂木》的创作纪要中，洛夫认为："时间、生命和神，是三位一体，诗人的终极信念，即在扮演这三者交通的使者。"这里的"交通"，可以理解为融会贯通，"使者"则是传递信息或信念的代表，由此可见洛夫首先明确的是一个诗人的定位：是存在于世又能穿越时空进行融通的孤独使者，也是拥有生命、对话生命甚至超脱生命的性灵使者。在《致诗人》的开篇洛夫引用了海德格尔的哲言"诗，是存在的神思"为楔子，颇有几分提纲挈领的意味。这句富有存在主义哲学与形而上意识的话语，也似乎为全篇诗歌的主题埋下了伏笔，大概也是洛夫笔下诗神的溯源地。

《致诗人》尾节以逆笔收束①："诗人没有历史/只有生存/以及生存的荒谬/偶尔追求坏女人那样的堕落，其专注，亦如追求永恒。"② 这看似与

---

① 王嘉玲. 洛夫诗的谋篇艺术 [M]. 台北：联合文学出版社，2002：314.

② 洛夫. 漂木 [M]. 台北：联合文学出版社，2001：95-118.

《致诗人》中的诗论相悖理，实际是用前后矛盾的诗句来凸显本质上深层的荒谬，以看似荒诞不经的语言表象来反衬诗人理性深处沉重的体察以及超越一切以获得永恒的深刻蕴含。由此可知，洛夫的诗神包含了诗人的定位，一种不拘于历史并实现时间、生命与神三位一体融通的使者的理想追求。叶橹则将诗人的定位纳入概要的评论："他把诗人定位于孤独的漂泊者、孤绝的吟唱者，不仅对自身生命进行了剖视，还从灵魂深处对古今中西的诗人、诗观、诗况进行透彻的逼视。"①

（二）创作入境"神与物游"与诗观的"求新、求变"

文思神远，诗思如是。诗神主题离不开诗，当然也就离不开诗歌创作。洛夫谈《漂木》的创作离不开灵感的突现与"神与物游"的超然的状态。"写诗最要紧的是集中思虑，凝神之际，灵感也源源而来。"这使我想起刘勰在《文心雕龙》中说的话："文之思也，其神远矣。故寂然凝虑，思接千载，悄然动容，视通万里……故思理之妙，神与物游。"诗人坦言在创作《漂木》期间几乎无时不在"神与物游"。"一般说来，艺术创作绝大多数有赖于一种偶然因素（happening），所谓'神来之笔'都是来自一种意想不到的属于灵性的东西。"这无疑也印证了诗歌灵感涌来，神与物游的创作境界②。

"写诗是一种永无止境的追求——对开拓新境界的追求，对经营意象的追求，对事物语言新感觉的追求。"③ 正是源于对新境界的追求，所以在诗歌王国中洛夫不懈追求又有所坚持，在不断占领与放弃中走向进步与重生，其诗观的演进就是最好的注解。从抒情创作走向知性的超现实主义，到大中国诗观与乡愁精神，再到天涯美学的卓然挺立，洛夫的诗歌创作可谓曲径通幽，新意卓然，他长达六十余年的创作无疑离不开诗观的更新融合与创造。《漂木》的完成又引领着诗人走向新的巅峰诗观——天涯美学，评论家龙彼德则高度评价其为洛夫"飙升在新高度上的辉煌"④。"我一生追求的，不

---

① 叶橹. 论漂木 [J]. 台北：台湾诗学学刊，2003（5）.

② 胡亮. 洛夫访谈：台湾诗，"修正超现实主义"，时病 [J]. 诗歌月刊，2011（5）.

③ 叶橹. 论漂木 [J]. 台北：台湾诗学学刊，2003（5）.

④ 龙彼德. 飙升在新高度上的辉煌——喜读洛夫的长诗《漂木》[J]. 台北：创世纪诗杂志，2001（14）.

是诗的什么目的，而只是一个复杂多变的过程。"① 洛夫写诗、译诗、评诗、编诗 60 年有余，迄今已出版诗集 37 部、散文集 7 部、评论集 5 部、译作 8 部。在知性的超现实主义、天涯美学等诗观指引下他不仅迎来其创作的丰收，也不断完善其诗歌的创作深度以及诗歌灵魂的书写。

（三）精神境界：本真、批判、创新与圆融的精神

在访谈中洛夫常常谈及的是精神，如批判、创新、本真与圆融。精神是内核，是内化为自身的气质，也是神思的重要组成要素。洛夫曾深受海德格尔存在主义哲学的影响，这在《致诗人》中对海氏的格言引用上便可见一斑。在神思与存在主义的思考中他如是表达："神思，对存在的神思，却是诗人心底的海啸。"由此可见诗神要求诗人对存在进行丰富且有高度的思考，这种思考离不开本真、批判、融合与创新精神。

"我，忘了我，才在事物的深处找到真实的我。神，在形体的背后蹲伏，我的神不是形体，的确又存在万物之中，清净本原，即在山河大地，宇宙的美学，天涯的独唱。""紧紧维系着，与天地元神的往来。"在《致诗人》中类似这种对"忘我""求真""永恒之美"的表达，在一定程度上诠释了洛夫对诗人诗神本真与真我品质的追求。"早年与中期，我在诗中追求'真我'，而到了晚年，我希望从'真我'中寻求一个更纯粹的、超越世俗的存在的本真，这个存在哪怕在神的眼中也许只是一个虚幻的影子。"② "一个现代中国诗人必须站在纵的（传统）和横的（世界）坐标点上，去感受，去体验，去思考近百年来中国人泗过血泪的时空，在历史中承受无穷尽的捶击与磨难所激发的悲剧精神，以及由悲剧精神所衍生的批判精神。"③ 诗人应当拥有批判精神，这同样是洛夫的主张。

创新和融合，是洛夫访谈中经常出现的关键词。"一个民族的文学不能老是守旧，抱着传统不放，必须要有所创新，但是创新必须还要有传统作为根基，作为营养的土壤。从文学发展的角度来看，传承与创新不是二元对立，而是相辅相成的。没有传承，创新就会因为缺乏一种强大、有力而深厚的文化背景而显得疲软，而且还会在孤独的创作过程中找不到自己的方位而

---

① 洛夫. 孤寂中的回响 [M]. 台北：东大图书公司，1981：59-62.
② 洛夫. 孤寂中的回响 [M]. 台北：东大图书公司，1981：59-62.
③ 洛夫. 魔歌 [M]. 台北：中外文学月刊社，1974：68.

迷失。"① 在访谈中洛夫作了回答:"我从西方哲学与美学寻获的东西,渐渐在我体内与我原有的传统文化汇合,而后转化为我创作所需的文化基因。"②在他2011年10月返乡(衡阳)期间,笔者有幸和诗人进行了面对面交流。洛夫就现代汉诗的创新问题进行了阐述,他认为现代汉诗必须在继承优秀传统的基础上进行创新,也就是说是根植于中华文化基础上的时代新创造,从另一角度解读还是要对古今中外的合理成分进行恰到好处的融合。

四、《漂木·致诗人》的时代价值与启发意义

"一千个读者有一千个哈姆雷特。"同理,每一位诗歌创作者对诗的理解也各不相同。作为现代汉诗的代表,诗人洛夫的理解与践履是其中的典范,也有值得业界讨论学习与借鉴的价值。通过前面的分析与阐述我们可以大致概括出诗人洛夫眼中诗神的组成要素:孤绝的诗神特质、跨地域跨时空的文学因缘、演进融合的神奇诗观,交通使者的诗人定位、神与物游的入境状态及本真和批判、创新与圆融的精神,这些具化要素构成一种形而上的诗歌理想追求。

(一)坚守信念,这个时代需要诗人,更需要心灵的守望

这是一个需要诗歌的时代,这也是一个需要信念的时代。诗人的终极信念,是扮演时间、生命和神这三者交通的使者。当然,诗人是孤独的,诗神的禀性即孤绝,诗歌却能让心灵飞翔,让灵魂有所依归。所以,当下要守护清明的心灵,守护诗意的乐园,就离不开诗人的坚守与信念。诗歌能教会人们诗意地生活。在谈及诗歌与时代关系的时候,洛夫多次强调诗意地栖居这一理念。毫无疑问,洛夫深受西方哲学家海德格尔的存在主义思想的影响,诗歌也成为洛夫一生的坚守与信仰。现代汉诗的发展需要新生代的推进,更需要新诗人的开拓。作为将诗歌化为生命一部分的诗坛前辈,他关心并期许诗坛新人青出于蓝。访谈中他如是说:"我对诗坛的前景并不完全悲观,主要因为我有一个个人的信念。诗是一种精神产物,它与宗教一样,都会在最

---

① 龙彼德. 洛夫评传 [M]. 江苏:南京大学出版社,1995:7.
② 胡亮. 洛夫访谈:台湾诗,"修正超现实主义",时病 [J]. 诗歌月刊,2011 (5).

贫困落后，或富足繁荣的两极社会中受到人民喜爱与尊崇。"①

（二） 提升内涵，汲取并融合中华文化与西方文明之精髓

文学，是孤独者的事业，是灵魂的书写。"诗人不但要走向内心，探入生命的底层，同时也须敞开心灵，使触觉探向外界的现实，而求得主体与客体的融合。"② 这是洛夫阐述的诗人基于中华文化之上的内涵，也是诗歌创作达到圆融韵律的佳境。诗歌内涵的源头活水，总与其生长的文化传统密切相关。只有在传承精华的基础上不断地发展与创造新境界，在坚持追求创新的过程中不断地突破并登攀至新高度，方能使现代诗歌拥有长青不朽的魅力。《漂木》完成后，抵达"天涯美学"的诗观能获得世界的赞誉的地位与成功，还当归因于洛夫开阔的胸襟视域与中西文化的交融。而《致诗人》在以诗论诗的形式、复合中西的内容以及环环相扣等的谋篇特色三个方面，均体现了洛夫践履并继承优秀传统文化基础上注入现代创新元素的创作之路。洛夫还不忘提醒青年诗人："不管后现代主义要解构些什么，颠覆些什么，最好你读你喜欢的诗，不要跟着流行跑。如果你是一位青年诗人，我奉劝你在追求创新之余，多留意老祖宗遗留下来的东西，尤其要尊重前人的语言文字，不要过于糟蹋。诗人有创新的权利，但也有保护固有文学遗产的义务。"③

（三） 创新演进，在不断占领与放弃中，走向进步与重生

"一个优秀诗人，其实就是一个创造者。"④ 在谈诗杂记中洛夫曾多次强调诗人的创造性。在诗歌王国中，他不懈追求又有所坚持，在不断占领与放弃中走向进步与重生。可以说，他的一生都在追求与践行一个复杂多变而富有创造性的过程。洛夫将创造形容如刃，划下新世纪的第一刀，《致诗人》中也展现了他作为创造革新者的可贵勇气，也有利于将汉诗的美融入现代，从而进一步推动汉诗走向世界。"只要是创造的，必然是现代的，只要是纯粹的，必然是永久的。"⑤ 通过解读《致诗人》，我们可进一步确信现代汉

---

① 洛夫. 诗歌美学传统与创新［C］//人文通识讲演录·文学卷. 北京：北京大学出版社，2003：198-203.

② 洛夫. 魔歌［M］. 台北：中外文学月刊社，1974：28-29.

③ 任洪渊. 洛夫的诗与现代创世纪的悲剧，诗魔之歌［M］. 昆明：花城出版社，1990：36.

④ 洛夫. 孤寂中的回响［M］. 台北：东大图书出版社，1981：142.

⑤ 叶橹. 漂木的叙述策略与抒情姿态［J］. 理论与创作作家作品研究学刊，2007（3）.

诗的发展在诗人的引领下正走向一个更弘广的视域。创新,是民族进步的灵魂,也是文化进步的根本。现代汉诗的发展,必然离不开诗人源源不断的创新,这也是洛夫继承式创新的创作方式带给现代汉诗的启示与意义。叶橹也曾如此评析:"诗人不应该受'历史'的约束而妨碍了自己的创新,只有诗人对生存的感悟才是形成和造就其诗性的根本因素。"①

"洛夫毕生致力于诗意的发现和回归,用创造性的形象、意象、感觉和语言,重塑生命的意义。他的现代汉诗创构,既保持了前卫的姿态,又对接并融合了伟大的中国诗歌传统;诗质重思维,诗形谋变奏,以形似与神似、视像与心像、感性与灵思之间的张力,凸现了知性与灵思之间的张力,凸现了知性与抒情相融的追求向度。他对现代汉诗本土性和现代性融合的成功探索,体现了凤凰涅槃后自在的飞翔。"这是首届北京"新诗界国际诗歌奖——北斗星奖"授予洛夫给出的授奖辞,较为全面地概括了诗人诗歌创作的文化价值与文学意义。从这段评价中,我们能看到洛夫一生的创作正践行着一位诗人对于诗神的觉解与体悟。思忖当下,突破现代汉诗的创作瓶颈,或许更应汲取这种诗神理念的精髓,并将其落在灵魂对话与创作实践的实处中罢。

---

① 方明.大河的对话——洛夫访谈录 [M]. 台北:兰台出版社,2010:153-154.

第十二章
《背向大海》：超现实主义的禅

众所周知，禅是印度佛教传入中国以后在唐代产生变异的一种中国化宗教，实际上它融合了中国儒、道的某些精神，形成了独特的宗教内涵。在修佛义理上，它主张明心见性；在思维方式上，它反对理性的羁绊，追求顿悟；在修行方式上，它主张"平常心是道"，以平淡自然、主客合一的态度去体悟人生与佛理的真谛。而超现实主义作为 20 世纪西方众多现代主义流派的一支，认为"现实的表面不足以反映现实本身，只有超于现实存在的'某种组织方式'才能达到事物的本质。其基本要求就是肯定和表现同外在的日常行为相悖的存在于潜意识层的真实和真诚，强调从感觉出发的意象呈现，肯定艺术的独创性在艺术创造中的崇高价值"。① 洛夫素来崇尚超现实主义，在早期诗作《石室之死亡》的创作中大胆向西方"借火"，积极探索超现实主义手法在现代诗中的应用，由此开启了台湾诗现代化的高潮。中年以后的洛夫，回眸传统，发现禅与超现实主义在反理性、追求精神超越等方面有诸多暗合之处，由此开启了中西诗学精神融会贯通也就是洛夫自己所谓的"修正的超现实主义"② 之路。

步入新世纪，已经在海外"二度流放"十年之久的洛夫仍时有佳作发表。创作于 2007 年的长篇禅诗《背向大海——夜宿和南寺》（后简作"《背向大海》"），全诗共六节，共 140 行，一改早先精短禅诗的体式，又一次给当代诗坛带来震撼和惊喜。全诗构思奇妙且浑然一体，展现了诗人对生

---

① 刘登翰，朱双一. 彼岸的缪斯——台湾诗歌论［M］. 南昌：百花洲文艺出版社，1996：54.
② 赵小琪. 洛夫对超现实主义的认同与修正［J］. 盐城师范学院学报（人文社会科学版），2008（5）.

命、对人生、对存在、对宇宙万物的探寻,是洛夫以自己顽健的创造精神生成的不可替代的个性化的独特诗歌文本。从表现方式看,东方智慧(禅)与西方哲学(超现实主义)有机地融合为一行行诗句,抵达了洛夫一生孜孜以求的理想诗境,即 "是意识的也是潜意识的,是感性的也是知性的,是现实的也是超现实的"①。可以说,《背向大海》充分展现了诗人独特的生命体验、深邃的禅宗思想和超现实的诗情想象。一位年过耄耋的老人,还能够保持如此旺盛的艺术创造力,不禁让人为之感叹和钦佩。

一、追求 "真我":外物的解脱

禅宗认为:"心有二种,一者真,二者妄。"②"妄心" 就是 "生灭心,""真心" 就是 "真如"。《成唯识论》卷九称:"真谓真实,显非虚妄;如谓如常,表无变异。谓此真实于一切位常如其性,故曰真如。"③ 即真实不虚与如常不变之意(也就是指遍布于宇宙中真实之本体;为一切万有之根源)。洛夫对于 "真我" 有独到的理解,他指出:"对一个诗人而言,'真我'也正是他一生在意象的经营中,在跟语言的搏斗中所追求的目标……达到此种境界,诗人首先要消灭自己,最好将自己割成碎片,而后掺入一切事物之中,使个人的生命与天地的生命融为一体。"④ 洛夫知道 "真我" 的表达需要一个恰当的载体,他在最初探索禅与超现实主义的关系时,便发现 "诉诸潜意识的超现实主义,和通过冥想以求顿悟而得以了解生命本质的禅,两者最终的目的都在寻找和发现真我"⑤。

全诗开篇不凡:"一袭宽大而空寂的僧衣/高高扬起/把整个和南寺罩住……"⑥虽然 "宽大而空寂",但仍然是束缚,是阻隔;"罩住" 更是遮蔽,是障碍。原因何在? 接下来的诗行给出了答案:"面向大海/残阳把我的背脊/髹漆成一座山的阴影/眼,耳,鼻,舌,发肤/双手双脚/以及所谓的受想行识/全都没了。" 当年,大陆当代诗人海子有名作《面朝大海,春

---

① 刘登翰,朱双一. 彼岸的缪斯——台湾诗歌论 [M]. 南昌:百花洲文艺出版社,1996:48.
② 郭朋. 坛经导读 [M]. 成都:巴蜀书社,1996:97.
③ 韩廷杰. 成唯识论校释 [M]. 北京:中华书局,1998:27.
④ 洛夫:超现实主义的诗与禅 [J]. 江西社会科学,1993(10).
⑤ 洛夫:超现实主义的诗与禅 [J]. 江西社会科学,1993(10).
⑥ 本章诗句除特别说明,均引自洛夫:背向大海 [M]. 台北:尔雅出版社,2007.

暖花开》，以朴素明朗而又隽永清新的语言，拟想了尘世新鲜可爱、满生机活力的幸福生活，表达了诗人真诚善良的祈愿：愿每一个陌生人在尘世中获得幸福。但到了洛夫笔下，"面向大海"不是开放和接纳的开始，反而造成"受想行识"的消亡，也就意味着"真我"的遮蔽与灭失。于是，诗人思考人生的方式从姿态的转变开始："背向大海／我侧耳聆听／和南寺的木鱼吐出沉郁的泡沫／而背后的风景渐次开阔……"由"面向大海"转为"背向大海"，不仅仅是一种姿态的改变，更不是退却与怯懦。如果说"面向大海"是对生命的审视和观望，那么"背向大海"则是生命的遗忘和决绝的开始，为的是在"渐次开阔"的人生风景中找寻和抵达"真我"。

诗行进行中，"真我"得以逐渐呈现。"我把自己躺平在一块巨岩上／然后从胸口掏出／大把大把的蓝／涂抹天空。"这里，"我"—胸口—蓝—天空的蓝，意象经历了多重转换，先是"我"把"蓝"从胸口掏出，然后"我"又把胸中的蓝赋予了天空，在这个过程中，"我"与整个天地融为了一体，"我"是一切，一切是"我"，物我交融。终于，"我的头／刚好紧紧顶住孤独的尾／这是一种结构式的文本书写／主要表达的是／海蓝透了之后的绝望"，从"我的头"到"孤独的尾"到"结构式的文本书写"再到"海的绝望"，意象的跨越已突破了语言的理障，超乎了常人的思维，"我的头"已不单单是头，它通过系列转换已化成了绝望的海，"我"头中的思想亦已化成了海的情感。"真我"把外在的我化为一切存在的我。进而在诗行"我和鱼群／除了一身鳞／便再也没有什么可剃度的了"里，"我"再一次打破了常规思维，和"鱼群"一起，且"我和鱼群"还可以用自身的鳞剃度。照常理，剃度只有修行人才可以，诗人在这却赋予鱼群以剃度，因为在禅的世界里，万物是相通的，无所谓你我之分，"我"是鱼，鱼便也就是"我"。唯有"我对这个世界完全开放"，"我"才能"完全不受这个世界的限制"①。获得"真我"的诗人，时而行走在大地上，时而飞翔在天空，时而遨游在深海，这是一种无缚于生命形式的"常在"，而正是在这样一种外物无碍之中，获得了"真我"。

早在多年以前，洛夫就说："我们的'心'本来就是一个活泼而无所不在的生命，自不能锁于一根柱子的任何一端。一个人如何找到'真我'？如

---

① 洛夫：超现实主义的诗与禅 [J]. 江西社会科学，1993（10）.

何求得全然无碍的自由？又如何在还原为灰尘之前顿然醒悟？对于一个诗人而言，他最好的答案是化为一只鸟，一片云，随风翱翔。"① 洛夫在追求"真我"的过程中，深刻顿悟到人要"求得全然无碍的自由"，一定要能超脱生死的恐惧与焦虑，这样人才不会执著于自我的生命个体，执著于生与死。

> 我之不存在
>
> 正因为我已存在过了
>
> 我单调得如一滴水
>
> 却又深知体内某处藏有一个海
>
> 而当我别过脸去
>
> 背向大海
>
> 这才发现全身湿透的我
>
> 正从芒刺般的钟声中走出

经历了艰难的找寻和勇敢的呈现，"真我"回来了，但又消失了。"我之不存在／正因为我已存在过了。"洛夫一直在追求"真我"，并视"物我同一"为最高境界。他认为，只有谛听自然的呼唤，实现主客体的融汇才能实现"真我"。但同时，洛夫并不脱离现实，而是在反思、批判现实的基础上，放眼人世间，感悟到人在茫茫天地间自我的存在，在与大自然的契合中寻找精神上的皈依，实现人与大自然的和谐。《背向大海》诗后有小注："和南寺坐落于台湾花莲海滨，在孤寂中经营一种罕有的宁静。诗人愚溪居士常年在此参佛、读经、写诗。2006 年深秋我曾应他之邀在该寺小住数日，当时内心只感到无比的丰盈安详，完成此诗已是一年以后的事了。"诗歌创作时，洛夫已近耄耋之年，生死于他而言，近在咫尺，他有过恐惧，有过焦虑。但"我单调得如一滴水／却又深知体内某处藏有一个海"，"真我"的禅悟，消解了心中怅惘，提升了生命认知，解脱了外物的束缚，诗人的心渐趋宁静，最终感受到了"无比的丰盈安详"。

---

① 洛夫. 我的诗观与诗法［M］. 北京：人民文学出版社，2000：12.

二、"瞬间永恒"：自由的获得

时间是人感受、认知和理解世界的最为重要的维度之一。禅宗以"瞬间永恒"为其旨趣。"从严格的哲学意义上说，永恒不是空无所有，不是对时间的徒然否定，而是时间的全部的、未分割的整体。在整体中，所有时间的因素并不是被撕得粉碎，而是被亲密地糅合起来，于是就有这么一种情况：过去的爱，在一个永在的回溯所形成的永不消失的真实中，重新开花，而现在的生命也就挟有未来希望的和踵事增华的幼芽了。"① 这种"永不消失的真实"就意味着意识的焦点在"现在"这一瞬间的状态中运行，而且在运行中扩大了"现在"这个时间点，在刹那间洞见整体和全部的意识，解脱于时间轨道的束缚，使现实世界中时间运行的过去、现在、未来，在这里的艺术观照中以"现在"的当下停止了运行，不再有"过去的时间"，也不再有"未来的时间"，有的就是"现在"，就是现在的瞬间永恒②。

已是黄昏暮年的诗人洛夫对于时间有着强烈的感受，而他所处的环境（安静的寺庙与叫嚣的大海）更是加剧了他对这一问题的深入思考。诗人在茫茫自然中行吟，"瞬间永恒"的人生感悟油然而生。

"行，行，行，行……/直到无尽的天涯/直到/走出自己的影子/第一个脚印/一种欲望/第二个脚印/一声惊愕/第三个脚印/片刻缄默/第四个脚印/多少悔憾/第五个脚印/几近遗忘/第六个脚印/一个在时间中走失的自己。"走出自己的影子，便走出了日和夜，走出了大千世界，直到无生无灭。那只芒鞋固执地存在，也见证了数不清的刹那，由"欲望""惊愕"而"缄默""悔憾"，直至"遗忘"，一个脚印指向的是人生的不同阶段，最终抵达的是"一个在时间中走失的自己"，诗人义无反顾地走入永恒。每个人都脱离不了时间的禁锢，人生似乎都是这样"无尽的天涯"。"在时间中走失"，可以是无意识的，也可以是水到渠成的；是混沌无知的，更是不着文字的"无悔选择"。人不得不在世上行走，鞋的使命就是在路上留下脚印，鞋的价值就是一行行走过的路程（鞋印）。北宋诗人陈师道有"芒鞋竹杖最关身"之句，洛夫同样从芒鞋的鞋印中悟到了生命的存在和超越、真实和虚幻，这种

---

① 冯学成. 心灵锁钥——佛教心理世界 ［M］. 成都：四川人民出版社，1995：109.
② 冯学成. 心灵锁钥——佛教心理世界 ［M］. 成都：四川人民出版社，1995：111.

"无我无物又有我有物的精神境界"既无关道德政治，更不需染以任何色彩而损其明澈超逸之本质，正是禅的境界。时间不会因为"走失"而停止，个体对于它来说只是一瞬间，它是永恒的。虽然时间无形无声地侵蚀着活泼的生命，个体生命也在时间中消亡，但生命形式的无尽循环打破了生死的界限，诗人由此体悟到生死相契、时空永恒以及精神的解脱。在这里，禅宗"瞬刻永恒"的顿悟在具体的感性时间和感性空间中获得，却又超越了具体时空，可谓"不落因果"而又"不昧因果"。"瞬间永恒"的顿悟，突破了时间对人的禁锢，由此诗人对世界的认知也实现了超越。

于是有了诗行"背向大海/我刚别过脸去/落日便穿过沉沉的木鱼声/向一个听不到回响的未来坠落/明天是幸福是灾祸/怕连那块突然站在我们面前的墓碑/未必知晓"。在这里，"我别过脸"的这一刻代表着现在，"木鱼的坠落"则意味着未来，而"站在我们面前的墓碑"则代表着过去，过去—现在—未来在此刻的接轨，构成了时间的完整一体，"别脸"只是一瞬间便可以发生的事，但诗人却在这一刻看到了未来，看到了曾经。在这一瞬间里，诗人的思维摆脱了固有的轨道，时间在这刹那永恒，挣脱了物质肉体的钳制，达到了超现实的彼岸。这种瞬间永恒的生命感受，精神超越，不仅体现了禅的顿悟，同时也渲染上了超现实的色彩。

洛夫认为，禅思与超现实主义精神相通之处都在于对超越是非、生灭、得失的自由境界的追求，既不靠苦行也不靠理智的思考奏效，而是靠内省体验和直觉刹那间的"顿悟"①。在《背向大海》里，个体生命在大海、寺庙、落日、黄昏这个具体的感性时间和空间里醍醐灌顶，获得了超越时空和现实的顿悟。这种顿悟是禅宗式的，同时也是超现实的。超现实的因素和禅思宛如一对孪生子，在诗行中彼此关联着，两者的结合出乎意料，而又在情理之中，从而结出绚丽的诗篇。

三、向往"空无"：本原的存在

空间是人感受、认知和理解世界的另一重要维度。"世界虚空，能含万物色像。日月星宿、山河大地、泉源溪涧、草木丛林、恶人善人、恶法善

---

① 杨少伟. 论洛夫诗歌中的时间意识［J］. 河南教育学院学报（哲学社会科学版），1997（2）.

法、天堂地狱、一切大海、须弥诸山，总在空中；世人性空，亦复如是。"①
空是禅中精华之所在。在佛禅的世界里，无所谓有无，一切皆空。空乃万物
之所以存在的根本，它不受内外一切现象的遮蔽，遍及精神物质的一切现
象，不分远近、大小、深浅、粗细、明暗、凡圣和贵贱等，也无他、外之
分，无界限之分，在空间上无限，在时间上永恒，无始无终，不生不灭，是
主体的主体，是完全自在的主体。《心经》云："色不异空，空不异色，色
即是空，空即是色，受、想、行、识，亦复如是。"② 尘世也好，意识也好，
宇宙也罢，物质的本体是空，空的现象就是物质。

"空无"观也是洛夫诗禅结合的必不可少的一方面。洛夫曾作诗《禅
味》自问自答："禅的味道如何……经常赤裸裸地藏身在/我那只/滴水不存
的/杯子的/空空里。"一切皆空，空即万物。在《背向大海》里，"空无"
世界观得到反复呈现和强调，体现了诗人对空间之于人的禅思，也表达了诗
人对于人生、生命、宇宙存在的终极探视和归结。

"面向大海/残阳把我的背脊/髹漆成一座山的阴影/眼，耳，鼻，舌，
发肤，双手双脚/以及所谓的受想行识/全都没了。"在洛夫看来，人的受、
想、行、识都应该被看作是这种"色"与"空"的统一。"残阳"把"我
的背脊"髹漆成了山的阴影，在阴影里，"我"没有眼，没有耳，没有鼻、
舌、发肤、四肢，也没有受想行识。从"我"到"山的阴影"再到"全都
没了"，这不得不说体现的是诗人对于存在本身的探求。"我"本是真实存
在的"个人"，但"我"又成了虚幻的"阴影"，由实化虚，源于禅的世界
里物质、现象都以"空无"而存在着。

"木鱼会被敲破吗？/木鱼破了/是一种敲/不破也是一种敲/敲与不敲/
反正都得破/破了不一定空了/而空又何须破。"当诗人徘徊在敲与不敲、破
与不破、空与破之间，不知其解时，内心的潜意识与禅的融合给予了他充分
的答案——世界的本相就是"空"，而至于是否敲木鱼（出家修行）和不敲
木鱼（尘世俗子）并不是最重要的，而关键在于以何种心境和深明的视野
来看待自己的存在和世界的隐秘图景。

如果说上面几行诗还是含蓄与隐晦传达诗人对于存在本原的思索的话，

---

① 陈秋平，尚荣．金刚经　心经　坛经［M］．北京：中华书局，2007：25.
② 陈秋平，尚荣．金刚经　心经　坛经［M］．北京：中华书局，2007：89.

那么到了诗行"海空着/蓝也跟着空/云和雾一出生便是空的/夕阳是今天最后的空/我的眼睛/原是史前文化遗留下的/一座空空的冢",便是诗人直接表达对存在本原的认识——自然万物以空的形式存在。大海也好,蓝天也好,云雾和夕阳也罢,一切皆为空。诗人的思想已超脱了物外,得出存在便是空的感慨。当然,洛夫不是佛教徒,不会一味在虚空中迷失。诗人意识到,在那"空空"中"埋葬一个/无知却是先知的海/一头温驯的兽","有事没事它都会对空叫嚣/要我今日追求光明明天拥抱寂寞"。现实虽然不可预测,但仍然需要清醒面对。

穿过喧嚣的世事,穿过浮华的人生,洛夫的灵魂已进入了"空界","背向大海",让洛夫感受了隐藏在一切事物背后的大寂静与大喧闹,倾听到了宇宙的大无声,此时的他像独坐于高山之上的无言者,以无限的天地为背景,现代诗歌的精神花朵逐一在眼前悄然显现。这样的一种超脱,源自诗人自己的知觉,源自他头脑中的潜意识召唤,源自他对超现实主义诗学精神的领悟。由此读者不难发现洛夫的"空无",其实是一种超现实的"空无",是嫁接在禅上的超现实主义的"空无"。

四、宁静"见性":境界的超越

禅思、妙悟的终点是"见性"。何谓"见性"?六祖慧能的解释是:"菩提本无树,明镜亦非台。本来无一物,何处惹尘埃。"[①] "见性"乃悟得本性,从而对万事万物没有迷惑。宁静的和南寺平复了洛夫焦躁不安的心,在《背向大海》中他回归自然,回归原生态,回归宁静,从而达到了"见性"超越的境界。

洛夫在诗集"自序"中说:"每天在涛声与钟磬木鱼的交响中,看到落日从我的背后冉冉下沉。每一个海浪都使我心惊激动,而落日余晖的微温又让我安静下来,和南寺的诵经之声沉淀出一片亘古的宁静,与背后的大海无休无止的骚动,在我的内心形成一种微妙的平衡,一种失去时空感的永恒,也是一种物我两忘的美,和物我都不存在的空,这也许就是诗与禅的妙悟境界。"[②] 在这种妙境中,诗人身心合一,用顿悟的眼观去审视周围的一切时,

---

① 陈秋平,尚荣. 金刚经 心经 坛经 [M]. 北京:中华书局,2007:133.
② 洛夫:背向大海 [M]. 台北:尔雅出版社,2007:138.

感受的是存在的永恒，无论是物我两忘的美，还是物我的空，诗人在此刻是自由的，精神是洒脱的。从与宇宙万物的结合到超越时间；从宁静到骚动，从骚动到顿悟，再到超越。最终反映出的是诗人"丰盈安详"的内心（"见性"）。

"我之不存在/正因为我已存在过了。"看似无理，却暗含机锋。存在与不存在是所谓的空与色；空是因为色，色终究要空。诗人此刻似乎有些胡言乱语，诗句似乎也没有丝毫的逻辑与理性，却更加接近禅的本质。"我单调得如一滴水/却又深知体内某处藏有一个海。"体内藏大海，在现实中是绝不可能成立的命题，但诗人却打破现实的羁绊，说"体内某处藏有一个大海"，在这里体内的某处便是指心中。心是一切感知的出发点，万物唯心造，万法唯心生，万事万物都在心灵庞大的感应与幻化中——诗人此刻面对的已不是一片大海，而是自己深不可测的内心了。一个"藏"字，表明海是宁静的，让诗人也认为自己已经看破红尘，"单调得如一滴水"，却又偶尔奔涌不止，让诗人于是深知心中仍有红尘万丈。诗人正视自己内心，悟得自己本性，原以为已挣脱红尘，实则未必。"不知何时/发现岩石里暗藏一卷经书/那是整个海也浇不息的/智慧的火焰/仓促中酝酿着一种焚城的美。"洛夫喜欢禅，赞赏禅。在这里经书成了禅与智慧的代名词，它是强大的、不朽的，即便是整个海的水，也不能将其火焰熄灭，这是洛夫对禅最好的理解。而紧接的一句"仓促中酝酿着一种焚城的美"似乎与前面几句赞扬经书的智慧格格不入，在这里诗人借超现实之妙笔，一下子切断了思维，将视境进行了转换，造成了一种"韵外之至"的禅味，使读者能轻易感受到诗人对禅的特殊感悟。"水蜘蛛般我迟疑不前/却又自以为内心明亮如灯/其实是星光在雕刻我的透明。"大道见性，大道明心，诗人觉得自己内心已是明亮、透明。但海的宿命让诗人再一次想到了自身的无奈，只能背向大海，让和南寺的钟声来平静不安的内心，让宁静的禅来沉淀自己的思想。

古人说："禅也者，说到底其实就是两个字：一曰'静'——澄心静虑，二曰'淡'——淡泊情怀。"人生在世，若真的能静其思，淡其怀，守其志，陶其性，进而得禅之趣，不亦乐乎？禅趣如此。"背向大海/和南寺的钟声再度响起……"诗人在沧桑过后的冷凝中细细品味周遭的一切，生也罢，死也罢，时间之殇也罢，最终以回归、"见性"而告终。诗评家沈奇认为：禅于诗人洛夫而言，只是换一种方式观照人生，审视世界，其潜在的精神底背，仍是现代人的生存体验与生命意识，不像传统禅思的追求"悟入""空出""不即不离，不住不着"，求解脱，得逍遥，不但失却人生应有的关切与担当，且以弱化生命意识为代价，堕入寡情幽栖之个体心智的禅意游戏。①《背向大海》，通过独到的诗歌意象塑造、变化多端的诗行节奏，实现了感性现象与超越意义的契合和融通，也抵达了洛夫终其一生追求的"苍茫"的现代诗歌境界。

禅思倡导物我一如、动静一体、精神自由与超脱，时间上追求瞬间永恒的超越，空间上追求宇宙的无限。超现实主义强调潜意识的召唤，用自动主义、自由写作把握人内在的真实，追求精神超越。两者在很大程度上有相似、相通之处。洛夫在《石室之死亡》的创作时期就意识到："超现实主义的诗进一步势必发展为纯诗。纯诗乃在发掘不可言说的隐秘，故纯诗发展至最后阶段即成为'禅'，真正达到不落言诠、不着纤尘的空灵境界，其精神又恰与虚无境界合为一个面貌，难分彼此。"② 他在多年的诗歌创作中反复实践，从而使超现实主义与禅的结合由可能变成了可行。

长诗《背向大海》就是禅与超现实主义完美结合的典范。诗中，诗人借助丰盈的意象和独特的禅思传达出他的妙悟。而在诗语的创新上，又巧妙借用超现实主义魔法将人们日常生活中屡见不鲜的、琐屑之极甚至难登大雅之堂的东西，形之于诗，并赋予深刻的内涵，从而实现了禅魔的互证与相融。这绝对是一种革命性的东方智慧。③ 超现实主义有禅思的指引便不再单调，不再单单只是一种表现手法，而是有了具体的核心内容和价值。禅思经超现实主义的表现手法，表现得更彻底，更具哲理性。洛夫的这种创造与创新，体现了一种既继承传统又容纳西方的开放文学的精神。站在大洋彼岸，他冲破了心灵的孤绝感，跨过了文化的断裂层，实现了西方的超现实主义与东方的禅思的牵手，丰富了现代汉诗表现的手法与境界，为中国现代汉诗的发展提供了新的经验和做法。而且，洛夫的诗情并没有终止，他仍然要"提着灯笼"不断找寻，找寻诗歌的终极目标"真我"，而答案也许就体现在他两岸奔波的芒鞋上，彳亍，彳亍，彳亍，彳亍……

---

① 沈奇. 沈奇诗学论集（修订版）卷三［M］. 北京：中国社会科学出版社，2008：50.
② 洛夫. 诗人之镜［J］. 创世纪诗刊，1964（9）.
③ 诗探索编辑部. 洛夫访谈录［J］. 诗探索，2002（1）.

附录一
洛夫研究文献索引（截至 2018 年 7 月）

一、报刊文献

（一）20 世纪 50—70 年代

张默．洛夫的气质与诗风［J］．创世纪，1957（9）．

痖弦．一种可惊的存在——洛夫小评［M］∥六十年代诗选．高雄：大业书店，1961.

痖弦．扬名国际诗坛的洛夫［J］．新文艺，1964（99）．

金剑．洛夫新诗《石室之死亡》以及《朱夜小说选》［J］．新文艺，1965（114）．

李英豪．论《石室之死亡》［M］∥批评的视觉．台北：文星书店，1966.

崔焰昆．论洛夫《石室之死亡》诗的思想［J］．新文艺，1967（147）．

林享泰．大乘的写法——论《石室之死亡》［M］∥现代诗的基本精神：论真挚性．台中：笠诗社，1968.

方方．诗的欣赏——洛夫的《灰烬之外》［J］．笠，1968（25）．

行者．读洛夫《清明》诗［N］．青年战士报，1968-08-01（7）．

金剑．洛夫与现代诗［N］．青年战士报，1969-08-03（7）．

萧曼丽．洛夫诗作与诗观之剖视［J］．大学生（政大），1970（54）．

萧萧．略论现代诗的小说企图［J］．大学文艺（政大），1970.

萧萧．商略黄昏雨——初论《无岸之河》［N］．花之声，1970-5-10.

杜离．诗人之镜，诗人之境［J］．幼狮文艺，1970，32（5）．

夏万洲．夜访洛夫·煮茶论诗［J］．幼狮文艺，1970，32（5）．

萧萧．箭径，酸风，射眼——再论《无岸之河》［J］．文艺，1970（13）．

大荒．论《月问》［J］．大学，1970（33）．

萧萧．雪甚却无声——三论《无岸之河》［J］．青溪，1970（40）．

周伯乃．从灵河到湄公河畔的洛夫［J］．自由青年，1971，45（4）．

傅敏．不绝的音响——评洛夫编《一九七〇年诗选》［J］．笠，1971（44）．

张默．洛夫《雪崩》论［J］．幼狮文艺，1971，34（6）．

彭镜禧．浅析洛夫诗集《石室之死亡》的主题与表现［J］．台大青年，1971（4）．

黄荣村．评洛夫的《白色之酿》［J］．龙族，1972（5）．

颜元叔．细读洛夫的两首诗［J］．中外文学，1972，1（1）．

杜国清．评《中国现代文学大系·诗集·洛夫序》［J］．笠，1972（51）．

陈芳明．镜中镜——评洛夫的《诗人之镜》［J］．大地，1972（2）．

周鼎．现代诗解惑——另释洛夫《太阳手札》［J］．创世纪，1972（31）．

张默．现代诗人的透视——关于洛夫［J］．青溪，1973（68）．

陈芳明．《中国现代文学大系》（洛夫主编）诗部分评议［J］．书评书目，1973（5）．

张汉良．论洛夫后期风格的演变［J］．中外文学，1973，2（5）．

李弦．洛夫《长恨歌》论［J］．大地，1973（7）．

彩羽．论洛夫的《长恨歌》［J］．大地，1974（8）．

古添洪．洛夫的《长恨歌》读后［J］．大地，1974（8）．

银发．评洛夫的《晓之外》［J］．创世纪，1974（37）．

涂静怡．从洛夫先生的《鱼语》说起［J］．秋水，1974（3）．

许茂昌．试析洛夫的《裸奔》［J］．诗人，1974（1）．

林绿．评洛夫《魔歌》［J］．中外文学，1975，3（8）．

掌杉．综论洛夫的《长恨歌》［J］．诗人，1975（2）．

金剑．论洛夫的诗［J］．（台湾）中华文艺，1975，8（6）．

陈宁贵．剖析洛夫的三首诗［J］．主流，1975（11）．

刘菲．洛夫的《长恨歌》与几首古诗的比较［J］．创世纪，1975（40）．

庄雅州．从《烟之外》谈起［J］．鹅湖，1975（3）．

周清啸．论洛夫《诗的境界》［J］．龙族，1975（15）．

张默．从洛夫的《灵河》到《魔歌》［N］．（台湾）中华日报，1975-11-26/27（11）．

李秀玲．由诗集《魔歌》看洛夫的特征［J］．新潮（台大），1976（31）．

辛郁．洛夫的《独饮十五行》［N］．青年战士报，1976-03-31（8）．

管黠．评洛夫的《和你和我和蜡烛》［J］．诗人，1976（5）．

刘菲．读《众荷喧哗》［N］．青年战士报，1976-05（8）．

羊令野．洛夫抒情诗选集《众荷喧哗》读后［N］．青年战士报，1976-06（8）．

林南．洛夫诗的语言试谈——广阔，繁复与细致［J］．（台湾）中华文艺，1976，12（2）．

王灏．变貌——洛夫诗情初探［J］．诗脉，1976（2）．

黎亮．谈诗的色彩与音响［N］．台湾新闻报，1976-11-03（12）．

王灏．一种异数的存在——洛夫诗情再探［J］．（台湾）中华文艺，1977，12（5）．

喻丽清．《魔歌》读后［J］．书评书目，1977（46）．

王原．我读《洛夫试论选集》［N］．（台湾）中华日报，1977-03-14（5）．

张春荣．洛夫诗中的色调：黑与白［J］．（台湾）中华文艺，1977，13（4）．

李瑞腾．释洛夫的《巨石之变》［J］．（台湾）中华文艺，1977，13（6）．

杨亭．魔歌诗人——洛夫先生专访［J］．（台湾）中华文艺，1978，14（5）．

章士豪．诗人洛夫如是说［J］．南一中青年，1978（110）．

高准. 联合报是这样的排斥异己——敬答洛夫与余光中 [J]. 夏潮,1978, 4 (2).

高准. 洛夫撰《诗坛风云》[J]. 夏潮, 1978, 4 (2).

萧萧. 洛夫写诗缘起——洛夫专论之一 [N]. 青年战士报, 1978-05-01(11).

张春荣. 姜夔《念奴娇》和洛夫《众荷喧哗》的比较 [J]. 幼狮文艺,1978, 47 (6).

林继生. 试释洛夫的《鱼》[J]. 文风, 1978 (33).

萧萧. 那么寂静的鼓声——《灵河》时期的洛夫 [J]. 大地文学, 1978(1).

余光中. 用伤口唱歌的诗人——从《午夜削梨》看洛夫诗风之变 [N].(台湾) 中华日报, 1978-10-18 (11).

罗青. 洛夫的《午夜印象》[N]. 大华晚报, 1979-02-11 (7).

罗禾. 洛夫 [J]. 幼狮文艺, 1979, 50 (2).

亚青. 洛夫《一朵午荷》评介 [N]. (台湾) 中华日报, 1979-08-20(9).

刘健君. 读洛夫《波撼岳阳楼》[N]. (台湾) 中央日报, 1979-11-28(10).

孙迟. 洛夫《一朵午荷》浅读札记 [J]. (台湾) 中华文艺, 1979, 18(3).

张汉良. 读洛夫、杨牧的诗——新诗导读 [J]. (台湾) 中华文艺,1979, 18 (4).

(二) 20 世纪 80 年代

朱星鹤. 洛夫的散文《一朵午荷》[J]. 国魂, 1980 (410).

苓芷. 洛夫的心灵独语——读《一朵午荷》后记 [J]. 书评书目, 1980(82).

萧萧. 导读——洛夫初生之黑《石室之死亡》[N]. 台湾新闻报, 1980-02-26 (12).

萧萧. 不变的巨石——洛夫 [J]. 创世纪, 1980 (51).

林平. 我读洛夫《一朵午荷》[J]. 爱书人, 1980 (135).

彩羽．诗魔——洛夫［N］．民众日报，1980-03-23（12）．

程榕宁．洛夫谈他写新诗的经历［N］．大华晚报，1980-04-27．

杨昌年．风里芙蕖自有姿——浅析洛夫散文集《一朵午荷》［J］．幼狮文艺，1980，51（4）．

向阳．众荷不再喧哗——读洛夫散文集《一朵午荷》［N］．（台湾）中华日报，1980-04-10（10）．

金剑．评介洛夫的《我在长城上》［J］．新文艺，1980（290）．

菩提．浅谈洛夫的诗［J］．（台湾）中华文艺，1980，20（1）．

萧萧．我们的血在雾起时尚未凝结——洛夫诗座谈实录［J］．中外文学，1981，9（8）．

陈义芝．听那一片汹涌而来的钟声——叩访洛夫诗境的泉源［J］．书评书目，1981（94）．

张默．我那黄铜色的皮肤——略谈洛夫的《时间之伤》［N］．台湾新闻报，1981-07-13．

张坤．现代诗见证——浅谈洛夫诗集《时间之伤》［N］．台湾日报，1981-08-02．

叶霜．晦涩难懂的诗［N］．星洲日报，1981-08-27．

季野，拓芜．从雪与荷中升起——季野与张拓芜谈洛夫散文［J］．文坛，1981（254）．

金剑．论洛夫散文的境界《一朵午荷》［J］．（台湾）中华文艺，1981，21（6）．

萧萧．诗人与诗风——洛夫［N］．台湾日报，1982-06-24．

李瑞腾．喜见《魔歌》再版［M］∥诗的诠释．台北：台湾时报出版公司，1982．

向阳．与秋其代序——对洛夫先生《诗坛春秋三十年》一文的几点意见［J］．阳光小集，1982（9）．

涂静怡．可笑的《诗坛春秋三十年》［J］．阳光小集，1982（9）．

郭成义．猫与老虎鱼和雪——对洛夫《诗坛春秋三十年》文中的一点反响［J］．笠，1982（110）．

李敏勇．洛夫的语言问题［J］．笠，1982（110）．

流沙河．举鳌的蟹——洛夫［N］．世界日报，1982-09-29.

白萩．关于诗及语言的会谈——答洛夫《诗坛春秋三十年》中关于笠诗社部分［J］．中外文学，1982，11（5）.

林永昌．诗人的语言——我读《一朵午荷》［N］．（台湾）中华日报，1982-11-05（10）.

周粲．用伤口唱歌——读洛夫的诗集《时间之伤》［N］．联合早报，1983-05-21.

郑志敏．诗人的心灵世界——读洛夫的《一朵午荷》［N］．（台湾）中华日报，1983-10-04.

落蒂．试评《酿酒的石头》［J］．（台湾）中华文艺，1984，27（4）.

沙穗．脐带的两端——读洛夫的《血的再版》［N］．成功时报，1984-07-08.

游胜冠．指挥意象的魔手——诗人洛夫访问记［J］．东吴大学中文系刊，1984.

邱婷．创世纪将届不惑之年诗人回顾［N］．民生报，1984-09-04.

曹文娟．从唐诗中走出来——洛夫的书斋生活［J］．自由青年，1985（3）.

翁光宇．洛夫——舞者［J］．台湾新诗，1985.

朱星鹤．诗余之外——简介《洛夫随笔》［J］．新文艺，1985.

张立国．诗坛的矿工——洛夫［N］．（台湾）中华日报，1986-05-09.

许悔之．石室内的赋格——初探《石室之死亡》兼论洛夫的"黑色时期"［J］．文讯，1986（25）.

杨锦郁．亘古的历史，是他的跑道——访诗人洛夫谈写作［J］．幼狮文艺，1986.

李正治．新诗未来展开的根源问题［J］．文讯，1987（28）.

萧萧．不变的巨石：谈洛夫［J］．自由青年，1987，77（3）.

简政珍．洛夫作品的意象世界［J］．中外文学，1987，16（1）.

张春荣．比较三首现代离别情诗——《偶然》、《错误》、《烟之外》［M］//诗学论析．台北：三民书局，1987.

明月．洛夫诗观漫笔［N］．澳门世界日报，1988-06-08.

奚密．从《灵河》到《无岸之河》——洛夫早期风格论［J］．现代诗（复刊），1988（12）．

王泯．不退休的诗人——洛夫［N］.（台湾）中央日报，1988-07-17．

边达文．洛夫和"创世纪"诗社［N］.文学报，1988-09-08．

王灏．评论家评洛夫［J］.联合文学，1988，5（2）．

赵卫民．风的漩涡——评洛夫《因为风的缘故》［J］.联合文学，1988，5（2）．

李瑞腾．试探洛夫诗中的"古典诗"［J］.联合文学，1988，5（2）．

叶维廉．洛夫论［J］.中外文学，1989，17（7-9）．

潘亚暾．探求者的足迹——洛夫诗集《爱的辩证》赏析［N］.世界日报，1989-10-18．

李元洛．一阕动人的乡愁变奏曲——读洛夫《边界望乡》［J］.名作欣赏，1986（5）．

李元洛．想得也妙，写得也妙——读台湾诗人洛夫《与李贺共饮》［J］.文艺天地，1987（3）．

李元洛．隔海的心祭——读洛夫的《水祭》［J］.湖南文学，1987（9）．

李元洛．江涛海浪楚人诗——论洛夫的诗歌创作［J］.芙蓉，1987（5）．

李元洛．短兵寸铁的锋芒——谈诗人洛夫的抒情小诗［J］.湖南文学，1988（7）．

熊考核．故土，千里泊舟的码头——论洛夫的《血的再版》［J］.长沙理工大学学报（社会科学版），1989（3）．

刘剑桦．他就是那个中国诗人——初唔洛夫印象［J］.湖南文学，1989．

古继堂．台湾新诗发展史［M］.北京：人民文学出版社，1989.（台北：文史哲出版社，1989.）

黎焕颐．梅花香自苦寒来——在曼谷赠洛夫［J］.诗刊，1989（5）．

李元洛．中西诗美的联姻——台湾诗人洛夫诗作片论［J］.当代文坛，1989（6）．

（三）20 世纪 90 年代

周粲．早晨是一窗云：读洛夫的诗《白堤》［N］.香港文汇报，1990-

01-07.

任洪渊. 洛夫的诗与现代创世纪的悲剧 [M] //诗魔之歌. 广州：花城出版社，1990.

杨光治. 奇异，鲜活，准确——浅谈洛夫的诗歌语言 [M] //诗魔之歌. 广州：花城出版社，1990.

古远清. 洛夫诗三首赏析 [J]. 华文文学，1990（2）.

潘亚暾. 洛夫返乡诗的中国情怀 [N]. 新陆现代诗志，1990-05-26.

陈琼芳. 枕边的诗人——给洛夫打分数 [N]. 联合报，1990-05-27.

刘湛秋. 洛夫返乡诗印象 [N]. 新陆现代诗志，1990-05-26.

陈树信. 洛夫风格再审视 [N]. 新陆现代诗志，1990-05-26.

李瑞腾. 座谈会发言纪实 [N]. 新陆现代诗志，1990-05-26.

孟樊. 座谈会发言纪实 [N]. 新陆现代诗志，1990-05-26.

萧萧. 洛夫着译书目及作品评论索引 [J]. 台湾文学观察杂志，1990（2）.

张默.《语言的舞者》评介 [N]. 联合报，1990-07-19（48）.

费勇. 诗坛的异数——洛夫 [N]. 华夏时报，1991-01-25.

白灵. 虚拟实境与达观诗学——读洛夫《漂木》有感 [N]. 自由时报（副刊），1991-04-02.

徐望云. 漂木的旅程，人类的思路——洛夫长诗《漂木》赏析 [N]. 自由时报（副刊），1991-04-03.

费勇. 圆融自然，晶莹剔透——评洛夫诗集《月光房子》 [J]. 创世纪，1991（83）.

向明. 向古人借火——浅谈洛夫的几首用典诗 [J]. 文讯，1991（31）.

刘登翰. 台湾诗人论札——洛夫论. 痖弦论 [J]. 创世纪，1991（85-86）.

龙彼德. 大风起于深泽——论洛夫的诗歌艺术 [J]. 台湾文学观察，1991（4）.

黄河浪. 以现代精神再造传统——读洛夫的《致王维》 [N]. 文汇报（香港），1991-12-01.

汤玉琦.《吉首夜市》——赏析洛夫诗作的意境 [J]. 创世纪，1992

（88）.

周粲．读洛夫的诗《墨荷无声》［N］．联合早报·文学人语（新加坡），1992-05-24.

沈奇．再度超越——评洛夫"隐题诗"兼论现代汉诗之形式问题［J］．创世纪，1992（89）.

黎活仁．宇宙树的落叶——洛夫诗中树、火等意象的研究［J］．台湾文学观察，1992（5）.

费勇．洛夫诗中的庄与禅［J］．中外文学，1993，21（8）.

季振邦．三诗人印象记［N］．台湾新闻报，1993-01-06.

刘岳兵．诗魔的禅悟——试论洛夫诗路历程中超现实主义［J］．幼狮文艺，1993，77（2）.

熊国华．"诗魔"的艺术魅力——论洛夫的《诗魔之歌》［J］．创世纪，1993（93）.

李丰楙．中国纯粹性诗学与现代诗学，诗作的关系——以七十年代叶维廉，洛夫，亚弦为主的考察［J］．台湾诗学季刊，1993（3）.

莫渝．法国诗与台湾诗人（1950～1990 年）［J］．台湾诗学季刊，1993（3）.

陈琼芳．洛夫的情书写的和他的诗一样精彩［N］．（台湾）中央日报，1994-06-13.

徐望云．从战争里诞生的鹰——浅评"创世纪文献"（评洛夫沈志方主编《创世纪四十年诗选》，痖弦简政珍主编《创世纪四十年评选论》，张默张汉良主编《创世纪四十年总目》）［J］．文讯，1994（71）.

游唤．从题目学论洛夫隐题诗［J］．创世纪，1995（102）.

洪凌．现代主义的壮美与终结——从洛夫的诗作探究台湾现代诗的现代主义［J］．创世纪，1995（102）.

林耀德．论洛夫《杜甫草堂》中的"时间"与"空间"［J］．创世纪，1995（102）.

杜十三．错把呕血看成桃花开——论洛夫的诗艺术［J］．创世纪，1995（102）.

蒋述卓．论洛夫中、后期诗歌的禅意走向及其实验意义［J］．现代中文文学评论，1995（4）.

张默．每片草叶都是你一条血管——洛夫的诗生活探微［J］．联合文学，1996，12（5）.

杨春华．奥林匹厄的灵魂——我读《雨果传》［J］．清华历史教学，1996（6）.

葛乃福．台湾文学研究的新收获——喜读龙彼德《洛夫评传》［J］．文讯，1996（89）.

沈奇．再度超越——评洛夫"隐题诗"兼论现代汉诗之形式问题［M］∥台湾诗人散论．台北：尔雅出版社，1996.

陈铭华．因为"雨"的缘故——诗人洛夫访问录［J］．新大陆（诗刊），1997（39）.

章亚昕．洛夫论［J］．新大陆诗刊（美国洛杉矶），1997（39-41）.

陈祖君．从"铁屋"里的呐喊到"石室之死亡"的宣告——论洛夫诗与廿世纪中国文学史［J］．创世纪，1997（111）.

丁果．绚烂后面的孤独——访诗人洛夫［N］．明报（加拿大版），1997-07-25.

刘荒田．使我哭泣的诗［N］．明报（加拿大版），1997-11-08.

杨皓．创世纪的诗人——洛夫［J］．美国文摘，1998.

羁魂．且听诗魔絮絮道来——洛夫笔访录［J］．诗双月刊，1998.

陶保玺．无韵体在洛夫的"魔杖"下［J］．诗双月刊，1998.

林上玉．诗新诗思诗生活，洛夫露面显魔力［N］．民生报，1998-11-29.

临工．走近"诗魔"洛夫［J］．现代诗歌，1999.

董成瑜．洛夫——诗魔至今仍为诗琢磨［N］.（台湾）中国时报，1999-01-28.

陈维信．台湾文学经典名家特写——洛夫［N］．联合报，1999-02-12.

陈浩泉．洛夫与雪有缘［J］．香港文学，1999.

陈大为．在语字中安排宇宙——论洛夫《魔歌》［J］．创世纪，1999（119）.

潘丽珠．微笑的禅意——析洛夫《水墨微笑》［J］．台湾诗学季刊，1999（27）.

于盼．我是一只想飞的烟囱——专访诗人洛夫［J］．文讯，1999（165）．

张默．语言的舞者［N］．联合报（读书人），1999-07-19（373）．

游佩娟．试论洛夫诗中的禅意——以《有鸟飞过》，《随雨声入山而不见雨》两首诗为例［J］．台湾诗学季刊，1999（28）．

刘再复．洛夫：走向王维的大诗人［N］．明报（美洲版），1999-10-14.

赖素铃．以书法写诗"诗魔"更添魔力，洛夫致力融合两者别阔境界［N］．民生报，1999-11-15.

吴当．美丽热情的生命——试析洛夫《石榴说》［N］．（台湾）中国时报（副刊），1999-11-03.

简文志．洛夫《血的再版》探析［J］．中国现代文学理论，1999（16）．

龙彼得．一代诗魔洛夫的人生道路篇［J］．大海洋诗杂志，1999（58-60）．

古远清．洛夫诗三首赏析［J］．华文文学，1990（2）．

戴达．古蝶在现代风中翩舞——品读洛夫的《长恨歌》兼与白居易同题诗比较赏析［J］．名作欣赏，1990（2）．

曹明海．一首阴沉冷峻的生命悲怆曲——读洛夫散文《诠释》［J］．名作欣赏，1990（3）．

龙彼德．"大风起于深泽"——论洛夫的诗歌艺术［J］．理论与创作，1991（1）．

支德裕．台湾著名诗人洛夫来宁访问交流［J］．世界华文文学论坛，1991（1）．

江与明．一字演春秋——读洛夫《与衡阳宾馆的蟋蟀对话》［N］．衡阳日报，1991-11-06.

费勇．洛夫诗中的庄与禅精神［J］．理论与创作，1992（6）．

卢斯飞．一瓣心香祭诗魂——洛夫《水祭》赏析［J］．语文学刊，1992（2）．

卢斯飞．春雨潇潇访洛夫［J］．阅读与写作，1992（5）．

卢斯飞．他乡生白发，旧国有青山——洛夫《边界望乡》的赏析［J］．

阅读与写作，1992（7）．

卢斯飞．独出心裁的隐题诗——洛夫抒情短诗欣赏（五）［J］．阅读与写作，1992（11）．

卢斯飞．论洛夫的创作历程［J］．语文学刊，1993（4）．

熊国华．"诗魔"：洛夫［J］．台港文学选刊，1993（11）．

朱蕊．寂寞高手［J］．台港文学选刊，1993（11）．

龙彼德．论洛夫诗的张力系统［J］．诗探索，1994（3）．

贲立人．一首描写舞技的诗——洛夫《舞者》欣赏［J］．阅读与写作，1994（3）．

龙彼德．洛夫诗二首赏析［J］．阅读与写作，1994（5）．

龙彼德．诗的戏剧性——评洛夫《与李贺共饮》［J］．写作，1994（3）．

龙彼德．诗境与禅境的融合——评洛夫《随雨声入山而不见雨》［J］．写作，1994（6）．

龙彼德．语言的魔术师——洛夫诗论之一［J］．山花，1994（3）．

刘强．大入大出大即大离——论洛夫诗的"当代性"［J］．当代作家评论，1995（4）．

龙彼德．洛夫的精神世界［J］．长沙电力学院学报（社会科学版），1995（2）．

方忠．诗人气质壮夫胸襟——论洛夫的散文创作［J］．世界华文文学论坛，1995（4）．

龙彼德．特殊的体察与感悟——洛夫诗艺探析［J］．写作，1995（3）．

张君．初见诗魔［N］．平阳报，1995-09-11．

李槟．界牌边一朵咯血的杜鹃——读洛夫诗《边界望乡》［J］．世界华文文学论坛，1996（2）．

郭廓．《边界望乡》的艺术启迪［M］//诗人喜欢的诗．北京：十月文艺出版社，1997．

杨少伟．论洛夫诗歌中的时间意识［J］．河南教育学院学报（哲学社会科学版），1997．

李润霞．从超越的飞翔到回归的停泊——透视洛夫诗歌的思想内涵［J］．世界华文文学论坛，1997（3）．

杨青．意象语言的魔力——读洛夫《烟之外》[J]．星星，1998（12）．

章亚昕．感悟与创造——论洛夫的诗歌艺术 [J]．文学评论，1998（6）．

朱立立．关于中国现代诗的对话与潜对话——秋日访洛夫 [J]．华侨大学学报（哲学社会科学版），1999（4）．

刘小新．洛夫诗中的思致和情趣 [J]．江苏大学学报（高教研究版），1999（3）．

吴开晋．诗魔之魂 [J]．山东文学，1999（8）．

（四）新世纪以来

章亚昕．沧海桑田：创世纪的时空意识 [J]．创世纪，2000（122）．

沈奇．萧散诗意静胜狂——读洛夫诗集《雪落无声》 [J]．创世纪，2000（122）．

龙彼得．一代诗魔洛夫的人生道路篇 [J]．大海洋诗杂志，2000（61）．

沈奇．现代诗的美学史——重读洛夫 [A]．洛夫：世纪诗选 [M]．台北：尔雅出版社，2000．

王广滇．诗魔洛夫新世纪献长诗 [N]．世界日报，2000-07-01．

王广滇．诗魔洛夫的"神与物游"[N]．世界日报，2000-07-18．

熊国华．"诗魔"的艺术魅力——论洛夫的《诗魔之歌》[J]．创世纪四十年评论选，2000．

章亚昕．超越现状：创世纪的文化精神 [J]．创世纪，2000（124）．

陈金国．回归与反叛——余光中、洛夫诗歌创作的相互疏异 [J]．蓝星诗学，2000（8）．另见《台港文学选刊》，1994（5）．

吴当．在前卫与传统之间——读洛夫《世纪诗选》 [J]．明道文艺，2001（298）．

刘正忠．军旅诗人的疏离心态——以五六十年代的洛夫、商禽、痖弦为主 [J]．台湾文学学报，2001（2）．

杨子涧，一颗爆裂的灵魂——洛夫 [M] //中学白话诗选．台北：故乡出版社，2001．

徐望云．漂泊的旅程，人类的思路 [N]．自由时报（副刊），2001-04-03．

谭五昌. 台湾诗坛三巨柱 [J]. 蓝星诗学, 2001 (10).

向明. 豪华落尽见真淳 [J]. 台湾诗学季刊, 2001 (35).

沈志方. 论隐题诗 [C] //东亚汉学学术会议论文. 2001.

简政珍. 在空境的苍穹眺望永恒的向度——简评洛夫《漂木》[J]. 创世纪, 2001 (128).

蔡素芬. 漂泊的, 天涯美学——洛夫访谈 [J]. 创世纪, 2001 (128).

简政珍. 在空境的苍穹眺望永恒的向度——简评《漂木》[J]. 创世纪, 2001 (128).

龙彼德. 飙升在新高度上的辉煌——喜读洛夫的长诗《漂木》[J]. 创世纪, 2001 (128).

翁文娴. 在古典之旁辩解现代诗的"变形"问题 [J]. 创世纪, 2001 (128).

向明.《漂木》的启示 [J]. 台湾诗学 (季刊), 2001 (36).

林贞吟. 诗魔洛夫的诗思与诗艺 [N]. (台湾) 中央日报 (副刊), 2001-10-31.

杜忠诰. 刚健婀娜——我看洛夫的书法 [N]. 联合报 (副刊), 2001-11-20.

吴晓. 诗的空灵美与空灵境界 [J]. 国文天地, 2002, 17 (11).

李令仪. 年度诗选庆二十 [N]. 联合报, 2002-05-06.

陈文芬. 宋泽莱、洛夫获年度诗奖 [N]. (台湾) 中国时报, 2002-05-13.

沈奇. 现代汉诗语言的"常"与"变"——兼谈小诗创作的当下意义 [J]. 创世纪, 2002 (131).

陈俐如. 洛夫《寄远戍东引的莫凡》特色试析 [J]. 笠, 2002 (230).

龙彼德. 沉潜与超越——洛夫新论 [J]. 新大陆, 2002 (71).

余欣娟. 洛夫《长恨歌》的隐喻世界 [J]. 文讯, 2002 (206).

叶橹. 论《漂木》[J]. 台湾诗学学刊, 2003 (1).

陈建民. 四种长诗的可能：从洛夫、简政珍、陈克华、林耀德的长诗创作探索起 [J]. 文与哲, 2003 (2).

少君. 漂泊的诗路——论洛夫的诗 [J]. 创世纪, 2003 (135).

沈志方．论隐题诗（上）（下）［J］．创世纪，2003（135-136）．

陈建宏．洛夫《随雨声入山而不见雨》［C］∥跨国界诗想：世华新诗评析．台北：唐山出版社，2003．

萧萧．台湾新诗美学的建构现实［N］．自由时报（副刊），2004-02-01（47）．

萧萧．创世纪的超现实主义化合性美学——以痖弦、张默、洛夫为例［J］．创世纪，2004（138）．

左乙萱．神性的声音——二○○三年温哥华洛夫访谈［J］．创世纪，2004（138）．

唐捐．生命境界的渲染与留白——导读洛夫的《水墨微笑》［J］．幼狮文艺，2004（605）．

王伟明．煮三分禅意酿酒——访洛夫诗［J］．网络，2004（6）．

林翠华．古今禅思——比较王维《过香积寺》与洛夫《金龙禅寺》［J］．国文天地，2004，20（2）．

陈宛茜．走过半世纪创世纪庆生［N］．联合报，2004-10-23．

陈祖君．仍在路上行走的诗人——洛夫访谈录［J］．文讯，2005（235）．

陈信安．六○年代余光中与洛夫论战析评［J］．世新中文研究集刊，2005（1）．

蒋美华．新世纪台湾长诗美学的航向［J］．台湾诗学学刊，2005（5）．

刘三变．反常合道为趋——浅谈洛夫的《金龙禅寺》及其他［J］．乾坤诗刊，2005（35）．

蒋美华．简政珍与当代诗人长诗书写的参差对照［J］．彰化师范大学文学院学报，2005（4）．

陈义芝．《创世纪》与超现实主义［J］．创世纪，2006（146）．

郑慧如．洛夫诗的偶发因素［J］．当代诗学，2006（2）．

蒋美华．"诗化的现实"与"现实的抒情"：两种长诗美学的参差对照［J］．Asian Journal of Management and Humanity Sciences，2006，1（3）．

郭枫．洛夫现象：因为风的缘故［J］．盐分地带文学，2006（6）．

翁文娴．新诗语言结构的传承和变形［J］．成大中文学报，2006（15）．

张健. 洛夫情诗九式 [J]. 创世纪，2007（151）.

张期达. 不相称的美学——以洛夫、简政珍、陈克华诗为例 [J]. 台湾诗学学刊，2007（10）.

白灵. 遮蔽与承载——洛夫诗中的哭与笑 [J]. 台湾诗学学刊，2007（10）.

叶橹. 《漂木》的结构与意象 [J]. 创世纪，2007（153）.

吕怡菁. 以时间、空间、语义的游离铺陈文化漂泊之感——洛夫《漂木》寻找"心灵原乡"的形式结构 [J]. 花大中文学报，2007（2）.

孟樊. 洛夫超现实主义论 [J]. 台湾诗学学刊，2008（11）.

落蒂. 一粒盐在波涛中寻找成为咸前的苦涩——读洛夫长诗《背向大海》[J]. 乾坤诗刊，2009（49）.

李翠瑛. 洛夫诗中雪的意象之意义及其情感表现 [J]. 台北教育大学语文集刊，2009（15）.

紫鹃. 诗歌的魔术师——专访前辈诗人洛夫先生 [J]. 乾坤诗刊，2009（49）.

曾敏之. 洛夫港台之行 [J]. 明报月刊，2009（5）.

陈宛茜. 四大诗册歌咏洛夫人生 [N]. 联合报，2009-04-11.

林明理. 当代三家诗赏析——洛夫、愚溪、方明 [J]. 创世纪，2009（161）.

陈学祈，叶衽榤. 平凡中见珍奇——洛夫《魔歌》 [J]. 明道文艺，2009（405）.

张默. 诗人洛夫小传 [J]. 湖南文献季刊，2010（1）.

林小东. 诗魔洛夫畅论现代诗 [J]. 湖南文献季刊，2010（1）.

辛郁. 因为风的缘故——速写洛夫 [J]. 文讯，2010（298）.

黄昱升. 现代诗的晦涩与明朗——洛夫、余光中塑造的"李贺" [J]. 语文瞭望，2011（1）.

陈政彦. 洛夫诗中"火"意象研究 [J]. 彰化师范大学国文学志，2011（23）.

陈姿颖. 洛夫现代诗重叠词研究——以《灵河》为例 [J]. 桃园农工学报，2012（7）.

戴裕记．现代禅诗如何可能？——以洛夫诗作为例［J］．文学新钥，2012（16）．

刘正伟．洛夫《汤姆之歌》评析［J］．乾坤诗刊，2013（65）．

陈芳明．漂泊与晚期抒情［J］．创世纪诗杂志，2014（179）．

章继光．同古代经典对话的新实验——谈洛夫的《唐诗解构》［J］．创世纪诗杂志，2014（180）．

杨宗翰．如歌痖弦，石室洛夫——文学电影《他们在岛屿写作Ⅱ》的幕前幕后［J］．文讯，2014（348）．

洛夫．洛夫访谈录——从桎梏中释放无理而妙的意象的永恒之美［J］．印刻文学生活志，2014（2）．

杨宗翰．文学电影，纪录想象：对《他们在岛屿写作Ⅱ》的反思［J］．创世纪诗杂志，2014（181）．

刘志宏．地窖式递降的空间：洛夫的"石室"与死亡［J］．当代诗学，2015（10）．

吴菀菱．吴菀菱的诗散想——读洛夫的《背向大海》诗集［J］．大海洋诗杂志，2015（91）．

杨照．重读诗人：洛夫［J］．印刻文学生活志，2015（3）．

陈韦廷．论洛夫诗中的"古典"运用［J］．有凤初鸣年刊，2015（10）．

曾进丰．论洛夫诗的生死观——以《石室之死亡》，《漂木》为主兼及其他［J］．台湾诗学学刊，2015（26）．

李翠瑛．永恒的探视——诗魔洛夫与他的诗［J］．文讯，2015（362）．

杨树清．重现诗碉堡——洛夫与《石室之死亡》的战地年代［J］．乾坤诗刊，2017（81）．

李敏勇．从新民族诗型，超现实主义到纯粹经验——洛夫，漂流之木的形色演变［J］．文讯，2017（377）．

杨宗翰．洛夫、余光中与郑愁予现代诗中的古典意识（1972—1983）［J］．淡江中文学报，2017（36）．

陈秀如．一种"乡"思两种愁——余光中与洛夫乡愁诗的比较［J］．国文天地，2018（11）．

向明．读洛夫的诗《日落象山》［J］．文讯，2018（390）．

张秉政．洛夫诗歌的传统现代性转换简说［J］．淮北煤师院学报（哲学社会科学版），2000（1）.

向忆秋，廖锋．超现实主义的诗与禅——论洛夫的诗歌创作［J］．桂林市教育学院学报，2000（4）.

禤展图．沉重的家国乡愁——洛夫诗歌略论［J］．华南师范大学学报（社会科学版）．2000（4）.

吴开晋．诗魔之魂——洛夫先生印象［J］．山东文学，2000（7）.

程维，洛夫．寸铁杀人莫洛夫［J］．人民文学，2000（4）.

李晃．诗人：永远割不断民族的血脉——听诗魔洛夫谈诗［J］．诗刊，2000（7）.

刘春．听"诗魔"指点江山——著名诗人洛夫访谈［J］．诗刊，2000（12）.

沈奇．你那颗千禧年的头颅（外一首）——致诗人洛夫［J］．绿风，2000（2）.

向忆秋．洛夫诗歌的辩证色彩［J］．广西民族学院学报（哲学社会科学版），2001（2）.

王广田．速写洛夫［N］．新疆经济报，2001-03-27.

季振邦．影响我的两本诗集［N］．文学报，2001-09-27.

吴小攀．跨海的诗魔带着"漂木"来［N］．羊城晚报，2001-10-11.

沈奇．重读洛夫［J］．名作欣赏，2002（3）.

李建东．将超越化为永恒——洛夫诗歌中的时间意识［J］．华文文学，2002（5）.

龙彼德．洛夫与中国现代诗［J］．诗探索，2002（1）.

诗探索编辑部．洛夫访谈录［J］．诗探索，2002（1）.

沈奇．洛夫诗二首点评［J］．诗探索，2002（1）.

向忆秋．洛夫：身份的沉浮和追问［N］．羊城晚报，2002-03-14.

沈奇．刹那见终古——洛夫诗《未寄》点评［J］．写作，2002（15）.

沈奇．王者之鹰——洛夫诗《危崖上蹲有一只独与天地精神往来的鹰》点评［J］．写作，2002（17）.

王选．雪楼飘诗——加拿大访"诗魔"洛夫［J］．同舟共进，2002

（6）.

赵小琪.洛夫现代诗的中西视野融合［J］.西南师范大学学报（人文社会科学版），2003（5）.

吴开晋.洛夫诗中的禅道意蕴［J］.山东大学学报（哲学社会科学版），2003（6）.

王骏.从《石室之死亡》到《漂木》——洛夫诗歌艺术特色比较分析［J］.世界华文文学论坛，2003（4）.

沈奇."诗魔"之"禅"——读《洛夫禅诗》集［J］.写作，2003（13）.

朱洪军.洛夫，在天涯"雪楼"行吟［J］.三月风，2003（2）.

刘登翰.序少君《洛夫论》［J］.世界华文文学论坛，2004（1）.

曾贵芬.生命意识的觉醒（上）——洛夫长诗《漂木》剖析［J］.华文文学，2004（2）.

向忆秋.生命的无常和宿命的无奈——洛夫《漂木》论［J］.漳州师范学院学报（哲学社会科学版），2004（2）.

曾贵芬.生命意识的觉醒（下）——洛夫长诗《漂木》剖析［J］.华文文学，2004（3）.

李诗信.洛夫的诗路历程对现代汉诗的启示［J］.茂名学院学报，2004（2）.

张国鹄.洛夫"炼字"的审美追求——读散文集《一朵午荷》札记［J］.写作，2004（5）.

陈祖君.诗人洛夫访谈录［J］.南方文坛，2004（5）.

李诗信.诉不尽的海外游子愁绪——评洛夫、施雨、周若鹏的乡愁诗歌［J］.茂名学院学报，2005（2）.

赵小琪.洛夫诗二首欣赏［J］.名作欣赏，2005（13）.

左其福.英雄现时与古典情怀——洛夫诗歌的现代性解读［J］.名作欣赏，2005（16）.

霍俊明.解析洛夫《金龙禅寺》［J］.扬子江诗刊，2005（3）.

罗振亚.台湾现代诗人抽样透析——纪弦、郑愁予、余光中、洛夫、痖弦［J］.台湾研究集刊，2006（1）.

郭枫．论洛夫诗的情思和语言［C］//新世纪中国新诗国际学术研讨会．北京，2006．

唐不遇．洛夫：诗歌是一种永恒之美［N］．珠海特区报，2006-10-29（8）．

陈祖君，洛夫．仍在路上行走的诗人［J］．文学界，2006（12）．

颜艾琳．即知是诗是禅——评洛夫新作《背向大海》［N］．联合报（中国新闻网http：//www.chinanews.com.cn/tw/ydwy/news/2007/08-13/1000500.shtml转载），2007-08-13．

沈奇，孙金燕．生命仪式的向晚仰瞻——洛夫长诗《漂木》散论［J］．江汉大学学报（人文科学版），2008（2）．

魏云．中国新诗的古典追求——以余光中、洛夫之诗艺探索为中心［J］．云南大学学报（社会科学版），2008（3）．

沈玲．洛夫诗歌的隐喻语义认知模式研究［J］．新学术，2008（2）．

秦华．红枫的脉络（外一章）——听洛夫诗歌专场朗诵会［J］．诗潮，2008（8）．

赵小琪．洛夫对超现实主义的认同与修正［J］．盐城师范学院学报（人文社会科学版），2008（5）．

孔令环．杜甫对洛夫诗歌创作的影响［J］．四川文理学院学报，2008，（6）．

吴思敬，邵燕祥．致洛夫诗歌创作研讨会的贺信［C］//洛夫诗歌创作研讨会论文集．北京，2008．

查干．读洛夫诗，并感悟大宇宙之苍茫诗意［C］//洛夫诗歌创作研讨会论文集．北京，2008．

沈奇．汉诗经典的坐标与重心——我读洛夫［C］//洛夫诗歌创作研讨会论文集．北京，2008．

刘士杰．蕴含着魔化力量的诗的语言——漫论洛夫诗的语言艺术［C］//洛夫诗歌创作研讨会论文集．北京，2008．

谭五昌．洛夫诗歌：在持守传统中完成的现代性［C］//洛夫诗歌创作研讨会论文集．北京，2008．

霍俊明．融雪的额头在深不可测的灯火里——洛夫《背向大海》的诗学意义［C］//洛夫诗歌创作研讨会论文集. 北京，2008.

孙金燕. 背向大海——读洛夫新作《背向大海》［C］//洛夫诗歌创作研讨会论文集. 北京，2008.

韩永恒. 一场人与岁月的大战——读洛夫小诗《秋来》［J］. 阅读与写作，2009（4）.

龙彼德. 洛夫的意义［C］//洛夫国际诗歌节论文集锦. 2009.

叶橹. 诗禅互动的审美效应——论洛夫的禅诗［C］//洛夫国际诗歌节论文集锦. 2009.

沈奇. 现代汉诗：坐标与重心——我读洛夫［C］//洛夫国际诗歌节论文集锦. 2009.

［韩］许世旭. 从外出到外游——兼谈洛夫的中国情怀［C］//洛夫国际诗歌节论文集锦. 2009.

陈祖君. 从"边界望乡"到"背向大海"：身体流放与地方错置［C］//洛夫国际诗歌节论文集锦. 2009.

庄晓明. 洛夫的二重交响［C］//洛夫国际诗歌节论文集锦. 2009.

李翠瑛. 修辞、意象与情感之表达——以洛夫诗中"雪"的意象为例［C］//洛夫国际诗歌节论文集锦. 2009.

白杨. 政治文化语境中的个体经验表达——20 世纪 50 年代洛夫诗歌的写作意识［C］//洛夫国际诗歌节论文集锦. 2009.

邓艮. "被锯断的苦梨"：《石室之死亡》再解读［C］//洛夫国际诗歌节论文集锦. 2009.

胡亮. "一个奇迹，甚至是一个神迹"：长诗《漂木》谫论［C］//洛夫国际诗歌节论文集锦. 2009.

孙金燕. 背向大海——读洛夫新作《背向大海》［C］//洛夫国际诗歌节论文集锦. 2009.

孙金燕. "如何再短一点"——评洛夫的诗《昙花》兼谈小诗［C］//洛夫国际诗歌节论文集锦. 2009.

喻大翔. 论《冬日的日记》诗境之预设——从洛夫早期的一首诗说开去［C］//洛夫国际诗歌节论文集锦. 2009.

［日］郁乃. 诗里诗外读洛夫［C］//洛夫国际诗歌节论文集锦. 2009.

陈礼辉. 现代的外衣古典的内核——评洛夫诗作《午夜削梨》[J]. 安徽文学（下半月），2010（1）.

章亚昕. 台湾二十世纪诗歌史（设"创世纪诗社与洛夫"专章）[M]. 北京：人民文学出版社，2010.

杨道州. 穿越时空的对酌——读洛夫的诗《与李贺共饮》[J]. 青年作家（中外文艺版），2010（3）.

邓艮. 流散体验与诗歌写作——海外华文诗人洛夫访谈 [J]. 理论与创作，2010（2）.

李立平. 论洛夫的文化乡愁与文化身份 [J]. 怀化学院学报，2010（2）.

张欣. 《长恨歌》：从白居易到洛夫 [N]. 联谊报，2010-07-31.

朱寿桐. 汉语新文学的文化伦理意义——从诗人洛夫的身份谈起 [C] // 汉语新文学讲堂——洛夫诗歌研讨会交流论文. 澳门大学，2010.

荒林. 性别、乡愁与洛夫诗歌的男性气质美 [J]. 华文文学，2011（2）.

汉语新文学讲堂——洛夫诗歌研讨会交流论文 [C]. 澳门大学，2010.

瞿炜. 洛夫诗歌的传统及其对温州新诗人的影响 [C] // 汉语新文学讲堂——洛夫诗歌研讨会交流论文. 澳门大学，2010.

傅天虹. 另寻天涯：汉语新诗的"漂木"——论洛夫的"天涯"美学 [J]. 海南师范大学学报（社会科学版），2011（1）.

张志忠. 洛夫诗作中的镜像研究——镜中之像　像外之旨 [J]. 中国现代文学研究丛刊，2011（2）.

张志国. 洛夫诗歌在中国大陆的引介与传播 [J]. 华文文学，2011（2）.

程光炜. 汉语新文学中的洛夫诗歌 [J]. 华文文学，2011（2）.

陈娟. 洛夫研究在大陆 [J]. 湖南工业大学学报（社会科学版），2011（1）.

董正宇. 洛夫研究综述 [J]. 衡阳师范学院学报，2011（1）.

柳青. 女娲炼石补天处　石破天惊逗秋雨——洛夫《与李贺共饮》欣赏 [J]. 中学语文，2011（2）.

张晟，黄树生．烟之外，那寂寞如纱的思恋——洛夫《烟之外》之比较赏析［J］．现代阅读（教育版），2011（3）．

董正宇．洛夫与湖湘文化［J］．南华大学学报（社会科学版），2011（3）．

洛夫，胡亮．洛夫访谈：台湾诗，"修正超现实主义"，时病［J］．诗歌月刊，2011（5）．

喻大翔．洛夫诗作叙事美学一窥——细读洛夫早期叙事小诗《冬天的日记》［J］．中国现代文学研究丛刊，2011（5）．

何伟．不同轨迹的生命主体的穿越——余光中诗歌与洛夫诗歌之比较［J］．重庆科技学院学报（社会科学版），2011（22）．

陈仲义．论洛夫诗歌的艺术型构［J］．台湾研究集刊，2011（4）．

史业环．洛夫《暮色》意象的密码［J］．新诗，2011（4）．

董正宇，樊水闸．洛夫《石室之死亡》新探——兼论中国现代诗的"晦涩"倾向［J］．湖南科技学院学报，2012（1）．

洛夫在南京［J］．青春，2012（1）．

柴高洁．永远出发，永无抵达——洛夫诗路历程考察［J］．世界华文文学论坛，2012（2）．

郑淑蓉，朱立立．由生死意象窥探洛夫诗歌的生命意识——以长诗《石室之死亡》为例［J］．鲁东大学学报（哲学社会科学版），2012（2）．

董正宇，刘春林．乡愁的两种表达式——余光中《乡愁》与洛夫《边界望乡》比较［J］．湖南工业大学学报（社会科学版），2012（3）．

郭春园．洛夫的诗歌综述［J］．漯河职业技术学院学报，2012（3）．

王伊薇．由"饮"意象解读洛夫"新古典诗"［J］．牡丹江师范学院学报（哲学社会科学版），2012（3）．

章继光．洛夫与中国古典诗学［J］．中国韵文学刊，2012（4）．

马铃薯兄弟，洛夫．与大河的对话——诗人洛夫访谈录［J］．扬子江评论，2012（4）．

阿霞．"洛夫诗歌朗诵会"在呼和浩特举行［J］．草原，2012（11）．

郭海军，徐虹．在中西诗美的相融互渗中萃取诗的灵性——浅论洛夫诗歌对汉语新诗的独特贡献［J］．东北师大学报（哲学社会科学版），2012

（5）．

白杨，崔艳秋．《七十年代诗选》与台湾现代诗的论争［J］．华夏文化论坛，2013（1）．

董正宇，黄慧．巨石之变——洛夫诗中"石"类意象探析［J］．怀化学院学报，2013（1）．

董迎春．现代禅诗：当代诗写突围之可能——以《洛夫禅诗》作例的考察［J］．华文文学，2013（4）．

张德明，赵金钟，王士强，等．传统与现代的交锋和辩议——关于洛夫《唐诗解构》的对话［J］．扬子江诗刊，2013（6）．

孙叶林，孙伟英．同题诗《长恨歌》两较之［J］．求索，2013（8）．

刘辰．论洛夫的乡愁诗——兼与余光中乡愁诗比较［J］．衡阳师范学院学报，2013（4）．

宋尚诗．中国古典诗意的现代转换——以余光中，洛夫和郑愁予的几首诗为例［J］．名作欣赏，2013（9）．

叶橹．回眸中的审视与超越——从《唐诗解构》说起［J］．扬子江诗刊，2013（5）．

张利平．我对洛夫《边界望乡》的解读［J］．文学教育（上），2013（11）．

世华．《中国诗人》25周年"中国诗人奖"评选揭晓洛夫、孟浪、庄伟杰等海外诗人分别获奖［J］．世界华文文学论坛，2014（1）．

张春艳，方忠．论洛夫诗歌的自然意象［J］．长江师范学院学报，2014（2）．

洛夫，马铃薯兄弟．诗歌是一种看不见的内在的价值［J］．江南（江南诗），2014（2）．

李徽．论洛夫《长恨歌》的艺术特色［J］．牡丹江大学学报，2014（3）．

张春艳，方忠．论洛夫诗歌的自然意象［J］．长江师范学院学报，2014（2）．

白天伟，刘涵．多多与洛夫诗歌的比较阅读［J］．文学教育（下），2014（5）．

乔琦．是咒还是诗？——读洛夫《大悲咒》兼谈元语言理论与诗歌阐释 [J]．海南师范大学学报（社会科学版），2014（5）．

董正宇．洛夫与李白 [J]．南华大学学报（社会科学版），2014（4）．

王宗法．以文会友识"三杰"——与洛夫、张默、痖弦相识记 [J]．世界华文文学论坛，2014（4）．

王志彬．洛夫的诗歌创作与现代中国新诗传统 [J]．党政干部学刊，2015（3）．

李卫国．追寻与归依——论洛夫的诗歌创作 [J]．贵州师范学院学报，2015（5）．

熊国华．论洛夫《漂木》的意象创造及经典意义 [J]．暨南学报（哲学社会科学版），2015（9）．

郑慧如．形式与意蕴的织染：重读洛夫《石室之死亡》 [J]．江汉学术，2016（1）．

林明理．洛夫诗中的禅道精神 [J]．商丘师范学院学报，2016（2）．

邱凌，谢树清．论洛夫诗歌辞格运用的特点及审美效果 [J]．南华大学学报（社会科学版），2016（1）．

刘红英．论洛夫《漂木》的存在主义性向 [J]．世界华文文学论坛，2016（2）．

吴晓．洛夫"天涯美学"的诗学意义 [J]．中文学术前沿，2016（1）．

石进花．穿越历史的洪流寻找自我——读洛夫《李白传奇》[J]．教育现代化，2016（25）．

洛夫，庄晓明．大河的奔流——2016：洛夫先生访谈录 [J]．诗探索，2016（7）．

唐菁鸿．论洛夫诗歌的古典意蕴 [J]．文教资料，2017（15）．

赵思运．洛夫诗歌中文化意象的生成探究 [J]．北方论丛，2017（4）．

铁舞．唐诗能解构吗？[J]．文学自由谈，2018（1）．

黄维盈．余光中的"浅"与洛夫的"深"[J]．创作评谭，2018（2）．

杨宗翰．洛夫：不应遗忘的古典意识与离散之情 [N]．文艺报，2018-03-23．

甘建华．诗魔洛夫的乡情 [N]．衡阳日报，2018-03-25．

查干. 读洛夫感悟宇宙之苍茫诗意 [N]. 中国艺术报, 2018-03-26.

韩羽. 趣眼童心 [N]. 中华读书报, 2018-05-23.

严家炎. 悼念杰出的诗人洛夫先生 [N]. 中华读书报, 2018-05-23.

赵庆庆. 千帆之外悼洛夫 [J]. 传记文学, 2018 (4).

王珂. 在诗与爱中幸福地长寿——《因为风的缘故》的诗疗解读(中)[J]. 名作欣赏, 2018 (7).

杨开浪, 刘朴亚. 字字看来皆是血——洛夫《边界望乡》解读 [J]. 兰州教育学院学报, 2018 (4).

颜艾琳. 又见"物我同一"的自白——感悟台湾诗人洛夫《昨日之蛇》[J]. 台声, 2018 (8).

董正宇. 我与诗魔洛夫的四次见面 [N]. 湖南日报, 2018-08-10.

二、洛夫研究学位论文

陈晓明. 洛夫论 [D]. 广州:中山大学中文系, 1991.

向忆秋. 焦虑与反抗——洛夫诗新解 [D]. 桂林:广西师范大学中文系, 2002.

张蓓蓓. 漂泊之旅中的焦虑与超越——洛夫诗论 [D]. 济南:山东大学文学院, 2004.

施洪玲. 生命谛视、宇宙境界与诗学理想——洛夫"天涯美学"论纲 [D]. 济南:山东大学文学院, 2006.

杨明. 1949 大陆迁台作家的怀乡书写 [D]. 成都:四川大学文学与新闻传播学院, 2007.

田华. 台湾文学中的乡愁诗 [D]. 成都:四川大学文学与新闻传播学院, 2007.

邓艮. 漂泊的体验:洛夫诗歌与政治无意识 [D]. 成都:四川大学文学与新闻传播学院, 2008.

曾珊. 边界与回归 [D]. 广州:暨南大学, 2010.

张会荣. 论洛夫诗歌对精神家园的寻找 [D]. 武汉:华中科技大学, 2011.

郑淑蓉. "诗是逼近死亡的沉默"——论洛夫诗歌中的死亡想象 [D].

福州：福建师范大学，2012.

潘洁．魔与禅：洛夫诗思研究［D］．南京：南京师范大学文学院，2012.

詹浩．洛夫诗歌艺术研究［D］．昆明：云南师范大学文学院，2014.

黄慧．漂木论［D］．长沙：湖南大学文学院，2014.

孙伟英．石室中的呼喊——存在主义视野下的《石室之死亡》［D］．临汾：山西师范大学文学院，2014.

钱桂平．论洛夫禅魔互证的诗性智慧［D］．重庆：西南大学文学院，2016.

陈瑞芳．台湾现代诗的文学社会学考察：洛夫、罗门作品中的美学意识形态初探（1954—1972）［D］．台北：台湾东吴大学社会学研究所，1986.

汤玉琦．诗人的自我与外在世界——论洛夫、余光中、简政珍的诗语言［D］．新竹：台湾清华大学外文系，1993.

潘文祥．洛夫现代诗研究［D］．台北：台湾师范大学，1996.

陈全得．台湾现代诗研究［D］．台北：台湾政治大学中文所，1999.

林孟萱．洛夫诗的用字及句式特色研究［D］．新竹：台湾清华大学语言学研究所，1999.

刘正忠．军旅诗人的异端性格——以五，六十年代的洛夫，商禽，痖弦为主［D］．台北：台湾大学中国文学研究所，2000.

曾贵芬．悲剧的主体价值体验——洛夫《漂木》诠释［D］．彰化：台湾彰化师范大学国文学系，2002.

余欣娟．一九六〇年代台湾超现实诗——以洛夫、痖弦、商禽为主［D］．台中：台湾东海大学中国文学系，2002.

王嘉玲．洛夫诗艺研究［D］．高雄：台湾高雄师范大学，2004.

张期达．不相称的美学——以洛夫、简政珍、陈克华诗语言为例［D］．台中：台湾中兴大学中国文学系，2006.

彭巧华．洛夫诗中身体书写之探讨［D］．花莲：台湾花莲教育大学中国语文学系，2007.

闵秋英．台湾放逐诗歌与诗学 1895—1987 年［D］．彰化：台湾彰化师范大学国文学系，2009.

刘志宏. 1950, 1960台湾军旅诗歌的空间书写——以洛夫、痖弦、商禽为考察对象［D］. 宜兰：台湾佛光大学文学系, 2009.

陈姿颖. 洛夫诗词汇风格研究——以颜色词为例［D］. 彰化：台湾彰化师范大学国文学系, 2011.

吴怀慈. 钱南章《洛夫四首歌曲》之研究［D］. 台北：台湾实践大学音乐学系, 2012.

刘静媛. 余光中与洛夫"传统回归"之研究［D］. 高雄：台湾高雄师范大学, 2012.

曾雅雯. 旅外诗人的古典情思与乡愁——以洛夫、张错为讨论中心［D］. 高雄：台湾高雄师范大学国文学系, 2014.

蔡佳芸. 洛夫《漂木》语言风格研究［D］. 台北：台湾政治大学, 2014.

张育慈. 洛夫废墟诗境研究［D］. 宜兰：台湾佛光大学中国文学与应用学系, 2015.

胡词涵. 洛夫《唐诗解构》的再创作研究［D］. 台北：台湾师范大学国文学系, 2017.

三、洛夫研究论集、论著

侯吉谅. 石室之死亡——及相关重要评论［M］. 台北：汉光文化公司, 1988.

萧萧. 诗魔的蜕变——洛夫诗作评论集［M］台北：诗之华出版社, 1991.

卢斯飞. 洛夫, 余光中诗歌欣赏［M］. 南宁：广西教育出版社, 1993.

费勇. 洛夫与中国现代诗［M］. 台北：东大图书公司, 1994.

龙彼德. 洛夫评论［M］. 南京：南京大学出版社, 1995.

龙彼德. 一代诗魔洛夫［M］. 台北：小报文化公司, 1998.

少君（钱建军）. 漂泊的奥义——洛夫论［M］. 北京：中国戏剧出版社, 2003.

钱建军, 向忆秋. 洛夫：诗, 魔, 禅［M］. 北京：中国文化出版公司, 2004.

叶橹. 洛夫长诗《漂木》十论 [M]. 北京：国际文化出版公司，2007.

张默. 大河的雄辩——洛夫诗作评论集（第二部）[M]. 台北：创世纪诗杂志，2008.

方明. 大河的对话：洛夫访谈录 [M]. 台北：兰台出版社，2010.

龙彼德. 洛夫传奇：诗魔的诗与生活 [M]. 台北：兰台出版社，2011.

周友德. 诗魔的天空：我与洛夫的交往 [M]. 深圳：海天出版社，2011.

龙彼德. 洛夫传奇：诗魔的诗与生活 [M]. 深圳：海天出版社，2012.

章继光，周颖，蒿子. 走进诗魔的意象世界：洛夫诗歌深度解读 [M]. 长沙：湖南文艺出版社，2014.

刘正忠. 台湾现当代作家研究资料汇编·洛夫 [M]. 台南：台湾文学馆，2013.

附录二
洛夫著作索引

一、诗集

《灵河》，台北：创世纪诗社，1957年12月初版。1957年7月获台湾的"中国新诗联谊会"最佳创作奖。

《石室之死亡》，台北：创世纪诗社，1965年1月。

《外外集》，台北：创世纪诗社，1967年8月。

《无岸之河》，台北：大林书店，1970年3月初版，发行三版。

《魔歌》，台北：中外文学月刊社，1974年11月初版，1981年6月再版。

《洛夫自选集》，台北：黎明文化事业股份有限公司，1975年5月初版，发行六版。

《众荷喧哗》，台北：枫城出版社，1976年3月初版，发行三版。

《时间之伤》，台北：时报出版公司，1981年6月初版，1982年获"中山文艺创作奖"。

《酿酒的石头》，台北：九歌出版社，1983年10月初版。其中《血的再版——悼亡母诗》，于1982年获台湾"《中国时报》中国文学推荐奖"。1984年4月再版。

《因为风的缘故——洛夫诗选（1955—1987）》，台北：九歌出版社，1988年6月初版，发行六版。

《石室之死亡——及相关重要评论》，台北：汉光文化公司，1988年6月。

《爱的辩证——洛夫选集》，香港：文艺风出版社，1988 年 9 月。

《诗魔之歌——洛夫诗作分类选》，广州：花城出版社，1990 年 2 月。

《月光房子》，台北：九歌出版社，1990 年 3 月。1991 年获台湾"国家文艺奖"。

《天使的涅槃》，台北：尚书文化公司，1990 年 4 月。

《葬我于雪》，北京：中国友谊出版公司，1992 年 2 月。

《隐题诗》，台北：尔雅出版社，1993 年 3 月。

《洛夫诗选》，北京：中国友谊出版公司，1993 年 3 月。

《我的兽》，北京：中国文联出版公司，1993 年 5 月。

《梦的图解》，台北：书林出版社，1993 年 8 月，由旧作选编而成。

《雪崩——洛夫诗选》，台北：书林出版公司，1994 年 1 月。

《石室之死亡》（英译本，陶忘机 Jong Balcom 译），美国加州：道朗出版社，1994 年 10 月。

《洛夫小诗选》，台北：小报文化公司，1998 年 11 月。

《雪落无声》，台北：尔雅出版社，1999 年 6 月。

《形而上的游戏》（马森主编），台北：骆驼出版社，1999 年 9 月。

《洛夫精品》，北京：人民文学出版社，1999 年 10 月。

《魔歌》（书法诗集典藏版），台北：探索文化事业有限公司，1999 年 11 月。

《洛夫·世纪诗选》，台北：尔雅出版社有限公司，2000 年 5 月。

《漂木》，台北：联合文学出版社有限公司，2001 年 8 月，发行 2 版。

《洛夫诗抄——洛夫经典诗作手抄本》，台北：未来书城股份有限公司，2003 年 8 月。

《因为风的缘故——有声诗选》，台北：联经出版公司，2005 年 8 月。

《漂木》（简体字版），北京：国际图书出版公司，2006 年 9 月。

《雨想说的——洛夫自选集》，广州：花城出版社，2006 年 10 月。

《漂木》（英译本），美国：麻省 Zephyr 出版社，2007 年 5 月。

《背向大海》，台北：尔雅出版社，2007 年 7 月。

《洛夫诗歌全集》（Ⅰ-Ⅳ），台北：台湾普音文化事业股份有限公司，2009 年 4 月。

《台湾诗人选集·洛夫集》（丁旭辉编），高雄：春晖出版社，2009 年 7

月。

《烟之外——洛夫诗作精选集》（插图本），南京：江苏文艺出版社，2010 年 12 月。

《禅魔共舞——洛夫禅诗》（超现实诗精品选），台北：博雅书屋，2011 年 10 月。

《洛夫诗选》，北京：九州出版社，2012 年 9 月。

《洛夫诗全集》（简体字版，上下卷），南京：江苏文艺出版社，2013 年 9 月。

《唐诗解构》，南京：江苏文艺出版社，2015 年 1 月。

《因为风的缘故》，南京：江苏文艺出版社，2015 年 10 月。

《洛夫诗手稿》，南京：江苏文艺出版社，2016 年 11 月。

《洛夫长诗》，南京：江苏文艺出版社，2017 年 3 月。

《魔歌》，成都：四川人民出版社，2017 年 4 月。

《洛夫诗歌演诵集》，北京：时代华文书局，2018 年 1 月。

《昨日之蛇：洛夫动物诗集》，台北：远景出版社，2018 年 1 月。

二、诗论

（一）著作

《诗人之镜》，台北：大业书店，1969 年 5 月。

《洛夫诗论选集》，台北：开源出版公司出版，1977 年 1 月。

《诗的探险》，台北：黎明文化事业公司，1979 年 6 月。

《孤寂中的回响》，台北：东大图书有限公司，1981 年 7 月。

《诗的边缘》，台北：汉光文化事业公司，1986 年 8 月。

《诗而有序——我的诗观与诗法》，深圳：海天出版社，2014 年 11 月。

《洛夫谈诗——有关诗美学暨人文哲思之访谈》，南京：江苏文艺出版社，2015 年 10 月。

（二）期刊

《建立新民族诗型之刍议》，《创世纪四十年总目》（原载《创世纪》第 5 期社论，1956 年 3 月）

《我想该是如此》，《笠》8 期，1965 年 8 月 15 日。

《一颗不死的麦子》,《创世纪四十年总目》,原载《创世纪》第30期复刊号社论,1972年9月。

《与颜元叔谈诗的结构与批评——并自释〈手术台上的男子〉》,《中外文学》1卷4期,1972年9月。

《诗剧专号前言》,《创世纪》42期,1975年12月。

《西方文学与中国现代诗》,《中外文学》10卷1期,1981年6月。

《语言的魔力——谈诗语言的特色》,《国文天地》7期,1985年12月。

《从儒侠精神到超越境界》,《书房夜戏》代序,尔雅出版社,1991年5月初版。

《魔歌》新版自序,《创世纪》121期,1999年12月。

《天涯诗观》,《创世纪》126期,2001年3月。

《创世纪的传统》,《创世纪》140~141期,2004年10月。

《试论〈我之歌〉中的我》,《创世纪》140~141期,2004年10月。

三、散文集

《一朵午荷》,台北:九歌出版社,1982年7月,发行七版。

《洛夫随笔》,台北:九歌出版社,1985年10月。

《一朵午荷——洛夫散文选》,上海:上海文艺出版社,1990年10月。

《落叶在火中沉思》,台北:尔雅出版社,1998年6月。

《洛夫小品选》,台北:小报文化有限公司,1998年11月。

《雪楼随笔》,台北:探索文化出版有限公司,2000年11月初版。

《雪楼小品》,台北:三民书局,2006年8月。

《大河的潜流》,南京:江苏文艺出版社,2010年12月。

《独立苍茫》,南京:江苏人民出版社,2017年12月。

四、翻译类

《第五号屠宰场》(Slaughter House No. 5),美国当代小说家冯内果(Kurt Vonnegut)著,中译本于1975年6月由星光出版社出版。

《雨果传》(Victor Hugo and His World),法国作家安德烈莫洛亚(Andre Maurois)著,本书系译自英文版。1975年12月志文出版社出版。

《约翰生传》（The life of Samu Jonnson），英国传记作家包斯威尔（James Boswell）著，洛夫与罗珞珈合译。1977年2月志文出版社出版。

洛夫译作另有《季辛吉评传》《亚历山大传》《丘吉尔传》《心灵小语》《心灵隽语》等书出版。

五、编选类

《七十年代诗选》，由洛夫、张默、痖弦共同主编，1967年9月大业书店出版。书后有洛夫写的后记。

《中国现代诗论选》，由洛夫、张默、痖弦共同主编，1969年3月大业书店出版，书前有洛夫写的"导言"。

《一九七〇诗选》，洛夫主编，1971年3月仙人掌出版社出版，书前有洛夫的序。

《中国现代文学大系诗》，洛夫主编，1972年巨人出版社出版，总结1950至1970之间廿年来台湾现代诗的成绩，书前有洛夫写的长序。

《八十年代诗选》，由洛夫与纪弦等十二位诗人共同编选，1976年6月濂美出版社出版。

《中国现代文学年选（1975）》，本年选之诗选部分由洛夫主编，1976年8月巨人出版社出版，书前有洛夫写的序。

《大陆当代诗选》，洛夫与李元洛共同主编，1989年2月尔雅出版社出版。书前有李元洛、洛夫的序各一篇。

《百年华语诗坛十二家》，北京：台海出版社，2003年。选录了郭沫若、艾青、洛夫、昌耀、北岛、于坚、西川、李青松、海啸等十二位诗人的长诗作品，并作了生平介绍。

1928 年 5 月 11 日出生于湖南衡阳东乡相公堡燕子山（现衡南县相市乡艳山村上燕子组），父逢春，业商，母罗氏；兄弟七人，排行第二。

1935 年，就读私塾三年。

1938 年，进仁爱乡国民中心小学，读《七侠五义》《封神榜》《西游记》等。

1940 年，举家迁居衡阳市。

1943 年，就读私立成章初中，读《水浒传》《三国演义》《红楼梦》等。以"野叟"笔名发表第一篇散文《秋日的庭院》于衡阳市《力报》副刊，稿费银圆五角。

1944 年，抗战末期，日军占领衡阳市，遭受美空军猛烈轰炸，几夷为平地。9 月参加当地游击队，因偷得日军轻机枪一挺有功，升任分队长。

1945 年 8 月，日军投降，复学成章中学。

1946 年 7 月，转学私立岳云中学，开始新诗创作。

1949 年 7 月，去台，行囊中军毯一条，冯至及艾青诗集各一册，个人作品剪贴一本。

1952 年 12 月，发表在台第一首诗《火焰之歌》于《宝岛文艺》月刊。

1954 年 10 月初，识张默，共同创办《创世纪》诗刊于左营。

1955 年 2 月初，识痖弦，并邀其加入《创世纪》编务。5 月，任左营军中广播电台新闻编辑，并开始写《灵河》等诗。

1956 年 1 月 15 日，代表《创世纪》列席由纪弦发起之"现代派"成立大会。2 月，与张默合编之《中国新诗选辑》出版。同月草拟《创世纪》五期社论《建立新民族诗型之刍议》。

1957 年 12 月，诗集《灵河》出版。

1958 年 3 月，写《投影》《吻》《蝶》等诗，为第一次风格之转变。4 月上旬，台北小游，于台北市美而廉茶会中晤覃子豪、钟鼎文、余光中、方思、黄用、夏青、吴望尧、罗门、蓉子等诗人。6 月，入军官外语学校受训；写《我的兽》，开始进入现代诗创作时期。7 月，首次参加台北"中国诗人联谊会"主办之诗人节大会，《灵河》获最佳创作奖。

1959 年 5 月，从军官外语学校毕业。7 月，被派赴金门任新闻联络官。出发前夕与痖弦、张默聚谈于左营海军军区纪念碑顶，时值午夜，巡逻兵误为宵小，三人均被拘入宪兵队囚禁一夜，痖弦戏谓该日为"创世纪"蒙难纪念日。8 月，于炮弹嗖嗖声中开始写《石室之死亡》，首辑载于《创世纪》十二期。

1960 年 5 月，自金返台，调海军总部联络室，续写《石室之死亡》。6 月，为张默、痖弦主编《六十年代诗选》作序。11 月，余光中编译之《中国新诗》出版，选有洛夫作品《芒果园》等数首。同月，美国驻华大使庄莱德夫妇举行出版酒会，会中初晤胡适、罗家伦二位五四运动主将。

1961 年 1 月，《六十年代诗选》出版，《石室之死亡》一至十三节被选入。10 月 10 日，与陈琼芳结婚于台北市。

1962 年 7 月，续写《石室之死亡》于《创世纪》连载。8 月，长女莫非出生于平溪，写《初生之黑》一诗纪念。

1963 年 8 月，莫非周岁生日，诗人痖弦、商禽、辛郁、楚戈，韩国诗人许世旭等联袂前往平溪庆贺，午宴后同往深谷之涧水裸泳，并摄影留念。

1964 年 10 月，完成《石室之死亡》诗集编校工作，自序《诗人之镜》一文发表于《创世纪》廿一期。10 月，与张默、痖弦、商禽、叶尼等筹办《创世纪》十周年庆祝大会。

1965 年 1 月，诗集《石室之死亡》出版。4 月，获长男莫凡。同月，应邀参加第一届军中文艺大会。9 月，主持《创世纪》改组会议，决议扩大编委阵容，邀请李英豪、羊令野、商禽、郑愁予等 26 人为编委。11 月，被派赴越南西贡任军事援越顾问团英文秘书。

1966 年 5 月，应西贡大学之邀，演讲"中国现代文学之发展"。7 月，返台休假，与张默、痖弦等商讨《七十年代诗选》之编选及出版事宜。

1967 年 8 月，诗集《外外集》出版。9 月，与张默、痖弦共同主编的

《七十年代诗选》出版。11 月，自越返台，调台湾Ⅳ国防部联络局工作，开始陆续发表《西贡诗抄》。

1968 年 5 月，与张默、痖弦策划编选《中国现代诗论选》，并撰写导言。6 月，与诗人、小说家多人创办《作家咖啡屋》于台北市西门町。6 月，接受香港《中国学生周报》访问。

1969 年 3 月，《中国现代诗论选》出版，并假《作家咖啡屋》举行小型出版茶会。4 月，应《笠》诗社之邀担任第一任《笠》诗奖评审委员。5 月，诗论集《诗人之镜》由大业书店出版。10 月，发起组成"诗宗社"，并被选任第一任主编。11 月，被选任"中国青年写作协会"理事。

1970 年 1 月，《创世纪》休刊；同月主编的诗宗一号《雪之脸》出版。3 月，诗集《无岸之河》由大林书店出版。5 月，《幼狮文艺》月刊以《诗人之镜》为题，发表洛夫访问记及生活照片多帧。11 月，叶维廉编译之《中国现代诗选》在美出版，选入洛夫作品《石室之死亡》等多首。11 月，现代诗人与画家二十人假美国新闻处举办"第三届现代艺术季"之机，8 日"诗之夜"由洛夫主持，参加朗诵及座谈的诗人有叶维廉、辛郁等十人。

1971 年 3 月，主编的《一九七〇年诗选》由仙人掌出版社出版。5 月，出车祸，右腿骨折断，住台湾三军总医院。7 月，与朱西宁、叶维谦、余光中、痖弦、白萩、梅新、张晓风等应邀担任《中国现代文学大系》编委，主编诗选，并撰写长篇序言。9 月，与姚一华、叶维廉、痖弦、白萩、尉天聪等应邀担任第一届诗宗奖评审委员。10 月，为管管诗集《荒芜之脸》作序。

1972 年 2 月，美国著名汉学家白芝（Cyril Birch）主编之《中国文学选集第二册》在美出版，选入洛夫作品《石室之死亡》及《初生之黑》等。6 月，召开《创世纪》复刊会议，决议由痖弦任社长，洛夫任总编辑，张默任执行编辑，大荒、辛郁、周鼎、碧果、叶维廉等任编委。7 月，应青年救国团之聘出任暑期复兴文艺营诗组驻营指导。8 月，与《中外文学》主编胡耀恒教授应成功大学、高雄师范学院、中兴大学等之邀赴中南部作巡回演讲。9 月，《创世纪》复刊号（三十期）出版，新风格长诗《长恨歌》于此期发表。

1973 年 6 月，从淡江大学英文系毕业，获文学学士。8 月，以中校官衔自海军退役。8 月，作品二十余首选入台湾"编译馆"主编英译之《中国现代文学选集》。8月，应聘为第九届军队文艺金像奖新诗评审委员。11月，应邀参加在台北举行的第二届世界诗人大会。11月，应聘为吴望尧"中国现代诗奖"评审委员。

1974年3月，完成六十万字《七海雄风》长篇小说之翻译。6月1日，出任中广公司海外部编审。7月，应聘为耕莘文教院暑期写作班诗组指导教授。10月，辞中广公司职务，在家专事创作及翻译。11月，着手整理《魔歌》诗集，撰写序言"我的诗观与诗法"，并完成自述诗《巨石之变》。11月，《魔歌》由中外文学月刊社出版，该社并于同月12日假台北耕莘文教院举办出版座谈及朗诵会。

1975年2月，主编《中国现代文学年选》之诗集。3月，诗集《众荷喧哗》由枫城出版社出版。11月应韩国笔会之邀，与羊令野等九位台湾现代诗人赴汉城访问七天，继而赴日本东京游览，归来后写《汉城诗抄》十七首。12月，与罗珞珈合译之《约翰生传》，由志文出版社出版。

1976年3月，应星光出版社之邀，着手翻译美国当代著名小说家冯内果（Kurt Vonnegut, Jr.）长篇小说《第五号屠宰场》。

1977年2月，《洛夫诗论选集》由开源出版社出版。6月，应邀主编台湾《中华文艺》月刊之诗专号。

1978年1月，接受台湾《中华文艺》月刊访问，全文以《魔歌诗人——洛夫先生访问记》为题，发表于该刊八十三期。7月，《巨石之变》等诗28首被选入《中国当代十大诗人选集》。

1979年3月，应"诗风"诗社之邀，赴香港访问一周，并在香港大学演讲，《诗风》月刊八十三期刊出"洛夫访港专辑"。6月，《根》等十五首被选入痖弦主编《中国当代文学大系》。7月，应邀参加在韩国汉城举行的第四届世界诗人大会，并在大会中朗诵《雪祭韩龙云》，会后赴日本游览大坂、奈良、京都等地。7月，散文集《一朵午荷》由九歌出版社出版。9月，应聘担任台湾《中国时报》文学奖诗组决审委员。10月，应聘担任军队文艺金像奖诗组决审委员。

1980年6月，当选军队诗歌研究会召集人。6月，《民众日报·副刊》以全版篇幅刊出"诗人洛夫专辑"。9月，应聘担任台湾《中国时报》文艺奖诗组决审委员。9月，《风灯》诗刊三卷四期刊出《诗人洛夫访问记》。10月，应聘担任军队文艺金像奖诗组决审委员。10月，《吾爱吾家》月刊十八期刊出《诗人洛夫专访》。

1981 年 3 月，《诗人季刊》二十期以《听那一片汹涌而来的钟声——叩访洛夫诗境的泉源》为题发表洛夫访问记。4 月，接香港电话，惊悉老母病逝于湖南衡阳市，享年 77 岁。4 月，应邀参加在台湾中央大学举行之"第五届比较文学会议"。6 月，诗集《时间之伤》由时报文化公司出版。7 月，评论集《孤寂中的回响》由东大图书公司出版。11 月，被推选担任"中日韩现代诗人会议"筹备会召集人。

1982 年 1 月，参加于 15 日举行之"中日韩现代诗人会议"。4 月，长文《诗坛春秋卅年》发表于《中外文学》月刊一二期之"现代诗卅年回顾专号"，因该文直陈史实，坦诚进言，曾引起激烈的回响。5 月，悼亡母长诗《血的再版》发表于台湾《中国时报》副刊。9 月，经《阳光小集》诗刊读者票选为"中国当代十大诗人"之一。10 月，《血的再版》获台湾《中国时报》叙事诗推荐奖。11 月，诗集《时间之伤》获中山文艺创作奖。

1983 年 1 月，应邀参加新加坡第一届"国际华文文艺营"，识大陆诗人艾青，小说家萧军、萧乾等。3 月 8 日，开始从谢宗安先生习书法。10 月，诗集《酿酒的石头》由九歌出版社出版。

1984 年 6 月，被推选担任《创世纪》三十周年诗奖评审委员兼召集人，评委另有余光中、痖弦、白萩、张汉良等四人。8 月，接美国年轻汉学家陶忘机（John Balcom）来信，内附《石室之死亡》全诗之英译初稿。10 月，应聘担任联合报文学奖散文组决审委员。10 月，《创世纪》创刊三十年酒会，于 6 日下午假国军英雄馆七楼举行，有诗人作家二百余人参加，酒会由痖弦主持，洛夫报告诗奖评审经过，并为五位颁奖人之一。

1985 年 4 月，《创世纪》第 66 期出版，自本期起交由新生代侯吉谅接编。8 月，应《联合文学》月刊之邀，赴设于新竹的台湾清华大学之巡迪文艺营授课；同月 24 日，与夏志清、无名氏、胡金铨等赴花莲师专授课。9 月，胃部不适，赴荣民总医院接受胃镜及切片检查，医师危言有癌变之可能，致满腹疑云，颇为紧张，后经诊断仅为胃溃疡，写《九月之惊》散文一篇，以志当时心境。9 月，接受《大人物》杂志记者访问。10 月，散文集《洛夫随笔》由九歌出版社出版。10 月，应聘担任军队文艺金像奖诗组决审委员。12 月 9 日，深夜突接电话，告以现任深圳流花医院外科主任之三弟运澄自杀，闻讯至为哀痛，写《岁末悼亡弟》一诗。

1986 年 5 月，接受《幼狮文艺》月刊之访问，全文以《亘古的历史是他的跑道——访诗人洛夫》为题，发表于该刊 390 期。5 月，接受英文杂志 Free China Review 访问，全文以 Most Quoted Poet 为题于该刊三十六卷十一期发表。6 月，作品四幅参加台北环亚艺术中心举行之"视觉诗十人展"。6 月，与诗友多人应邀赴台南市参加该市文化中心举办之诗人节活动，会后与痖弦、张默三人同赴左营凭吊三十年前《创世纪》创刊之旧址。6 月，复接美国陶忘机来信，内附《木乃伊启示录》《蟋蟀之歌》《形而上的游戏》等诗之英译稿。7 月，香港友人转来大陆评论家李元洛论文《一阕动人的乡愁变奏曲——读洛夫〈边界望乡〉》，后又转来李氏另一评文《想得也妙，写得也妙——读台湾诗人洛夫〈与李贺共饮〉》。7 月，应聘担任台湾《中华日报》文学奖诗组决审委员。8 月，《文讯》月刊举办第二届现代诗研讨会，会中许悔之发表论文《石室内的赋格——初探〈石室之死亡〉兼论洛夫的黑色时期》。9 月，评论集《诗的边缘》由汉光文化公司出版。11 月，获第九届吴三连文艺奖，该奖首次颁给现代诗人。

1987 年 1 月，《心脏》诗刊发表《煮茶谈诗——访名诗人洛夫先生》一文及照片多帧。2 月，应菲华四大文艺社团之邀，台湾现代诗人一行八人（洛夫任团长）赴菲律宾访问七天，并参加"现代诗研讨会"。4 月，"墨缘小集"书法会于台北市社教馆举办首次联展，洛夫有十五幅作品参展。5 月，应台湾《中央日报》之邀与台湾中央大学张梦机教授对谈现代诗与古典诗之融接问题，全文于 5 月 30、31 日两天于台湾《中央日报》副刊发表。5 月，《中外文学》十六卷一期刊出中兴大学教授简政珍《洛夫作品的意象世界》评论长文。5 月，为侯吉谅处女诗集《城市心情》作序。6 月，应美国东风书店之邀于 26 日赴旧金山参加 106 届美国图书馆协会年会及全美第一届中文图书大展，书展期间发表两次演讲，并与老友纪弦、方思、冬冬、翔翎、曹又方、罗珞珈及新友庄因、朱宝雍等相叙。会后作五日孤独之旅，游览环球影城、狄斯奈乐园、大峡谷等名胜。其间得晤老友郑树森及神交已久但初次见面的袁则难；得识大陆小说家阿城，并与他同宿旧金山 Beverly Plaza 旅社 605 房间五天；初晤美国年轻汉学家陶忘机，得知其所译之《石室之死亡》已全部定稿，正谋求出版中。7 月 10 日返台。9 月，《蟹爪花》等十一首选入张错编译之《千曲之岛——台湾现代诗选》，美国纽约哥伦比亚大学出版。12 月，《创世纪》诗刊 72 期推出"大陆诗人作品专辑"。该专辑系由洛夫策划主编，计刊出二十二位大陆当代著名诗人一百二十余首诗作。诗人们与读者对此专辑反应极为热烈，且咸认深具文学史价值。12 月，香港《文学世界》杂志社举办创刊座谈会，编印《乡情变奏——洛夫的诗》专辑，分赠大陆与海外与会诗人、作家。

1988 年 3 月 31 日晚，台北市社教馆以多媒体舞台形式举办"因为风的缘故——洛夫诗作新曲演唱会"，反应极佳，该演唱会系由艺术学院教授游昌发、卢炎、钱南章谱曲，声乐家马筱华、吕丽莉、陈思照等演唱，诗人痖弦、辛郁等朗诵，画家张永村设计舞台，诗人杜十三负责总策划。6 月，《石室之死亡——及相关重要评论》由汉光文化公司出版。6 月，《因为风的缘故——洛夫诗选》由九歌出版社出版，收有 1955—1987 年自选之诗作 94 首，书后附有叶维廉博士所著《洛夫论》。8 月，应聘担任时报文学奖诗组决审委员。8 月 16 日，首次偕妻经广州返湖南衡阳市探亲，与兄弟相聚十余日，并参加衡阳文艺团体举办之欢迎座谈会、朗诵会。29 日，由李元洛陪同前往长沙访问，由湖南文联及省作协接待，并参加文艺界《湖南文学》月刊社、《文艺生活》月刊社、湖南文艺出版社、省文联出版社、省书画研究院、湖南大学等单位之座谈与宴请。9 月 2 日，应湘西吉首市酒厂之邀与李元洛、孙健忠、犁青及湖南电视台记者三人同赴张家界游览。9 日，赴杭州访问；同日，张默、辛郁、管管、张堃等亦来杭相会。由西湖诗社接待，四日内遍游西湖各景，并参加西湖诗社、浙江文联、浙江文艺出版社等单位之座谈与欢宴。12 日，搭车赴绍兴，游兰亭纪念馆、鲁迅纪念馆及其故居。13 日，搭火车赴上海访问，由《中国诗人》诗刊社接待，参加上海作协之座谈与欢宴，次日参观虹口公园、外滩、龙华寺等地。15 日，搭飞机抵北京，由华人文化交流委员会接待，参加交流会，《诗刊》社等举办之座谈会、宴会、朗诵会，并会见老诗人冯至、卞之琳、艾青、臧克家、绿原、陈景容，名诗人邹荻帆、张志民、刘湛秋、李瑛、邵燕祥、公刘、郑敏及评论家袁可嘉、谢冕等。先后游览故宫、天坛、长城、天安门广场、明十三陵、颐和园等名胜，并访问北京大学，与该校师生座谈。23 日，搭飞机抵桂林游览，由桂林文联、作协接待，畅游漓江及陆上名胜。27 日，搭机飞广州，由《华夏诗报》接待，参加广州文艺界之座谈会、宴会，游黄花岗七十二烈士墓、中山纪念馆，并访问暨南大学，参加座谈会。29 日，搭火车赴深圳访问，由深圳文联及《特区文学》接待，并访问深圳大学，晤刘小枫教授，并会晤二弟媳郑连斯。10 月 3 日返台。9 月，《爱的辩证——洛夫诗选》由香港文艺风出版社出版。11 月 10 日，与妻琼芳同往泰国曼谷参加第十届世界诗人大会，初识泰华诗人岭南人李少儒、张望、子帆，作家方思若、司马攻、梦莉、张燕等。12 月，《联合文学》月刊以数十页篇幅刊出洛夫专辑"作家、作品、生活"，内有大陆之旅新作七首及照片、评论、访问记等。

1989 年 2 月，《创世纪》诗刊改选会议后继任总编辑。4 月，应聘担任《联合文学》举办之"七十七年度最佳文学创作"评选委员，及联合报副刊《质的排行榜》书评委员。5 月，应聘担任香港作家联谊会顾问。6 月 7 日，由香港作家潘耀明、诗人傅天虹陪同前往深圳访问。8 月 5—13 日，偕妻与向明伉俪同赴香港、澳门、珠海特区、中山县翠亨村及新加坡等地旅游，返台后写《非政治性的图腾——谒中山先生故居》长诗一首。10 月，应聘担任台湾《中央日报》文学奖诗组决审委员。11 月 19 日，应邀参加新陆现代诗志社主办之"从返乡诗看中国情怀——洛夫近作讨论会"，由李瑞腾教授等主讲。11 月 26 日，出席《创世纪》诗刊假台北市三原色画廊主办之卅五周年庆祝酒会及诗奖赠奖典礼，并即席报告诗奖评审经过。

1990 年元月，与诗人楚戈发起，假台北市金陵艺术中心主办"现代诗人书艺展"，参展者另有无名氏、羊令野、白萩、王灏、沈志方、侯吉谅等。2 月，诗集《诗魔之歌》由广州花城出版社出版。3 月，诗集《月光房子》由九歌出版社出版，问世后诗坛反应甚佳，4、5、6 三个月连续登上"联副"举办的文学新书"质的排行榜"。4 月，诗集《天使的涅槃》由尚书文化公司出版。7 月，参加"太平洋文化基金会"举办之苏联与东欧文化访问团，访问地点包括莫斯科、彼得格勒、华沙、东柏林、布拉格、布达佩斯、维也纳等名城。9 月，应邀参加福建省文联举办之第一届"海峡诗人节"（9 月 24 日—10 月 4 日）。除与该省诗人座谈外，并由诗人刘登翰、舒婷、范方、朱谷忠，小说家袁和平等陪同游览厦门、鼓浪屿、泉州、湄州岛、武夷山、福州等地。10 月 5 日，飞成都，初访杜甫草堂，7 日赴九寨沟旅游。16 日抵重庆，19 日访西南师大，当晚该校举办"因为风的缘故——洛夫诗歌朗诵会"，听众千余人。21 日自重庆搭船游三峡，24 日抵武汉，由当地诗人陪同游黄洲东坡赤壁、黄鹤楼。27 日与李元洛夫妇、杨平搭船赴南京，由诗人丁芒接待游玄武湖、秦淮河、中山陵。11 月 2 日，赴上海，由白桦接待宿西郊宾馆，与诗人王辛笛、黎焕颐、孟浪、陈东东等聚晤。7 日飞广州，由野曼、杨光治等接待，并由广东电视台摄制洛夫专辑，15 日经港返台。10 月，《一朵午菏——洛夫散文选集》由上海文艺出版社出版。12 月，策划主编"大陆第三代诗人作品展"，于创世纪诗刊 82、83 期刊出，共发表海子、欧阳江河等二十余位青年诗人之作品数十余首，两岸诗坛反应热烈。

　　1991 年 1 月，龙彼德的评论《大风起于深泽——论洛夫的诗歌艺术》，在湖南《理论与创作》杂志发表，台湾《中央日报》与《台湾文学观察杂志》也全文刊载。3 月，诗集《月光房子》获文艺奖。4 月，以《苏绍连散文诗中的惊心效果》为题，为诗人苏绍连《惊心散文诗》集作序；以《从儒侠精神到超越境界》为题，为诗人沈志方处女诗集《书房夜戏》作序。6 月，提供《对大陆第三代诗人的观察》论文一篇，参加《文讯》杂志举办之"当前大陆文学研讨会"，因资料翔实，剖析深刻，甚获听众好评。8 月，与《创世纪》同仁痖弦、张默、简政珍、季野、沈志芳、杨平、许露麟等驱车往中部清境宾馆参加沈志芳诗作的"谈诗小聚"。会后同商《创世纪》大计，决议今后编辑方针以大陆诗坛为重心。9 月，经与财团法人蔡兴逊管理委员会主任委员蔡肇财先生多次洽谈，对方承诺将对《创世纪》诗刊作长期性的义务资助，并于本月 12 日假台北市陶陶餐厅双方签订一项协议书，在对方不干预诗刊主编权的原则下，《创世纪》之经费获得固定支援。参加此次签约者有蔡肇财、洛夫、痖弦、张默等四人。9 月，广州中山大学中文系研究生陕晓明在王晋民教授指导下，撰写了一篇四万字的硕士论文《洛夫论》，该文立论允当，资料尚称齐备。9 月，以《周鼎的空无之美》为题，为周鼎处女诗集《一具空空的白》作序。10 月，实验性之新形式诗《隐题四首》初次于《创世纪》85、86 合期上刊出，颇受两岸诗坛重视。11 月，应邀参加联合报第十三届小说奖暨附设新诗、报道文学奖颁奖典礼，并代表评审委员致词。11 月，应聘担任文化建设委员会举办辅助第一次出版的文艺书籍评选工作。12 月，应聘担任台湾教育部门文艺奖新诗类评审委员。

　　1992 年 1 月 31 日，偕妻琼芳于春节期间回湖南衡阳市探亲，四十年来首次与兄弟家人团聚过年。留衡八天期间曾参加衡阳市图书馆之赠书仪式，为诗人郭龙新开张之衡阳光明书店剪彩。该书店左右两侧悬有冯至与洛夫所书的招牌，实为新诗史上所罕见之现象。2 月 8 日，赴湘潭访问，受到诗人刘剑桦、篆刻家敖普安以及湘潭市、湘潭县文联与作协之热烈接待。10 日于风雪中参观韶山毛泽东的故居。11 日赴长沙访问，受到诗评家李元洛，小说家孙健忠，诗人于沙、彭浩荡，画家钟增亚，原湖南广播电视厅厅长李青林等先生的接待，并于 14 日畅游岳麓山。15 日搭火车前往杭州，由诗人龙彼德、现代文学史家骆寒超教授和叶坪、崔汝先、董培伦、高钤、何鑫业等接待，并伴游西湖胜景。17 日晚由龙彼德陪同搭船沿运河首次赴苏州访问，往返两晚均与龙彼德在船舱畅谈新诗至深夜。26 日由叶坪陪同初游黄山，山顶积雪皑皑，景色绝佳。25 日游新安江千岛湖。3 月 2 日搭火车赴北京，3 日晚中国友谊出版公司设宴接风，连日由诗人任洪渊教授、张志民、刘湛秋、唐晓渡等接待，伴游天坛、故宫、颐和园、长城等名胜。8 日飞抵广州，受到《华夏诗报》接待，并与野曼、向明、广州市出版局局长解聘如、中山大学王晋民教授、青年诗人费勇、杨克、女诗人叶秀然等聚晤，广西师范学院中文系卢斯飞教授特应邀从南宁前来相聚。11 日往深圳，市文联主席宣惠良及老友林雨纯、钟永华、刘美贤等设宴款待，并与弟媳郑连斯及其家人重聚。15 日经香港返台。6 月，诗集《葬我于雪》由中国友谊出版公司出版，印数一万册。6 月，赴欧洲参加一系列的诗歌国际会议：首先应英国伦敦大学之邀参加一项"中国当代诗歌"研讨会，继而往荷兰参加由莱顿大学举办的另一项诗学会议。两会结束后又匆匆赶往荷兰鹿特丹市参加在国际上极负盛名的"国际诗歌节"。会后由美国汉学家汉乐逸教授陪同畅游比利时。在以上会议中，先后发表论文《台湾现代诗的发展与风格演变》《超现实主义的诗与禅》，并参加了六次诗歌朗诵。8 月，发起一项"诗的星期五"朗诵座谈活动，标榜"长期性、小众化、精致化"，于每个月的第一个星期五晚间假台北市诚品书店举行。第一次由洛夫、辛郁主持，到有诗人与听众三百人，场面相当热烈，各大报除事先发表新闻外，事后也有数篇评论刊载，轰动一时。10 月，以《那人已在灯火阑珊处》为题，为新加坡女诗人淡莹诗集《发上岁月》作序。11 月，次子莫凡与黄馨慧小姐于台北市结婚。12 月，应聘担任文建会辅助第一次出版文艺书籍评选委员。

　　1993 年 3 月，与张默、管管、向明、叶维廉、梅新五位诗人组成 1993 年台湾现代诗人赴美巡回朗诵团，从 3 月 11 日起先后在圣地亚哥加州大学、新墨西哥丹圣达费学院、纽约市"张张画廊"、罗德岛布朗大学共朗诵了五场，采中英双语朗诵方式，动员了不少美国的诗人和艺术家，效果甚佳。3

月，诗集《隐题诗》由台北尔雅出版社出版；北京大学中国新诗研究中心策划，北京师范大学教授任洪渊主编的《洛夫诗选》由中国友谊出版公司出版。刊为"中国现代作家作品欣赏丛书"，由广西师范学院卢斯飞教授撰写的《洛夫余光中诗歌欣赏》，已由广西教育出版社出版。4 月，应邀参加由华夏诗报与惠州市合办的"南国西湖之春"国际诗会，参加诗人另有张默、管管、徐迟、邹荻帆、绿原、张志民、邵燕祥、白桦、曾卓、舒婷、傅天琳、野曼、犁青、杜国清等。6 月，应菲律宾学群文艺社之邀请赴马尼拉主持"洛夫书艺展"开幕仪式。这次展出以行草为主，却也配搭若干大篆及两周金文的对联，内文则有古典诗、新诗，也有洛夫自制的语体诗对联，颇富创意。8 月，应江西南昌大学之邀前往庐山参加"第六届世界华文文学国际研讨会"，会期中曾参观美龄别墅及其他庐山风景点，会后赴南昌游滕王阁。9 月初，前往重庆参加由西南师范大学中国新诗研究所举办的"1993华文诗歌国际学术研讨会"，会中宣读论文《超现实主义的诗与禅》。会后洛夫夫妇陪叶维廉夫妇同游长江三峡与武汉黄鹤楼；随即赴西安旅游 5 日，参观兵马俑、华清池、大雁塔、碑林等名胜，并受到西安诗人赵琼、李震、伊沙、南嫫等之接待。继而又应山西青少年报刊社社长张不代之邀，前往山西参观境内的名胜古迹。10 月，旧作新版诗集《梦的图解》与《雪崩——洛夫诗选》由台北书林出版公司出版。11 月，福建《台港文学选刊》总 84期编有"洛夫专辑"，刊出诗、散文、评论、书法、照片、年谱等，共 23页。

1994 年 6 月，暨南大学中文系教授费勇著《洛夫与中国现代诗》一书，由台北东大图书公司出版，全书 15 万字。10 月，诗集《石室之死亡》英译本由美国旧金山道朗出版社（Taoran Press）出版。

1995 年 4 月 15 日，中国青年写作协会与《创世纪》诗社，假台北市国际青年活动中心举办"洛夫作品研讨会"，分上、下午共五场进行，由诗人、评论家游唤、林燿德、杜十三、洪凌及大陆诗评家刘强等提供论文五篇，这些论文已在《创世纪》102 期发表。5 月，大陆诗人、评论家龙彼德著《洛夫评传》由南京大学出版社出版，全书 28 万字。10 月，英国伦敦出版的《今日中国》（China Now）第 145 期以"Heartfelt Endeavour"为题刊出诗人洛夫访问记，作者为 Paul Cheung。

1996 年 1 月，应马来西亚千秋事业社之邀于 25—29 日前往吉隆坡参加诗歌座谈朗诵会。3月，瑞典文学杂志 Artes 刊出瑞典科学院院士马悦然教授编译之《台湾诗选》第一部分，其中除一篇评介洛夫之文章外，还刊发其译作《形而上的游戏》等5首。4月，移民加拿大，定居温哥华。

1997年1月，加华作家协会举行年会聚餐，邀洛夫演讲，讲题为"我的二度流放"。6月10日，温哥华《明报》整版刊出以"洛夫二度流放"为题之专访，并有彩色照片多帧配合。6月，台湾师范大学国文系研究生潘文祥以"洛夫诗的研究"为题的硕士论文获通过。9月，偕琼芳与叶威廉教授夫妇搭乘"爱之船"同游阿拉斯加，归来后写有长诗《大冰河》。

1998年1月，由旅加作家谈卫那、刘慧心发起，组成"雪楼诗书小集"，敦请洛夫任指导老师，每月在雪楼聚会一次，参加者有各地作家十余人。2月，应温哥华《明报》之邀，自本月起撰写方块专栏，每周两篇，内容不限。6月，应美国纽约第一银行画廊之邀举办"洛夫书艺展"。10月，应美国达拉斯市与休斯敦市华人作家协会之邀前往讲演。11月，诗人、评论家龙彼德著《一代诗魔洛夫》由台北小报文化公司出版，全书21万字，附载照片数十帧。11月，《洛夫小诗选》由台北小报文化公司出版；应台中市文化中心之邀，举办"洛夫书艺展"及诗歌朗诵会。

1999年1月4—8日，应邀担任台湾南华管理学院首任驻校诗人。1月，诗集《魔歌》被评为"台湾文学经典"之一。5月，应邀名列《国际著名诗人传略》（International Who's Who in Poetry and Poet's Encyclopaedia）。6月，诗集《雪落无声》由台北尔雅出版社出版。8月，瑞典汉学家马悦然教授（Groan Malmqvist）编译之《台湾诗选》瑞典文版出版，共收纪弦等九人的诗作，其中洛夫有50首诗入选。9月，诗选集《形而上的游戏》由台北骆驼出版社出版。9月，诗选集《洛夫精品》由人民文学出版社出版，全书共337页，洛夫之代表作尽收其中。11月，书法诗集《魔歌》典藏版由台北探索文化公司出版。

2000年1月20日，开始三千行长诗《漂木》之创作。5月，《世纪诗选：洛夫》由台北尔雅出版社出版。8月，美国华文作家少君到访温哥华雪楼，为其博士论文《漂泊的奥义——洛夫论》搜集资料并作录音访谈多日。11月开始修改并誊清《漂木》原稿，同月，散文集《雪楼随笔》由台北搜索文化公司出版。

2001年1月，从1日起长诗《漂木》在台北《自由时报》副刊连载，开报纸连载新诗之先河。全诗共三千余行，头两天以两个全版刊出，在台湾诗坛轰动一时。8 月，长诗《漂木》由台北联合文学出版社出版，《雪楼书稿——洛夫书艺集》由台北霍克艺术公司出版。同月赴中国大连参加"第六届国际华文诗人笔会"，会后访沈阳、长春、吉林等地，同行者有许世旭、潘郁琦。12 月，日本东京出版之中日双语文学杂志《蓝》第四、五合期刊出"洛夫特辑"日文版，内容包括洛夫小传、洛夫诗选、评论文章 3 篇，并刊出有关《漂木》的访问记。

2002 年 1 月，《台湾现代诗集》日文版由东京株式会社图书刊行会出版，洛夫诗作《金龙禅寺》等 8 首入选。3 月，长诗集《漂木》被台湾媒体评选为"出版与阅读 2001 年中文创作"十大好书。4 月，《漂木》获台湾 2001 年年度诗奖。4 月，广西师范大学研究生向忆秋撰写之硕士论文《焦虑及反抗——洛夫诗新解》获通过。5 月，中日双语文学杂志《蓝》总六期载有长诗《漂木》第三章第三节《致时间》之日译本。8 月，北京权威诗学杂志《诗探索》2002 年第 1、2 期辟有"洛夫专辑"，内有龙彼德之评论《洛夫与中国现代诗》、沈奇之《洛夫诗二首点评》及《洛夫访谈录》等文。9 月，美国著名文学杂志 Manoa 九月号刊出《漂木》第二章《鲑·垂死的鄙视》（陶忘机英译）及《洛夫访问记》（奚密英译）。10 月，应加拿大文化机构"哈博夫朗中心"（Harbourfront Centre）之邀，赴多伦多参加年度"国际作品节"。洛夫在会中朗诵诗作，并接受媒体访问。11 月，应邀赴广西南宁参加广西文联举办之"洛夫书艺展"，并在广西师范大学及广西民族学院讲演。同月应邀赴南京访问，在南京大学讲演，举办"洛夫诗歌朗诵会"；在东南大学讲演，举办"洛夫诗歌研讨会"。11 月，赴深圳参加由深圳市作家协会、书法家协会、《深圳商报》、吴启雄集团四大机构联合举办的"洛夫书艺展"，并参加与深圳青年诗人交流座谈会和一次"洛夫诗歌朗诵会"。

2003 年 2 月，洛夫主编之《百年华语诗坛十二家》由北京台海出版社出版，收有郭沫若、艾青、彭燕郊、洛夫、北岛、李青松等 12 家的长诗。8 月，由洛夫创办之"加拿大漂木艺术家协会"（Camada Driftwood Artist Society）成立于温哥华，洛夫被推选为首任会长。8 月，《洛夫诗钞——洛夫经典诗作手抄本》由台北未来书城出版。9 月，北京《新诗界》杂志刊出《漂木》第一、二章，以及诗评家叶橹教授之《漂木论》、李青松之《诗人洛夫访谈录》。10月，福建师范大学中文系研究生少君之博士论文《漂泊的奥义——洛夫论》由中国戏剧出版社出版。

2004年3月，法文版《中国现代诗选》（Le Cielen Anthologie de la nouvelle poesie chinoise）在巴黎出版，选有洛夫诗作16首。5月，洛夫与音乐家谢天吉合作之诗与音乐发表会"因为风的缘故"，在温哥华女皇剧院售票演出。这次音乐会结合北美第一流的声乐家胡晓平、马筱华，诗人痖弦，电影明星岳华等演出，轰动一时。6月，获北京首届"新诗界国际诗歌奖——北斗星奖"，22日亲赴北京领奖。同月，北京出版之《光芒涌入——首届新诗界国际诗歌奖特辑》，推出"北斗星奖得主洛夫"特辑，刊出评委会授奖词与洛夫受奖词之外，还发表《漂木》第三、四章，以及陈祖君的评论与洛夫访问记。9月，应邀在北京师范大学与清华大学演讲，会中洛夫亲赠诗集各一套（共二十余册）予两校之诗歌研究中心。同月，应中国作家协会之邀，参观中国现代文学馆，洛夫亲将《漂木》三千行之手稿赠予该馆收藏（该馆二楼设有洛夫作品展示专柜）。10月，游览苏州、无锡、扬州等城市，完成江南之旅的多年心愿。曾借宿寒山寺三日，写有《夜宿寒山寺》一诗，并为该寺题写书法《枫桥夜泊》一幅，其石刻现于寺内陈列。同月赴长沙访问三天，应邀在毛泽东文学院演讲。次日参加诗人市长谭仲池之邀宴及湖南作家协会午宴。月底返回台北参加《创世纪》五十周年各项纪念活动。

2005年1月，台北教育大学与《台湾诗学》联合举办之"台湾现代十大诗人"票选，洛夫第三次当选，并名列首位。2月，应成都市政府之邀前往参加首届"海峡诗会"，并在西南交通大学演讲。继由四川电视台记者陪同游峨眉山，归来写《登峨眉山寻李白不遇》一诗。10月，由上海市作家协会接待访问上海，并由上海诗群"撒娇诗院"等单位举办"纪念洛夫创作六十周年"座谈会及餐会，赠予洛夫"新古典天王"奖座。这次聚会，上海各个青年诗派如"下半身"诗派、"垃圾派"都有代表人物参加。同月20日赴云南昆明、楚雄、丽江、红河等地访问，并在云南大学、楚雄师院演讲。11月，应邀赴广西南宁与玉林参加"二〇〇五年首届华文诗歌国际研讨会"，会后在玉林师范学院作了一场演讲。同月返台参加由新竹中华大学举办之"二〇〇五洛夫诗书双艺展"及当晚之诗歌朗诵会，台北十多位名诗人应邀参加。11月，参加颜艾琳主持的洛夫有声诗集《因为风的缘故》

发表会，及"诗的星期五"复活大典。12 月 20 日，应诗人愚溪先生之邀，于花莲海滨之和南寺小住数日，每天面对大海与佛寺，胸中激荡着钟磬木鱼和浪涛的交响，思潮澎湃，有写诗的冲动，不久即完成 140 行长诗《背向大海》。

2006 年 5 月，应邀参加美国西雅图太平洋路德大学举办之"国际诗歌讲座及朗诵会"，会中洛夫朗诵《大鸦》《大冰河》等诗。同月，应福建文联之邀参加 5 月 11—21 日的"二〇〇六海峡诗歌节"，其间，福建省文联于 12 日在福州市于山公园音乐厅举办了一场盛大的"诗之为魔——洛夫诗文朗诵会"，演出极为精彩。8 月，散文集《雪楼小品》由台北三民书局出版。10 月，应邀在北京大学举办了一场"欣赏诗歌之美"的讲座，听众300 余人。同月，应邀参加由北京大学中国新诗研究所与首都师范大学中国新诗研究中心合办之"新世纪中国新诗国际学术研讨会"，会中洛夫宣读《天涯美学》论文一篇。该会主题为"华文诗歌的发展和前景"，此会原由洛夫建议召开。同月 16 日，洛夫赶赴河北省石家庄参加由河北文学馆主办的"二〇〇六秋·洛夫诗书双艺展"，时任河北省作协主席、小说家铁凝女士亲自主持开幕式，应邀来宾有河北省作家、艺术家、书法家等两百余人。展览期间，洛夫还应邀至河北师范大学演讲。同月 21 日，上海市作协与上海图书馆联合举办"二〇〇六秋·洛夫诗歌朗诵会"，朗诵者均为全国极负盛名的演员和电台、电视台主持人，如童自荣、金芝仁、周澄、曹雷、孙渝烽、过传忠等十余位，吸引了观众 500 余人。据主办者说，台湾应邀来上海举办个人诗歌朗诵会者，洛夫是第一人。同月，洛夫自选集《雨想说的》由广州花城出版社出版。同月 28 日，北京师范大学珠海分校举行"国际华文文学发展研究所"成立大会，洛夫以贵宾身份，与香港、广州、珠海等地的诗人、作家 100 余人参加观礼，大会赠予洛夫该研究所荣誉所长聘书。下午举办洛夫诗歌讲座，听众 800 余人。11 月 2 日，长诗《漂木》简体字版在中国大陆推出，由深圳市作家协会主办了一场《漂木》新书发表签名会，到场有深圳诗人、作家及电子与平面媒体记者 200 余人。

2007 年 4 月，由香港大学、苏州大学、武汉大学和徐州师范大学联合举办之"洛夫与二十世纪华文文学研讨会"，分别在苏州大学与徐州师范大学两校举办，计有著名学者、专家数十人参加，发表研究洛夫诗作之论文十余篇。此外，洛夫还应邀在以上两所大学文学院演讲并朗诵诗作。同月，研讨会结束后，应《扬州晚报》之邀赴扬州访问，并在该报社之会议厅演讲与朗诵诗作。次日，该报以头版新闻报道讲座之盛况。同月，由美国蒙特尔大学教授陶忘机翻译之《漂木》英文本由美国麻省的 Zephyr Press 出版发行。7月，洛夫诗集《背向大海》由台北尔雅出版社出版。10月，应青年诗人欧阳白之邀，赴湖南郴州访问一周，得到该市诗界的热情接待，其间，在湘南学院演讲。10月，"长诗《漂木》国际学术研讨会"在湘西凤凰县举行，由深圳市作协、《衡阳日报》、香港启盛集团联合举办，除海峡两岸及香港、澳门诗学专家谢冕、吴思敬、任洪渊、沈奇、叶橹、邓艮、庄晓明、简政珍、百灵、彭名燕、周友德、李岱松、雷安青、郭龙等全程参加外，凤凰籍艺术大师黄永玉与当地政府、文化界人士也都热情支持，共襄盛举。同月赴成都，应四川大学之邀举办了一场诗歌讲座，听众千余人，盛况空前。继而赴遂宁、蓬溪二市访问，得到青年诗评家胡亮等人热情接待。同月，应诗人远岸之邀至海南岛三亚、海口访问，并在海南大学、海南师范大学演讲。同月下旬，应邀赴山西太原举办"二〇〇七年秋·太原·洛夫诗书画三艺展"，并参加由山西省社科院举办之"中国诗歌论坛"。此外，太原诗人数十人为洛夫八十寿辰举办庆生晚宴，席间除有诗歌朗诵、歌唱等节目外，还由山西省诗歌学会赠予诗奖一座。继而又到中北大学演讲，并接受客座教授聘书。11月10日，应邀参加由深圳报业集团与书城中心主办之首届"诗歌人间"主题诗会，参加的知名诗人有徐敬亚、王小妮、任洪渊、沈奇、林莽、多多、于坚、李少君等，次日赴深圳大学参加"大学谈诗"座谈会。12月19日，洛夫以校友及"淡江金鹰"（菁英）奖得主身份，应淡江大学创办人张建邦之邀，前往淡水学园演讲，并在文锚艺术中心挥毫题字，晚间接受创办人与校长之盛宴款待，中英文学院二位院长及多位教授作陪，礼遇甚隆。

2008年3月，四川大学文学与新闻学院研究生邓艮所撰博士论文《漂泊体验：洛夫诗歌与政治无意识》（共16万字）获通过。9月，"漂木艺术家协会"主办之首届"漂木杯诗歌朗诵大赛"在温哥华举办，洛夫担任主任评审委员。10月，北京现代文学馆举办"洛夫诗、书、画三艺展"，纪念洛夫创作60周年，洛夫亲自赴京参加开幕典礼，应邀参加的贵宾有北京诗人、作家、书法家200余人。次日，"洛夫诗歌学术论坛——纪念洛夫创作六十周年"活动在北京首都师范大学举行。同月21日，应邀赴天津南开大学演讲，该演讲由著名诗词学家叶嘉莹教授主持。同月 23 日，赴扬州参加由扬州大学主办之"洛夫诗、书、画三艺展"开幕式。11 月 3 日，应邀赴江西南昌，参加"国际华文作家滕王阁笔会"，并发表学术演讲。11 月 12 日，《大河的雄辩——洛夫诗作评论集（第二部）》由《创世纪》诗社出版。11 月 14 日，应邀赴淡江大学演讲，并受到该校创办人张建邦及校长等人之热情接待。

2009 年 4 月，《洛夫诗歌全集》限量典藏版由"鹤山 21 世纪国际论坛"荣誉赞助发行，台北普音文化出版。《洛夫诗歌全集》全套四册，完整收录洛夫六十年的诗歌创作成果。10 月 10 日，洛夫返台参加"鹤山 21 世纪国际论坛"举办之《洛夫诗歌全集》新书发表会暨"洛夫创作六十周年庆"，文坛耆宿、学者文人、媒体记者等 200 多人莅临庆贺。10 月，洛夫家乡——湖南衡阳市举办盛大的"洛夫国际诗歌节"，节目有诗歌论坛、电视访谈、书法展览、洛夫文学馆奠基典礼、手稿及书法典藏签字仪式等，中国作家协会副主席陈建功与湖南各级政府领导，以及世界各地之著名诗人、学者、媒体记者 500 余人参加。

2010 年 11 月，湖南湘西自治州凤凰县计划在南华山国家公园内兴建一座"洛夫草堂"，以收藏展览洛夫著作、手稿及书法等。洛夫在启盛集团总裁吴启雄陪同下，亲赴凤凰县选择兴建草堂的地址。同月，诗集《烟之外》、散文集及诗论集《大河的潜流》由江苏文艺出版社出版。

2011 年 10 月，《禅魔共舞：洛夫神诗与超现实诗精品选》由台北威秀公司出版。10 月 10 日，洛夫、陈琼芳结婚五十周年，自加拿大温哥华返台接受子女亲友设宴台北福华饭店庆祝金婚，随即在金门大学第一任驻校作家杨树清策划下展开五日的"因为风的缘故：洛夫陈琼芳伉俪金婚金门文学之旅"，下榻"游艺琼林"谷厝民宿，重返成名作《石室之死亡》太武山写作现场，赴金门大学"感受诗歌之美"专题演讲，再于金门琼林社学"怡谷堂"及台北胡思书店进行《诗魔传奇：洛夫的诗与生活》（龙彼德著，兰台出版社）新书发布会。同月，诗集《神魔共舞——洛夫禅诗与超现实诗精品选》由台北扬威文化公司出版，并举办新书发布会。继而赴湖南衡阳参加南华大学举办之"洛夫与湘南作家研究中心"揭牌仪式并举行诗歌学术讲座，后参加衡南县举办庆贺金婚之音乐会、诗朗诵、宴会等活动。次日即赴邵阳洞口进行三日文化之旅。月底赴深圳参加文化界为其举办之盛大金婚晚宴，桌开十席，热烈非凡。11月，赴南京先锋书店参加由江苏文艺出版社和"中国南京·现代汉诗研究计划"等联合举办之读者见面会及洛夫诗歌研讨会并签售诗集《烟之外》、散文集《大河的潜流》二书，共有诗人、学者、读者300余人参加。同月，《洛夫访谈录》（方明编）由台北兰台出版社出版。《诗魔的天空》（周友德著）由深圳海天出版社出版。12月，由日本大阪市立大学教授松浦恒熊翻译之日文诗集『禅の味』由东京思潮社出版。

2012年8月中旬，台湾目宿电影公司摄制组五人来温哥华拍摄"文学大师纪实电影"洛夫传。洛夫月底赴东京参加由广岛大学举办之洛夫诗歌研讨会，并与日本著名诗人辻井乔进行对谈。会议全部过程均由目宿电影小组拍摄。9月，应邀赴长春参加东北亚博览会，其间曾先后应邀至北华大学与吉林大学演讲，受到两校师生的热烈欢迎和校方高规格的接待，并受聘为两校之客座教授。居长春期间，曾接受北京《中华赋词》杂志社人员之专访，并受聘为该社顾问。同月，《洛夫诗选》由北京九州出版社出版。同月，赴内蒙古呼和浩特市访问一周，曾参访昭君墓及附近的草原，其间受到当地诗人的热情接待，并参加了《草原》杂志社举办之洛夫诗歌朗诵会。12月28日，赴南京大学，参加由江苏文艺出版社和南京大学中国新文学研究中心新诗研究所合办的"因为风的缘故——洛夫诗会"。朗诵会前，洛夫以"诗歌的魅力"为题进行专题演讲。当日，受聘为中国新文学研究中心新诗研究所客座研究员。10月底，台湾目宿电影公司与吉林卫视派摄制组赴湖南衡阳拍摄新落成的洛夫文学馆及重新装修的"洛夫旧居"。洛夫偕夫人随同前往衡阳接受采访，参加相关活动。11月，前往中山市小榄镇参加"洛夫诗书双艺展"，中山市领导、诗人、贵宾、媒体300余人参加开幕典礼，目宿电影组与吉林卫视也做了现场采访。同月，由深圳海天出版社出版之《洛夫传奇——诗魔的诗歌与生活》新书发表会在深圳图书馆举行。同月，长诗《漂木》以全新设计再版问世。

2016年10月，应邀赴大陆，先后到深圳、上海、杭州、成都等地，并在上海举行"水墨微笑书法作品展"。2017年3月返加。

2017年6月9日，由于身体原因（肺部疾病），启程返回台北，经过治疗，病灶得到控制。8月21号赴北京、扬州等地参加有关活动，后因身体原因，9月初即返回台北，原定的衡阳之行取消。11月12日，由西南大学中国新诗研究所等联合主办的纪念中国新诗百年庆典暨全球华语诗人诗作评选颁奖大会在北京隆重举行，洛夫荣获"终身成就奖"。12 月 16 日，海外华人第一家文学馆洛夫文学馆，在加拿大大温哥华地区三角洲 Muchen Villa（牧辰庄园）开馆。12 月 22 日，洛夫在夫人陪同下抵达台中，接受中兴大学颁授的名誉文学博士学位。洛夫在致辞中说：曾经有记者问他，在这追求物质享受的消费主义时代，写诗几乎没有什么物质的回馈和现实利益可图，你是如何坚持下来的？我回答，我从 16 岁开始写诗，已经坚持了 70 年，写诗一向追求的只是诗歌艺术的价值，而不是作品的价格。生命的价值不能以时间的长短来衡量，只要心中有诗有爱，瞬间即是永恒。

2018 年 3 月 3 日，洛夫出席新诗集《昨日之蛇》台北发布会。在诗集"序言"中，洛夫说："我的这部集子一如既往，充满了象征与暗喻。《昨日之蛇》写的即是人之欲念的暗喻，这显然是知性成熟的读者看的。年轻时我就培养了'物我同一'的哲学思想，43 年前出版的《魔歌》诗集自序中，曾有较具体的阐释：'真我……是一个诗人唯一追求的目标……要想达到此企图，诗人必须把自身割成碎片，而后糅入一切事物之中，使个人的生命与天地之间的生命融为一体……'"3 月 19 日凌晨 3 点 21 分，洛夫在台北荣民总医院病逝，享年 90 岁。

附录四
因为风的缘故——"诗魔"洛夫访谈录

时　间：2009 年 10 月 25 日下午
地　点：湖南衡阳衡南县电视台演播厅
访谈者：董正宇
说　明：本访谈录由访谈者根据录音、录像资料整理，个别问题为私下场合
　　　　与洛夫先生交谈时所问。由于时空远隔，上述文字没有来得及经洛
　　　　夫先生本人核实。

　　主持人：观众朋友们，你们好！相信这几天大家都沉醉在美妙的诗情
中，因为有一位被称为"诗魔"的雁城游子回到了故乡，他就是 2009 年秋
中国衡阳·云集国际诗歌节的主人公——洛夫先生。洛夫先生，欢迎您！

　　洛夫（下简称"洛"）：谢谢！大家好！

　　主持人：另外呢，在我的右手边，是我们的特邀主持人——南华大学文
法学院的董正宇教授，欢迎您！

　　董正宇（下简称"董"）：谢谢！大家好！

　　主持人：莅临今天访谈现场的，有国内外著名的诗歌研究专家、学者，
有洛夫诗歌爱好者，还有媒体的朋友们，欢迎你们！下面把提问的时间交给
我们的特邀主持人——董正宇教授。

　　董：好的。洛老，您好！

　　洛：你好！

　　董：能够跟我心目中的诗神面对面是我的荣幸！

　　洛：不敢当！

　　董：洛老，这是您第五次回到家乡是吧？

　　洛：是的。

　　董：再一次踏上故土故乡，您能跟我们分享一下您此时的心情和感受吗？

　　洛：心情紧张，感受深刻。为什么这么说呢？这一次衡阳市衡南县大量动用的人力、财力资源，为我个人举办这么一个诗歌节的活动，并准备建设以我个人名义的文学馆，我深觉家乡的领导们及父老乡亲对我的关爱，同时也觉得愧不敢当。为什么呢？因为我对于我的家乡毫无贡献，所以，我只能够拿我一生写的一些诗歌献给这一将要建立起来的文学馆。此时的我，内心感到非常欣慰，非常温暖！

　　董：记得您第一次回衡阳是 1988 年，当时是一个什么情境促使您多年漂泊后回到家乡？

　　洛：因为风的缘故！这个风，可以解释为历史之风、时代之风。1948 年的我还是个半大的孩子，虽然年纪不算小，但是还不懂事，就是一种想去闯江湖、打天下的味道。跑到台湾去了，一闯就是四十年。幸好我在那个环境之中心灵的空间比较广大，所以我从事了文学的创作，写诗歌、写书法，一写就是几十年。后来两岸的关系解冻了，我就是第一批从台湾回到故乡来的人。

　　董：使我很好奇的是，洛老您现在还是一口的乡音，听说您还喜欢吃辣椒，离开故乡这么多年，难道就一点也没有发生改变吗？

　　洛：人所有的生活习惯都是童年养成的、小时候养成的，世界上最好吃的菜是妈妈的菜，所以有些东西是改不了的。长大以后你的思维、人生哲学可能改变，但是基本的情感、对于乡土的眷恋是没办法改变的。

　　主持人：您刚刚提到童年，我就想问下，童年还有什么事情让您至今记忆犹新？有哪些让您时常想起的特别的趣事呢？

　　洛：因为我出生在衡阳相市的乡下，那是一个风光很秀丽的地方，虽然很贫困。（老家）前面有一个很大的水池，后面有松林。读书以后放学回家，就掏鸟窝、钓鱼。那时候没有现在这些玩具，只有做弹弓、打鸟、抓知了。

　　董：少年的这些生活经历，还有您的家庭，您认为和您现在写作的诗歌有关联吗？

　　洛：应该是有关联的。地域对一个作家的影响很大，不过，每个作家不一样，每个诗人不一样，有的与土地的联系很密切，有的联系在一起又想分开，分开又想回来。我经常就在这种状态之下，出去又想回来，回来又想出去。后来不是在台湾呆了四十多年之后又移居到加拿大？经常希望过一种不同的生活，但正是对人生的一种不同的体验。

董：洛老您刚才提到"迁居"一词。我记得，您有两次迁居，一次是"离家"去台湾，第二次是"去国"从台湾去加拿大。我看到资料，对这两次"迁居"的经历，您自己有一种很特殊的说法叫"流放"。"流放"这个词通常有一点特殊的涵义，那您为什么用这样特别的语词来形容这两次人生迁徙的经历呢？

洛：这个词有几种说法：一个叫放逐，放逐基本上是说你在政治上得罪了当朝，就把你放逐了；还有叫流放，也可以叫流浪。流放和放逐有时候我称为是自我放逐，自我放逐就是希望自我选择到一个新鲜的地方，使我有个新的生活经验，有助于我的创作。

主持人：这就是您创作灵感的一种源泉？

洛：也可以这么说。所以我就不希望像一个烟囱一样束在哪个地方，所以我有一句诗就是：我是一个想飞的烟囱，希望烟囱有翅膀，可是烟囱飞不了。

主持人：您不希望过一种一成不变的生活，对吗？

洛：对。

主持人：尽管您一生都在漂泊，但是您的文化根源还是在中国。

洛：没错，一点也没错。

董：所以在您的诗里面，我们注意到乡愁是一个很重要的主题，听说您对乡愁有很独特的理解，您能与我们谈一谈这个话题吗？

洛：也不能说很独特吧，就是我个人的一个经验吧。乡愁我当时分两类：一类是小乡愁，我个人的，父母啊，亲人啊，童年啊，那些事情对一个人可能很重要，但是对一个诗人、对一个作家的话，另外一个乡愁可能更重要，就是文化乡愁，他能靠这个乡愁写出动人的东西、很深刻的东西，所以文化乡愁是我写很多诗里面一个很大的动力。

董：那您划分一下您写的诗里面哪些是属于前者，哪些是属于后者，或者说两者有时候是不是就融合在一起呢？

洛：应该说我离开家乡，1949 年以后，两三年没有作品，因为到一个陌生的地方，首先要适应生活、活下去，就没有那个闲情来写诗了。后来过了一段时间以后，诗兴慢慢培养起来了，就有了。其实那时候的诗多多少少带一种乡愁，不过有时候通过另外一种面貌表达，事实上它是乡愁非常浓的。1988 年以后有一系列的，都是没有到大陆来以前写的，这说明诗歌不一定是写实的，也可以是想象的。

董：《湖南大雪》是你乡愁诗作的代表作。听说创造《湖南大雪》这首诗的时候，您还没有跟李元洛先生见过面，借助诗歌的想象，两位老乡实现面对面的对话与交流，还一块喝酒、吃辣椒？

洛：这件事很有意思！我 1988 年到长沙访问的时候，他们举办了一个小型的朗诵会，有一个诗人就朗诵《湖南大雪》。朗诵到诗句"听到一只钉鞋走过窗子沙沙沙的声音"，有人问我怎么有这种经验呢？我说我是想象的，完全出于想象的。

董：还有一首大家都非常熟悉的《边界望乡》，诗行就打印在我们节目现场的背景墙上，这首诗比《湖南大雪》更早，听说当时对一些诗句的理解还有一些争议，是不是？

洛：在当时有争议，在现在没争议了。

董：这也说明我们的时代越来越开放了。

主持人：我注意到一个细节，您这是第五次回到故乡，前四次都是和夫人一起来的，儿女没有来。而这次儿女都来了，您是不是有一个特别的考虑呢？

洛：虽然这次回家不说是落叶归根，但是希望来看看伯伯叔叔。他们也很忙，没有时间，刚好趁着这次机会见见他们，也很好的，是吧？

主持人：另外今天上午的演出里面有一首您的《湖南大雪》的朗诵，您当时看了心情如何呢？

洛：看了当然是很好，演出得很好嘛，很激动嘛。不过正如李云洛先生下午所说的，演出朗诵的人都是很年轻的，他们没有那种经验，没有"文革"时代的那种经验，所以有些感情发挥不出来。朗诵的技术不错，对诗歌的理解还有待提高。

董：听说当年您到台湾去以后开始是当兵，在部队里做文职工作。一般人很难理解在部队里的工作和写诗能发生联系，您的不少诗篇，据说就是在战壕里写作的，您是怎样从当兵打仗转向诗歌写作的呢？

洛：我在部队从事的都是文职工作，后来从事军队翻译工作。我在军官外语学校毕业后，刚好碰到金门炮战，那时候就专门派我去做新闻联络官，专门接待外国记者。那时候头上在打炮，我在下面写诗，这个经验非常奇妙。

董：您的《石室之死亡》是这个时期写的吗？

洛：就是在金门炮战的时候，在那个坑道里面开始写，全部完成还是在战争之后。

董：《创世纪》诗刊是您老一手办起来的，您是这个刊物任期最长的主编，历时二十余年，那在这么长的任期里您具体做了哪些工作呢？

洛：最主要的是在台湾接触到西方的文艺思潮比较多，尤其是现代主义的东西比较多。我做主编的时候就是很有系统地把西方现代主义大师们的一些作品、理论翻译成中文来介绍，而且是一系列的。

董：现在概括您的诗歌创作有一个词叫做"超现实主义"，您可以用大众化的语言说说这个概念吗？

洛：如果用很学术性的话来解释，就很复杂了。简单地说，"超现实主义"就是 20 世纪初期在法国发起的艺术运动。我们一般用大脑来想问题、思考，而他们提倡用潜意识，不要去讲很合理、很合逻辑的话，所以听起来就像小孩子讲话，像疯子一样。他们将这个叫做自动语言，完全用自动语言来说。对于完全用潜意识来表达艺术，音乐、绘画也许可以，但是诗歌我认为是不可以的，诗歌要透过语言，语言有基本的含意，每个字有字典里面的含意："作者"有作者的含意，"花朵"有花朵的含意，那你不能说把原有的含意完全否认、不承认它，那种诗就完全没办法懂了，那又写了干什么呢？但是它有些新的技巧，譬如最有名的就是联想的切断，就是我们通常思考的由一个跳到另外一个，由第二个跳到第三个，突然之间它断掉了，使整个连不起来了，但是这种矛盾的意向的组合会产生新的美，这就是超现实主义产生的新的含意。

董：您诗歌中有大量魔幻的诗歌表现手法的运用，这是您获得"诗魔"雅称的来历吧？

洛：是啊，一般人也有误会的，因为"魔"字就会想到歪魔邪道。所谓"魔"，有评论家评论我是语言的魔术师，后来我自己也发现法国的一个大作家伏尔泰说了一句话，很有意思，他说：每个诗人心中都有一个魔。后来我就理解了这个话，因为诗人最讲究原创性，所以对于老的东西都要打倒它、摧毁它。就是说每个诗人多多少少都有叛逆心，叛逆心就解释为一种魔。

董：我个人理解，诗歌艺术的本质就是语言的大冒险。关于现代诗歌的继承与创新，您有怎样一些好的建议？

洛：这个问题很有价值。我个人认为，我们搞现代文学、现代诗的人眼光不仅仅放在西洋方面，更要重视回过头来审视中国的诗歌美学传统。我有两点看法供各位参考。今天是一个现代工业化的社会，一切都是科技的发展，人与自然的关系越来越疏远，当年像唐朝的时候还是个农业社会，其实在唐朝那个时候工业、商业已经相当发达，不过中国主要的还是以农业为主，人都是生活在这个大自然中，人和自然是非常和谐的关系。而如今，人跟自然产生一种对立感，像仇敌一样，我就觉得在中国的古典诗歌里面尤其是中国的田园诗歌里面，我们读那些诗的时候感觉心里很安静，心里好像有种寄托，而不是读现代诗的时候心里有种冷冷的感觉，这个世界是冷的。诗歌反映这个世界，所以诗也写得非常的冷酷，没有人情味，没有温暖，所以我说如果要继承中国传统文化，最重要的一点就是要重新建立人与自然的和谐关系。这是第一点。第二点，诗歌是一种意象世界的呈现，人与物融为一体、情景交融是诗歌的一种境界，而现代写诗的年轻人很多完全不知道这些，完全不知道以意象语言来表达诗人的内心世界。中国唐朝的诗最了不起的地方、最成功的地方就是对意象的创造，像杜甫的诗、李商隐的诗、李白的诗都是如此，这也就是几千年后的今天大家还是很喜欢他们的诗的原因，它的永恒性、它的美永远都存在着。诗歌不要像网上东西一样，今天贴上去明天就完了，诗歌能否流传下来就要看你在诗歌方面的处理了，把它的语言编成艺术，把诗歌变成一种艺术，而不是在里面说一些空话。

董：的确，在晚近的创作中您又回转到诗歌传统的路上来，您的回归，主观上是出于一种什么样的考虑呢？

洛：我想有两个情况，一个是个人情感的问题、民族情感的问题，等于说是在海外流浪了很久想回家了。另外一个是美学的问题，西方现代美学的东西还是有相当的限制的，然后我再回头去看——我从来不叫回归传统，因为传统是不可回归的，但是我们可以回眸过去传统的东西，做一个审视，重新估价，结果发现我们祖宗的东西，我称之为永恒之美的东西，不会因为时间而消失。

董：是的。中华民族博大精深的传统文化是所有中国人的根，也是您的诗歌创作永恒的根。您移居加拿大之后，创作了三千多行的《漂木》，这首诗有一个很重要的意象——漂木，您的诗行中反复出现"无根的漂木""始终无法安息的漂木"等字眼，这与我们之前提到的乡愁是否有关联？

洛：那当然是。我刚才讲的乡愁有小乡愁、大乡愁，尤其是一个诗人特别敏感的时候会想到很多过去的传统东西。我的《漂木》一个象征我个人，另外一个，象征着海外的作家、文化人士，扩大就是海外的华人。

董：《漂木》第二节《致诗人》的中反复出现"诗神之目""蛰居万物中的神"以及"神，创造伟大的荒谬"等字眼，我疑惑的是，这里的"神"是指"神来之思"即灵感，还是指称由孤绝而抵达的一种至高的创造境界呢？

洛：那首诗（《漂木》）是在很孤寂的环境下写的，这首诗在网上不是很完整，如今那本书已经买不到了。我的诗很简单，主题也很简单，谈生命、母爱、宗教、人最终的关怀问题等，带有很强的哲理在里面，也就是我个人对人生的体验感悟。诗中我对两岸的政治生态有很温和的批评，并不强烈，所以它能在大陆发行。严格来说我是一个泛神论者，但是我有强烈的宗教感，我就是在基督教家庭出生，小时候还受过两次洗礼。第一次是七八岁的时候，什么都不懂；第二次是到了台湾以后，在岛上，非常寂寞，就到教堂去走一走，寻找一个心理寄托，结果他们带我去受洗，就又到海里面去蹭了一下。结果我得出一个结论：我发现人是洗不干净的。人有原罪，因为人是有欲望的，人的欲望一天不止，就有原罪。我的神是泛神，不一定是庙里的菩萨，也不一定是基督，也不是阿拉。

主持人：您刚刚提到民族的情感，今年恰恰是六十周年国庆，这个大庆在全球也有转播，您当时看了吗？

洛：看了。我在温哥华那两天都看了这个节目，每天有三十分钟大陆的消息、三十分钟台湾的消息。我看得热泪盈眶，祖国翻天覆地的变化我们历年来也看到了，但是看得没有那么具体，看得那么摄人心魄，令人震撼。

董：您这次把您诗歌的手稿全都捐献给您的家乡，肯定也是希望家乡能够把您的诗歌文化传承发扬。洛老您这几十年诗歌的创作也建立了一座摩天的大厦，一般人看来这个大厦是很难进入的，您能不能说一说应该怎样来读您的诗呢？

洛：你这个问题问得很专业啊。其实这个问题也不是几句话能说得很清楚的。我只能说说我几个创作的阶段：最初是非常抒情的，像徐志摩的诗。但是当我渐渐成长之后，接触了西方的现代主义以后，我就投入了对西方现代主义的探索。第三个阶段就是一个回眸传统的阶段。第四个阶段就是如何把现代的、西方的跟中国的、当代的、现代的结合起来、融合起来，这是我几十年都在做、实验的，但是实验有失败的、成功的，但是我不断的实验是比一般的诗人做得多一点的、走得比较远一点的。

董：有评论家概括，您的诗有早期的青色时期，有黑色时期，有血色时期，有白色时期，最后到无色时期。到无色时期也就达到圆润的极高境界了。

洛：这个是很过誉的称赞了。我个人的理解就是无色时期也是我的禅诗时期，现代禅诗时期。禅是我们在生活中碰上的，你苦苦思索、寻找不一定能找到，突然之间灵感一来，看起来什么也没说，里面却很有深意的。

董：我非常喜欢您写的禅诗，比如长篇诗歌《背向大海——夜宿和南寺》，还有短诗《金龙禅寺》也是其中代表作。我有两个问题想向您请教一下：您认为宗教的禅思对您的禅诗有什么样的启发？或是说您怎样将禅融入到您诗的意境之中？另外，您能跟我们谈谈《背向大海》创作时的具体心境吗？

洛夫：这个问题很大。最近我在台北出了一本诗集叫做《禅魔共舞》，因为大家都叫我"诗魔"。《禅魔共舞》是我的一个禅诗和超现实诗的选本，我已经给（南华大学）研究中心赠送了一本。何为禅？个人认为，就是那个不太属于那个宗教的禅。禅的意义超越了宗教，更接近于诗歌的禅。古代中国的禅诗不都是那些大和尚大法师写的，只是以诗歌的形式来表达他们的禅意，王维、白居易、柳宗元、孟浩然这些人都写的是跟大自然相关的真正的禅诗。我觉得现代人对于禅的看法很少看重它的趣味性。我的禅诗是生活中的，大部分就是禅趣。禅能给我们启发，但我主要不是表现那个。我现在的禅诗观念跟传统的还是不大一样，禅这个东西就像黑夜中那个电光一闪一样，在心里面，你又说不出其中道理，但是你能够感觉到，你完全体会得到它是一种生命的觉醒，读了以后你突然会有一种神秘的感觉。而且我认为生命的禅在我们生活当中是可遇而不可求的，一旦碰上要赶快抓住，否则将会稍纵即逝，这种偶然性很大。文章本天成，妙手偶得之。写禅诗也是这样的，对于生命的体验到了某个高度以后，突然发现你什么都不懂，感觉一片空白。突然之间，灵光一闪，一个意象出现，这个时候诗就来了，很快就成一首诗了。

你刚才所说我的那首比较长的禅诗《背向大海》，是我大前年在台湾花莲写的。花莲是一个很漂亮的地方，我一个朋友也是一个诗人，他在河边盖了一座寺，叫和南庙，他邀请我去住了四天。寺庙面对大海，面对大海就是自然；我的标题是《背向大海》，也就是佛。当时我的内心焦急着，自然与宗教那种很神秘的关系联系上了，很难说得清楚，只觉得内心有很多东西被打动、被启发。当时我没有写什么东西，直到一年后我整个的情绪冷静下来，我那种对禅的领悟、宗教与自然融合的那种心理慢慢展现出来，在心里的感悟就慢慢地展现出来，就写了这首诗，写了一百五十几行。本来禅诗是很短的，这是我禅诗中比较长的一首诗，也是比较出名的一首，就是这样的。

主持人：洛夫先生，您不仅是一个诗人，也是一位书法家，您是什么时候开始钟情于书法的呢？跟书法有什么特别的缘分呢？

洛：也是一次很偶然的事件。台北历史博物馆举办历代书法家展览，其中还有李白的一幅字，李白的字与颜真卿比起来还是文人字，历代的书法家作品也不少，我整整看了两天。后来我觉得这种美时间可以把它停留下来，几十年、几百年不变，我就想我是不是也可以学学。后来找老师，这个老师是很有名的隶书的书法家，他教我一些入门的手法，我对这个书法很有兴趣，不只是写字而已，我把它当作一种艺术来追求，希望透过笔墨、宣纸来表达特殊的趣味，所以我说书法是另外的一种水墨画，具有一种永恒的美。

主持人：对您来说其实也是一种诗？

洛：也可以这么说。但是跟一般的书法家又不一样，因为他们写的都是唐诗宋词，我写得最多的是自己的诗。字不一定好，但是这个很特殊。

主持人：您2004年回故乡的时候还书写了雁城长联，现在就挂在（衡阳市）雁峰公园的门上面。

董：（这）成了我们衡阳的一道风景线。我还有一个问题，现在的时代是一个物质化的时代，应该说不是一个很好的诗的时代，但是您老近六十年一直坚持诗歌创作，并且近年来，更是往返太平洋，经常回国来讲学、做诗歌讲座，您能坚持下来的原动力是什么？

洛：也有很多朋友问到这个问题。今天是个物质的时代，不是诗歌的时代，但是我也强调一点：今天是需要诗歌的时代，需要精神文明的时代。今天物质生活非常富足，人的物质欲望高，道德意识、价值观就往下降，在这种情况下，要很多人读诗是个很不实际的想法。所以我从来不以市场的价格来衡量诗歌的价值，我认为诗歌本来不是一般的写作，它是一种价值的创造。就一个诗人来说，第一个就是艺术境界的创造，像李白、王维，一种意境的创造。第二个就是人生境界的创造，像杜甫、白居易的诗。我觉得更重要的一点就是意象语言的创造，没有意象语言，就没有诗，我们这个民族就没有希望。

主持人：洛夫先生您也是八十多岁的高龄了，现在仍在坚持创作，在世界各地奔波、讲学，我知道这是您的一种责任感，也是对传播我们中华文化的一种担当，未来您有些什么打算，能给我们透露一点吗？

洛：写诗不像写小说，有个完整的大纲。有时候开玩笑地说：我的坏诗是想出来的，我的好诗是碰出来的。

主持人：您的夫人也来到现场，据说您的那首名作——《因为风的缘故》就是写给您的夫人的。您能在现场朗诵一下这首诗，让我们一起来分享一下，好吗？

洛：好的。与夫人一块（朗诵）诗歌《因为风的缘故》。

董：谢谢洛老接受我的访谈！作为您的乡党，又是一名现当代文学的研究者，我有责任也有义务对您的诗歌进行学习、研究和传播，这是我对您也是对自己今后工作的一个承诺。也衷心希望洛老和夫人常回家看看。谢谢！

附录五
感受诗歌之美——洛夫演讲录

时　　间：2011 年 10 月 22 日上午
地　　点：南华大学图书馆一楼学术报告厅
主讲人：洛夫
整理者：董正宇　童　姿
说　　明：根据录音整理，未经作者修订。文中小标题为整理者所加。

各位嘉宾、老友们、老师们、同学们：

在 60 多年前，我从衡阳出发到台湾，那时候衡阳只有高中没有大学，湖南也只有一个湖南大学，还有师范学院。而今天我非常荣幸、非常激动有这个机会在衡阳最高的学府——南华大学，跟同学们来谈一些有关诗歌的问题，确实感到非常兴奋。(掌声)

一、诗意的营构：物质时代诗人的使命

在讲诗之前，得先了解一下我们现在所处大环境的状况。近现代以来，我们的社会环境和文化生态在急剧的变化之中。国家在慢慢地开放，而市场经济笼罩了一切。包括生活的形式、生活的内容，都笼罩在市场经济中。我们生活在一个物质化、数字化、科技化全面发展的世界，人的物质欲望无止境地高涨；而我们的精神生活刚好相反，日趋下落、萎缩了。我觉得最令人担忧的是我们的道德意识也日渐式微，我们的价值观越来越薄弱。这就是我们今天无从选择，也不可逃避的现实，对不对啊？这也就是为什么今天的文学尤其是诗歌，这一类属于精神层面的东西大大地贬值而日趋边缘化的社会

因素。这是一个大背景。

　　那么，在这样一个俗文化、高雅的精致的文化渐渐被那些论价格而不论价值的消费大众所遗弃的这个大环境中，我今天来跟各位谈诗歌之美，是否有点不合时宜，有点奢侈？不过呢，我有另外的个人看法。虽然有人说今天是一个物质的时代，不是诗歌的时代。但是我认为，今天确实是一个需要诗歌的时代。我们的文化（中华文化）享受着无比辉煌的诗歌传统，我们的背后耸立着千千万万的前辈诗人，诗歌是中华文化中最有价值的一种文化。当然，你也可以说，没有诗歌，我们照样能像动物一样地活下来。没错，那么我们为什么需要诗歌呢？诗歌对于我们有什么价值呢？诗歌在现实生活中看起来是毫无用处，不过，诗歌能够为我们提供一些想象和创造的空间，为我们留下一些人性的温暖，为我们的生活增添一些浪漫和美感、神秘和梦幻。除了穿衣和吃饭，这些也是我们很重要的一部分，也就是我们精神生活的一部分。德国诗人霍尔贝林曾这样问自己：在这个很平凡的时代，诗人能做什么呢？德国的哲学家海德格尔代他回答说：诗人使我们能很诗意地栖息在这个世界里。

　　这句话在今天听起来好像是有一点奢侈，其实在中国最有理想、最有品位也最富有人性的人文传统中，诗意地活着，不但是一个诗人生命和美学信念的实践，也是一个民族的、人生的境界和精神内涵的一个表现。陶渊明当年罢官以后，就在写诗："采菊东篱下，悠然见南山。"王维晚年隐居在终南山下；杜甫当年流落到成都，盖了一个杜甫草堂，也在那里写诗。如果以世俗的眼光来看，这可能是他们生命中最暗淡的岁月。但是，他们这种寂寞的生命却点燃了历史中千千万万人心灵的光和热。然而面对今天诗歌备受冷落的这种处境，诗人们虽然感到无奈，但是并不气馁，仍然是很积极地从事诗歌活动。这是对生命的尊重、心灵的净化以及对于诗歌艺术境界的提升等正面的追求。尤其由于今天网络诗歌的发达，它创造了一个无限的空间，我们印刷品的诗歌，纸版出版的诗歌很不景气，每个年轻的诗人如果要出版一本诗集的话，还要自己掏钱去印。但是这种不景气，反而使得他们的诗歌的意识、诗歌创造状态显得越来越高涨。

　　刚才有一个年轻的记者问我，他说今天整个的诗歌气象好像并不是很好，备受冷落。这种情况不仅仅是中国，不仅仅是台湾，整个世界都是如此。但是他们的诗歌活动还是非常的频繁，他们的创造力还是非常的旺盛。

尤其是我经常到一些高等院校去跟同学们讲诗歌的时候，从同学提问、参与的热情完全可以看出来，诗歌在年轻人的心目中还是很有地位的。

诗人们以很优雅而真诚的语言忠实地呈现他们的内心世界，他们最高的使命是什么呢？就是希望给这个麻痹的没有感觉的消费社会写出感觉来，给这个没有温情的冷酷的现实写出温情来，给这个缺乏价值观的荒凉的人生写出价值来，给这个低俗丑陋的世界写出真实的美来。

二、价值的创造：坚守诗歌的动力

在今天这个非常不利于诗歌发展的环境中，各位今天面对着一个诗人，一个像我一样的诗人，在你们很多人的眼光中看起来，这是一个稀有动物（笑声）。也许内心充满了好奇和疑问，你们可能会问：像你这样一直坚守着诗的堡垒，无怨无悔，数十年如一日，那究竟是一种什么力量使你能坚持下来？我的回答非常简单，就是说我从来不以市场的价格来衡量诗歌艺术的价值。当然我不得不承认诗歌的确没有什么实用价值，也很少有经济效益。在我认为，写诗不只是一种写作行为，它不仅仅是一种 writing，它更是一种价值的创造。

那么诗创造什么呢？第一是生命内涵的创造，像莎士比亚、杜甫的诗。第二就是艺术境界的创造，像李白、王维的诗。第三就是意象语言的创造，像李商隐、杜牧，像法国马拉美的诗。我既然自认为写诗是一种创造，也就不必把它当作一种商业行为，所以从不去考虑它的商业效益，这不是我的一种自命清高，而是一种人生的选择，一种人生的态度。我也希望真正从事诗歌创作的年轻朋友们，也有这个起码的认识：我写诗不为什么，就是为创造一种价值。

世界上的诗歌充满了真诚、温馨和美善，诗的价值绝不会因为读者减少而黯然失色。相反，作为文学中的文学、文字语言的精华，诗歌永远是处在所有艺术的金字塔塔尖。"高处不胜寒"，诗人也是很寂寞的。而忍受寂寞，我认为这是一个诗人生命的形式，是对真正的诗人的一个考验，也可以说是诗人的一种享受吧。

我发现许多的年轻诗人们想尽着各种方式和流行的文化去竞争。大家想这可能吗？因为他把诗写得很白很直接，写得跟说话一样，所以也被称为口水诗。结果诗的品质，愈走下坡，读者更是不屑一顾。这是个很现实的问题。

三、美不自美，因人而彰

我们不论是读诗或者写诗，首先都得感受到诗歌之美。而感受到诗歌之美最关键的是什么呢？就是要有一些美学的修养，起码的一些美学的修养，建立一些美学的观念，培养美的概念和审美心态。西方的美学划分到哲学的范畴，像康德的美学就十分深奥，不是一般的人看得懂，只有搞哲学的人才能看得懂。中国在新文学时期的美学家，像朱光潜、宗白华，念文学史、念美学史的可能知道他们的名字，这两位是比较有成就的。当然现在年轻的研究诗歌的，像美国的叶维廉先生、台湾的简政珍先生，他们对于诗歌的美学都非常有研究。他们除了把西方的美学介绍到中国来，同时也继承发扬了中国传统美学思想，对青年人影响非常大。我个人认为，如果要发展近现代中国的美学体系，最重要的就是要把西方的现代美学与中国的传统美学结合起来，使它成为一个富有创造性的有机的体系。

下面介绍一个中国传统美学的观念。唐代诗人柳宗元在《马退山茅亭记》中提出一个观念："美不自美，因人而彰。"美的东西不会自己表现自己美，它是因为人去看它，因为诗人或作家把它表现出来，它才会表现自己的美。文章说："美不自美，因人而彰，兰亭也，不遭右军，则清湍修竹，芜没于空山矣。"右军就是王羲之了，书画界的朋友们没有不知道王羲之的《兰亭集序》的。柳宗元这话意思是兰亭序里面的一些景物，风景之美不会自己彰显出来，如果不是碰到王羲之的话，那些细柳、修竹、花朵啊，不过是一些荒芜之物，最终都会在空山中湮灭掉。这也就是说我们平常所看到的景物，它本是无所谓美不美，如果要成为美的东西，它必须要通过人的审美活动，必须要人的意识去发现它、唤醒它、点亮它，使它成为实实在在的东西，变成一个感性的意象、一个掺有诗人的个性思想情感的世界，那么这个意象世界其实就是诗歌的境界。中国传统美学认为，审美活动就是要在客观的物理世界之外，构建一个心灵的意象世界，而意象世界就是由于外在的物理世界，像青山绿水，这样一个物理世界，与我们的心灵融为一体，这就是古人所谓的情景交融。

下面举一首我的诗为例来解释柳宗元"美不自美，因人而彰"的美学观念（现在请放《因为风的缘故》PPT）。在讲诗之前，要稍微说一说写作背景，这首诗是我1981年写给我妻子的，在座的朋友可能许多才刚刚出生（热烈掌声）。我的太太一直希望我给她写一首诗，我想这种要求也合情合理，也没办法推辞。可是你们知道诗歌或者是其他艺术，对于距离最近的人或者物是最难写的，吃力不讨好。历来情诗大都是写失恋的诗（笑声），那种爱情失落后的那种情感能产生一种距离美、凄凉美、悲剧美，所以要想给长相厮守、大眼对小眼、天天生活在一起的老婆写诗是件很困难的事情。这一年，我生日的前一天，我太太又给我提出了要求，并且威胁说你如果再不给我写一首诗的话，我就不给你过生日了。哎呀！这个时候怎么办呢？（掌声、笑声）逼到这个份上啊，我就只得在书房里面徘徊、苦思。可苦思了很久脑子里想不出什么诗句来，满脑子都是蛋糕、鲜花（笑声）。那个时候是夏天，天气很热，窗子都关着的，也放了冷气。突然停电，我就点燃一支蜡烛，准备继续苦思。天气很热，我把窗户打开，突然一阵风，把蜡烛吹灭了，我就突然想到了这个题目"因为风的缘故"（掌声）。这就是写这首诗的背景。我现在就把这首诗来朗诵一下，可能我的湖南国语没有刚才朗诵的同学好，但却是原始原味的（掌声）。

以下朗诵《因为风的缘故》，背景为洛夫儿子莫凡为该诗所谱音乐（持续热烈的掌声）。接着播放了莫凡的原唱。（持续热烈的掌声、笑声）

现在我来解读《因为风的缘故》这首诗，有两种解读方式：第一种就是把它当作情诗来看。它表现了男女之间那一份说不清道不明、欲说还休的暧昧的情感。第一节"顺便请烟囱/在天空为我写一封长长的信"，这是一种充满诗意的形象化的语言。那么信中写什么东西呢？我没有明说，只说"我的心意明亮亦如你窗前的烛光"。究竟是什么心意呢？也许我们可以去体会它。可是给风一吹啊，那份心意就变得更加暧昧了。我觉得写情诗就是要写得含蓄，隐隐约约，意在言外。如李商隐的诗"此情可待成追忆，只是当时已惘然"，就是一种朦朦胧胧的感觉。

第二种解释：我们要把诗人的感情放大来看，当作一首感悟人生、体验生命的诗来读。读到后面生命可能会像蜡烛一样随时熄灭，感到一种情绪的低落、失意，想一些问题，发人深省。比如第二节好像在讨论生命的哲学。岁月无情，人的一生非常短暂。要注意诗中雏菊这个意象，它象征着人生的秋天。你要在衰老之前赶快做你想做的事、爱做的事，该笑的笑，该发脾气的发脾气。我们的时间、生命就好像握在手心里的沙子一样，还没有数清楚它之前就漏得差不多了。在生命结束以前，我们要赶快回味一下我们从前走过的美好的青春，这就是诗里面讲的"赶快从箱子里找出我那件薄衫子，赶快对镜梳你那又黑又柔的妩媚"。所以我们要珍惜当下，享受美好的现在。生命的爱情之火随时可能熄灭，因为风的缘故。（掌声）

诗歌最基本的观念就是诗歌是一个意象世界的呈现。一首诗不在于解说或者是描述我们生活的现实世界，它是通过诗人的想象去创造一个有机的、有内涵、有意蕴的心灵世界。而这个心灵世界是透过意象的语言来表现的，诗歌之美更是要从意象中感受。《因为风的缘故》这首诗最先展现在读者眼前的是一组意象："芦苇弯腰喝水""顺便请烟囱/在天空为我写一封长长的信"。"芦苇"跟冒烟的"烟囱"是最惯常的一种事物，平时我们不会特别注意，它们并不存在着美的素质。但是通过诗人的想象，也就是一种审美的活动，就可以使芦苇这种普普通通的植物有了生命、个性，它可以弯腰喝水。烟囱这种死的事物经过诗人的发现被唤醒点亮，它活了起来，冒出的烟随风游散、飘去，就像在天空写一封长长的信一样。这两件东西有了生命也就有了美感。总而言之，芦苇也好，烟囱也好，它本身并不美，它之所以美是因为诗人把它们变成了意象。这就是柳宗元所说的"美不自美，因人而彰"。

四、无理而妙，反常合道

前面谈到了一个中国传统的美学观念"美不自美"，现在我想谈谈另一个美学观念，"无理而妙"。就是诗歌不是很讲道理的，不是一种逻辑推理，跟写文章不一样。我想各位都知道我本人是台湾最具有先锋精神的现代诗人，就是最前卫的。尤其在早年我一度全盘地、全面地向西方现代主义倾斜，尤其是着迷于超现实主义。但是到了中年以后，我有了新的觉悟和发现，我认为一个诗人如果要能够茁壮成长，他必须要接受民族文化的灌溉、传统美学的熏陶。最后唯有把中国和西方的智慧、传统的和现代的观念融为一体，他才有机会跻身于世界的诗坛。

大家都知道，中国先锋派的诗人也就是朦胧派的诗人，他们流传着一句话，说"诗歌止于语言"。诗歌在语言那个地方就停止了，没有其他东西，只有语言。我认为这是一种纯西洋的语言实验论。还有更偏激的说法说诗歌是一堆废话。法国诗人马拉美曾经说过："诗不是以思想写成的，而是以语言写成的。"这句话我只接受前半句，对于后半句并不完全认同。我相信诗是一种有意义的美，不是纯粹只有美而已，它还有更多的含义。而这种意义并不等同于思想，而是一种意蕴、一种趣味、一种境界、一种与生命息息相关的实质的内涵，或许更接近孟子所说的充实之为美。

我认为诗歌不只是语言，更是有语言背后的那种很深远的一种意境。谈到这里，我想顺便提醒各位，就语言的角度来说诗歌与散文是不一样的。而现在许多年轻朋友写诗，把诗歌、散文混为一体。尤其是叙事诗看起来就是散文，当然也不是很好、很美的散文。散文的语言形式是一种载体，这个载体跟它的内容是可以分开的，但是诗不一样，诗的语言与它的含义是不可分开的，形式与内容是一体的。有个法国诗人曾经举过一个例子，他说散文就好比走路，诗歌就好比跳舞，走路有一定的目的地，目的地达到以后那么走路这个步骤也就不重要了，是吧？而舞蹈它是一种纯粹美的动作所形成的美的旋律，它没有目的，没有含义，舞者与舞蹈是不可分开的一个整体。舞者停止了跳舞，这个舞的生命力也就结束了，是不是这样的？那么基于这些观念和数十年累计的创作经验，我一直在追求一个理想，那就是以中国传统美学的基础来参照西方现实主义，尤其是超现实主义的理论和表现的方式来建构符合汉语特性的中国现代诗。

首先我要做的，就是从中国古典诗歌中去寻找参考的叙述，从古人的作品中去探索超现实的元素。结果我从李白、李商隐、孟浩然、李贺甚至于杜甫的诗里面居然也发现了一种与超现实的性质相同的一种音质，那是什么呢？这就是非理性。在这些古人的诗中，我也发现了一种了不起的、非常奥妙的东西，它绕过了逻辑的理性思维，直接地触及生命和艺术的本质，后来有人就称之为"无理而妙"。

"无理而妙"，就是不讲道理但是很妙。无理是中国古典诗歌跟西方超现实主义两者十分巧合的内在因素，但问题是仅仅无理，恐怕很难使一首诗在艺术上得到一个完整性的美。中国古典诗歌高明的地方就在这个"妙"字，而超现实主义的诗歌它可能是一直无理，很难得到一种语言的妙处。换句话说，诗歌绝不只是为了无理而无理，最终必须要达到一种绝妙的艺术效果，我们不能不承认像李白的诗确实已经达到了一种绝妙的境界。我举个例子，他的《下江陵》，在座的各位都能够背了："朝辞白帝彩云间，千里江陵一日还。两岸猿声啼不住，轻舟已过万重山。"李白写这首诗的时候，因为牵扯到一个政治案子，被皇帝流放到我们湖南的夜郎，在路过四川的时候，也就是走到白帝城的时候，突然听到皇帝要无罪赦免他，他就感到非常惊喜，从白帝城坐船沿着长江三峡下江陵回家去，这首诗就表现出他当时很轻松、很愉快的心情。

现在我们分析一下这首诗的超现实性，它的无理性。第一句"朝辞白帝彩云间"，这是一种很夸张的手法，但写的是一个很现实的事情。"千里江陵一日还"这个就不一样了，是透过一种超现实的想象来表现作者内心的世界，表现他那种无理的趣味。"千里江陵一日还"在我们现实生活中是不可能的事，在他诗里面变得可能。"两岸猿声啼不住"这又是一个现实的描写，是吧？大家都可以体会到。到了最后一句，又是用超现实的手法来描写，"轻舟已过万重山"就以这个超现实的想象来表现无理的趣味。这首诗在现实的描写和超现实的想象之间交错进行，达到了"无理而妙"的效果。我年轻的时候读这首诗觉得非常新奇、有趣。李白描写三峡水急、水快，行船，船跑得很快，就像电影镜头一样，读起来有晕船的感受。明明知道诗里面的情景违背了事实，违背了事物发展的常理，有一种超出我们实际经验的背离性，可是我就喜欢那种非理性的不合逻辑的意象，因为它能产生妙趣，使得现实中的不可能变为诗中的可能。

苏东坡的诗词中也有很多这种无理而妙的意象。他说："诗以奇趣为宗。"奇存的趣味作为宗旨，反常合道为趣。他诗歌的语言跟我们的日常生活、日常经验是相反的，但是它是合道的。反常就是违背事情的常理、对现实的扭曲，可是苏东坡在诗中产生一种奇趣，造成一种惊奇的效果。反常还必须要合道，合道就是要符合我们内心的感受，虽然出乎我们的意料之外，却在情理之中。很多好的诗都是这样的。

各位朋友，前面我谈了诗歌美学方面的一些问题，特别是中国传统美学中"美不自美""无理而妙"等理念，我的用意在于提醒各位同学、各位喜欢诗歌的朋友们，千万不要轻视或者抛弃了我们传统文化和古典诗歌的价值。我们不需要走回头路，也不需要回归什么传统，传统死掉了就算了，但是中国的传统里面、中国的传统诗歌里面有一种诗歌意象的永恒之美，这个东西是永远不会失落的。可是从胡适创造新诗白话诗以来，还是有很多人轻视这个问题。我们在研究诗歌的时候或者在欣赏诗歌、创作诗歌的时候要注意这一点，要想办法把我们这个失落已久的传统的永恒之美找回来。

谢谢！（掌声）

下为现场问答环节

学生罗静：洛夫先生您好！我是一个您的诗歌爱好者，尤其喜爱您的诗集《漂木》。关于这部诗集我记得龙彼德先生曾经有过这样的一个评价，他说："《漂木》是飙升在新高度上的辉煌。"刚刚听了您的讲座，您谈到了诗歌的传承与创新，我想请教的是，您对我们现代诗歌创作有怎样一些好的建议？谢谢。

洛夫：这个同学提的问题很有价值。她提的是关于文学传承的问题。我刚才在讲话当中特别强调我们搞现代文学、现代诗的人眼光不仅仅放在西洋方面，更要重视回过头来审视中国的诗歌美学传统。我有两点看法供各位参考。

今天是一个现代工业化的社会，一切都是科技的发展，人与自然的关系越来越疏远，当年像唐朝的时候还是个农业社会，其实在唐朝那个时候工业、商业已经相当发达，不过中国主要的还是以农业为主，人都是生活在大自然中，人和自然的相处是非常和谐的关系。而如今，人跟自然产生一种对立感，像仇敌一样，我就觉得在中国的古典诗歌里面尤其是中国的田园诗歌里面，我们读那些诗的时候感觉心里很安静，心里好像有种寄托，而不是读现代诗的时候心里有种冷冷的感觉，这个世界是冷的。诗歌反映这个世界，所以诗也写得非常冷酷，没有人情味、没有温暖，所以我说如果要继承中国传统文化，最重要的一点就是要重新建立人与自然的和谐关系。这是第一点。

第二点，也就是我今天谈话时特别强调的，诗歌是一种意象世界的呈现，人与物融为一体、情景交融是诗歌的一种境界，而现代写诗的年轻人很多完全不知道这些，完全不知道以意象语言来表达诗人的内心世界。中国唐朝的诗最了不起的地方、最成功的地方就是对意象的创造，像杜甫的诗、李商隐的诗、李白的诗都是如此，这也就是几千年后的今天大家还是很喜欢他们的诗的原因，它的永恒性、它的美永远都存在着。诗歌不要像网上东西一样，今天贴上去明天就完了，诗歌能否流传下来就要看你在诗歌方面的处理了，要把它的语言编成艺术，把诗歌变成一种艺术，而不是在里面说一些空话。

学生张婷：我非常喜欢您写的禅诗，在禅诗中又最喜欢您的《背向大海——夜宿和南寺》。我现在有两个问题想向您请教一下。您认为中国的禅给您的禅诗有什么样的启发？或是您怎样将禅融入您诗的意境和思想中？另外就是您当时创作这首诗的具体心境。

洛夫：这个问题很大，最近，就在 15 号，我在台北出了一本诗集叫做《禅魔共舞》，因为大家都叫我"诗魔"。《禅魔共舞》是我的一个禅诗和超现实诗的选本。我已经给研究中心赠送了一本。何为禅？个人认为，就是那个不太属于那个宗教的禅。那个禅的意义超越了宗教，更接近于诗歌的禅。古代中国的禅诗不都是那些大和尚、大法师写的，只是以诗歌的形式来表达他们的禅意。王维、白居易、柳宗元、孟浩然这些人都写的是跟大自然相关的真正的禅诗。我觉得现代人对于禅的看法很少看重它的趣味性。我的禅诗是生活中的，大部分就是禅趣。禅能给我们启发，但我主要不是表现那个。我现在的禅诗观念跟传统的还是不大一样，禅这个东西就像黑夜中那个电光一闪一样，在心里面，你又说不出其中道理，但是你能够感觉到，你完全体会得到它是一种生命的觉醒，读了以后你突然会有一种神秘的感觉。而且我认为生命的禅在我们生活当中是可遇而不可求的，一旦碰上要赶快抓住，否则将会稍纵即逝，这种偶然性很大。文章本天成，妙手偶得之。写禅诗也是这样的，对于生命的体验到了某个高度以后，突然发现你什么都不懂，感觉一片空白。突然之间，灵光一闪，一个意象出现，这个时候诗就来了，很快就成一首诗了。你刚才所说我的那首比较长的禅诗《背向大海》，是我大前年在台湾花莲写的。花莲是一个很漂亮的地方，我一个朋友也是一个诗人，他在河边盖了一座寺，叫和南庙，他邀请我去住了四天。寺庙面对大海，大海就是自然；我的标题是《背向大海》，也就是佛。当时我的内心焦急着，自然与宗教那种很神秘的东西联系上了，很难说得清楚，只觉得内心有很多东西被打动、被启发。当时我没有写什么东西，直到一年后我整个的情绪冷静下来，我那种对禅的领悟、宗教与自然融合那种心理慢慢展现出来，在心里的感悟就慢慢地展现出来，就写了这首诗，写了一百五十几行。本来禅诗是很短的，这是我禅诗中比较长的一首，也是比较出名的一首，就是这样的。

学生许永强：在您金婚五十周年的时候，您老给我们讲解了《因为风的缘故》；今天我们相聚在一起，我也相信是"因为诗的缘故"。来到校园，不可避免地要谈到校园诗人这个话题，您认为校园诗人应该在哪方面做才能促进诗歌的繁荣？

洛夫：我很高兴南华大学有这么多喜欢诗的年轻朋友。好像南华大学没有一个专门的文学院，诗也不是其强项，有那么多同学喜欢诗歌非常出乎我的意料，我感到非常惊喜。校园诗歌可以说是诗歌的摇篮，我们年轻的时候都是从校园开始文学创作的，从中学到大学。年轻人代表着青春，每个想法每个动作都是诗。很多知名诗人都出自校园。像我这一代稍微有点不一样，由于战乱的关系，是由大陆到台湾去的，我们这批诗人不是校园的是军中的，有的负面经验比较多。校园诗人生活经验没有那么丰富，没有那么复杂，是纯情的一种表现。诗歌发展史上，诗人往往是从写抒情诗开始的。我早年写的就是抒情诗，第一个诗集叫《灵河》，都是抒情诗，也有爱情诗。现在知识发达，尤其是电脑、电视各种资讯的发达，现在的年轻人与我们那时候的人相比，他们知识面太广泛了，懂的太多了，能够保留那种很纯洁的感情很困难了，爱好也很多，发泄情感的方式也很多，不一定要用诗歌来表现自己的情感和思想。真正用情感表达诗歌的才是一个好诗人。我希望南华大学喜欢诗歌的朋友组成一个诗社。

学生刘玉：洛夫先生，您好！我也是您的一个诗歌爱好者，尤其钟爱您的 3000 行长诗《漂木》。我想问您在《漂木》第二节《致诗人》中提到的"诗神之目""蛰居万物中的神"以及"神，创造伟大的荒谬"中的"神"是指"神来之思"即灵感，还是由孤绝而抵达的一种至高的创造境界？您对它的完整定义是什么呢？《湖南大雪》里您有一句是"酒是黄昏时归家的小路"，请问一下这次您归乡的感受。

洛夫：有两个问题，10 年前写的那首诗（指《漂木》）是在很孤寂的环境下写的，这首诗在网上不是很完整，如今那本书已经买不到了，我很欣慰该同学能够看到这本书。我的诗很简单，主题也很简单，谈生命、母爱、宗教、人最终的关怀问题等，带有很强的哲理在里面，也就是我个人对人生的体验、感悟。诗中我对两岸的政治生态有很温和的批评，并不强烈，所以它能在大陆发行。严格来说我是一个泛神论者，但是我有强烈的宗教感，我是在基督教家庭出生，小时候受过两次洗礼。第一次是七八岁的时候，什么都不懂，第二次是到了台湾以后，在岛上，非常寂寞，就到教堂去走一走，寻找一个心理寄托，结果他们带我去受洗，就又到海里面去蹭了一下。结果我得出一个结论：我发现人是洗不干净的。人有原罪，因为人是有欲望的，人的欲望一天不止，就有原罪。我的神是泛神，不一定是庙里的菩萨，也不一定是基督，也不是阿拉。

　　既然"酒是黄昏时归乡的小路"，那么归乡就有点醉醺醺的感觉。"酒是黄昏时归乡的小路"，就是说一个喝酒的人提着一个酒壶喝醉了慢慢地回家去，他喝酒可能有种失落感，可能是心理不平衡有种孤寂感，提个酒壶想回家寻找温暖。寻找温暖最好的方式就是回家，是不是啊？其实我这次回来也是一样，虽然没有喝得醉醺醺的，但是我也觉得挺自我陶醉的，确实很温暖，就如同醉汉提着酒壶醉醺醺的一样。见到各位真的感觉很温暖，谢谢！

后 记

与洛夫先生的因缘最早见诸书籍。自20世纪90年代伊始，在不少评介台湾现代文学的文学史著和学术专著中，洛夫的名字频频出现，由此我对这位乡党前贤开始分外留意，但仔细一搜罗，能够获得的书籍和有关资料仍然寥寥无几，加上研究的着力点不一样，时间一长，也就停留在关注一说了。

改变的契机很快出现。2007年秋，洛夫先生偕夫人回乡探亲，在时任衡阳市作协主席胡丘陵先生的引见下，我与先生有了首次面缘。自此我开始有意识地系统阅读洛夫先生的诗作，关注学界洛夫及其诗歌研究动态。2009年秋，湖南衡阳市衡南县举办首届洛夫诗歌国际诗歌文化节，笔者作为衡阳电视台特邀嘉宾，对洛夫先生作了近一个小时的电视专访，深感洛夫先生诗歌世界的博大与精深，由此产生了作系列专题研究的念头。2010年，笔者草拟了一个研究计划，并以"洛夫评传""洛夫与湖湘文化"为题申请了湖南省社科基金和湖南省教育厅青年专项，均获得立项。当时拟定的五年研究计划（草案）如下：

时间：2010—2015年　　人员：3~5人

一、基础研究阶段：资料收集、整理，时间1年左右

1. 洛夫研究资料索引；2. 洛夫捐献文献资料整理；3. 洛夫作品目录整理；4. 洛夫系列访谈（与本人、亲人、朋友）；5. 洛夫研究综述……

二、推进研究阶段，时间2年左右

1. 洛夫与湖湘文化研究；2. 洛夫与唐代诗人研究；3. 洛夫与超现实主义研究；4. 洛夫代表诗歌文本研究；5. 洛夫诗论研究；6. 洛夫书艺与诗歌关联研究；7. 洛夫散文研究；8. 洛夫译作研究；9. 洛夫诗歌

分期研究；10. 洛夫诗歌文体研究；11. 洛夫诗歌语言研究；12. 洛夫与台湾现代诗人比较研究（比如与余光中等）；13. 洛夫与《创世纪》诗刊研究……

三、成果产出阶段，2 年左右

1. 洛夫年谱长编；2. 洛夫传或评传；3. 洛夫研究系列丛书……

然而，一旦进入"诗魔"的诗歌世界，其研究工作的艰难出乎我的想象。由于洛夫先生长期旅居台岛和海外（加拿大），大多数诗集刊行均不在大陆，大量的研究文章和专著也多在台岛等地出版，因此，研究工作遇到的最大问题就在于研究资料的获得。好在有洛夫先生的鼎力支持，加上网络邮购的便利，才收集了一批第一手的书籍及相关资料。本书稿撰写的起点是2011 年 12 月 21 日（为了避免时间流逝带来的遗忘，在最早开始撰写整理书稿时候，我特意在电子版文件命名时注明了时间）。2012 年下半年，研究工作如期铺开之际，我的工作岗位发生异动，工作地点也从衡阳迁往怀化学院，手中研究工作只好暂时放下来。好在大湘西美丽的山水很快使我心情恢复平静，紧张工作之余，整理、修订文稿，几度寒暑，总算有了如上文字，作为过去数年工作的记录。

按照原定研究计划，初衷是要写一部全新的"洛夫评传"，虽然完成情况并不尽然，但本书稿在现有洛夫研究成果的基础上，还是有几个方面值得自我期许：第一，做了一些洛夫研究的基础性工作。对现有海内外洛夫研究的相关文献进行了比较全面而系统的整理，并形成了"洛夫研究文献索引"；对洛夫著作以及生平简况也进行了收集、整理。书稿附录一、二、三就是这一资料性成果的呈现。第二，书稿从传统文化（诗歌传统）、地域文化和西方文化三个方面对洛夫诗歌的文化基因进行了全面梳理和分析，论述了洛夫对于中国现代诗在理论建构和实践路径上的历史性贡献。第三，书稿注重文本研究，对洛夫七篇不同时期的代表诗作从不同角度作了全新诠释和评述。以"走近'诗魔'洛夫"命名本书，一者表示对先贤长辈的尊重和崇敬；再者本书稿的不完善之处多多，以"走近"的姿态留点研究空白，也是督促笔者今后继续深入洛夫及其诗歌的研究。

照例应借书稿出版的机会表达感激之情。首先要感谢本书的主人公——洛夫先生。先生对于家乡和现代汉诗均有十足的热情，成为笔者研究的不竭动力。每有懈怠，总感觉有一双眼睛目光如炬地监督我，这双眼睛自然来自海外白发如雪的洛夫先生。同时要分外感谢我的忘年交——南华大学罗玉成教授。十年前，我们一起白手起家，创办了文法学院，申办了汉语言文学专业，工作和学术上的互相交集，又使我们在洛夫研究上达成共识。本书稿的完成，也源于这份友情支撑带来的动力。书稿部分篇章先后在《南华大学学报》等学术期刊有刊发，在此也要感谢这些期刊的编辑们。还有，2010和2011年，我作为指导老师，指导了两批计十余名汉语言文学专业学生先后申请完成了两项大学生研究性创新计划项目，他们的毕业论文选题也均与洛夫及其诗歌研究关联。学生们研究的热情和青春无敌的干劲，使预期研究计划得以完成，相关研究成果在本书中也有较充分的体现。他们的名字是：罗宇雯、林丽、黄慧、孙伟英、刘春林、罗静、唐香莲、樊水闸、张婷、童姿。其中，黄慧与孙伟英两位后来分别考取了湖南大学、山西师范大学现当代文学方向的硕士研究生，他们的硕士论文都选择洛夫诗歌作为选题并顺利通过答辩。全书稿件初定之后，又请我的学生肖愈君、胡健贞对有关文献和字词进行校对。学术后继有人，这是作为育人者最大的欣慰！

是为记。

2014 年岁末于怀化学院明雅居

2018 年岁末再次修订